Katie Jay Adams

Sommer ins Glück

Roman

Handlung und Personen dieses Romans sind frei erfunden. Etwaige Ähnlichkeiten mit lebenden oder verstorbenen Personen sind rein zufällig und nicht beabsichtigt.

Taschenbuchausgabe, 1. Auflage, Juni 2016

Lektorat: Claudia Winter
Korrektorat: SW Korrekturen e.U.
Covergestaltung: Claudia Toman

www.katiejayadams.de
katie.jay.adams@gmail.com

Katie Jay auf Facebook:
https://www.facebook.com/katiejayadams/

Katie Jay auf Instagram:
https://www.instagram.com/katiejayadams/

Impressum:
Katie Jay Adams
c/o Papyrus Autoren-Club
Pettenkoferstr. 16-18
10247 Berlin

Das Buch

Was tust du, wenn 504 Stunden zur größten Herausforderung deines Lebens werden?

An das Glück glaubt Annie Clark nicht. Schließlich hat sie gerade ihren Job verloren. Außerdem muss sie dringend 49.904 Dollar und 12 Cent auftreiben, um zu verhindern, dass ihre exzentrische Mutter und ihr autistischer Bruder auf der Straße landen.

Für so etwas wie die Liebe hat sie wirklich keine Zeit. Doch dann trifft sie den smarten Jonathan Holden mit den unwiderstehlichen lichtblauen Augen. Er unterbreitet ihr ein unverschämtes Angebot, das sie direkt in die Welt der Reichen und Schönen bringt – für genau 504 Stunden. Ehe Annie sichs versieht, steht sie vor der größten Herausforderung ihres Lebens.

Ein luftig-leichter Sommerroman unter der Sonne Kaliforniens, die auch für diejenigen scheint, die erst noch lernen, an das Glück der Liebe zu glauben.

Die Autorin

Katie Jay Adams wurde 1977 in Mayen geboren. Sie hat Betriebswirtschaftslehre in Deutschland und in Budapest studiert. Danach arbeitete sie viele Jahre am Finanzplatz Luxemburg. Sie hat unter anderem in San Diego, Kalifornien gelebt. Derzeit wohnt sie mit ihrem Mann und den beiden Kindern in der Nähe von Trier. Sie liebt es zu reisen, zu lesen und zu schreiben.

»Sommer ins Glück« ist ihr literarisches Debüt.

Mehr unter www.katiejayadams.de oder auf Facebook unter https://www.facebook.com/katiejayadams/.

Prolog

San Diego, Downtown | Kalifornien | Abend

Seit zwölf Tagen fühlte sich das Leben anders an. Ganz anders.

Annie Clark saß auf ihrem Bett, mitten auf der grünen Tagesdecke mit dem Paisleymuster und drehte den vollgekritzelten Bierdeckel beklommen in der Hand. *»VERTRAG«* stand direkt über dem Biermarkenlogo und den Wortlaut auf der fleckigen Rückseite wusste sie seit ein paar Stunden auswendig: *»Hiermit erkläre ich mich bereit…«*

Sie fand, man erkannte sofort, wer das geschrieben hatte. Es war die Handschrift des Mannes, der genauso akkurat und perfekt war wie die Buchstaben, die tiefe Rillen in die Pappe gedrückt hatten. Darunter prangte ihre eigene Unterschrift, ungelenk und kaum lesbar. Schnaubend warf sie den Pappuntersetzer auf ihr Kopfkissen und fasste sich mit beiden Händen in die Haare. Wie war sie nur in diese unmögliche Lage geraten? Woher nahm er sich das Recht, ihre Lebensumstände derart schamlos auszunutzen?

Sie trat an das Fenster und ordnete gedankenverloren die Gardinen. War es nicht sogar unmoralisch von ihm? Wie dem auch sei, es gab keine andere Möglichkeit. Seufzend trottete Annie zu ihrem Kleiderschrank. Die altmodische Schranktür knarrte und beim Öffnen fiel ihr ein Bündel Klamotten vor die Füße. Schimpfend nestelte sie eine Weile in dem Schrank herum, der einem Wühltisch glich: Zerknitterte Kleidung quoll unsortiert und vor allem bunt durcheinander. Unvermittelt fiel Annie ein, dass sie ihren Skizzenblock und die Aquarellstifte nicht vergessen durfte. Sie ließ das Batikshirt, das sie gerade erst herausgenommen hatte, fallen und suchte stattdessen nach dem Stiftetui.

Mit einer Kaffeetasse in der Hand lehnte sich ihre Mitbewohnerin Kira an den Holzrahmen der geöffneten Zimmertür.

»Hey, Chaosqueen. Irgendwann schenke ich dir eine Krone. Verdient hättest du sie.« Amüsiert begutachtete sie den Wäscheberg. »Du tust das also wirklich? Hätte ich dir nicht zugetraut.« Eine kirschrote Naturlocke rutschte ihr beim Sprechen über die Sommersprossen.

Annie antwortete nicht. Stattdessen hüpfte sie wie ein Gummiball zwischen ihren Sachen herum, die Szenen des letzten Tages vor Augen, von denen Kira nicht ansatzweise etwas ahnte. Niemand durfte es wissen.

»Das geht echt fix mit euch beiden.« Kopfschüttelnd führte ihre Freundin die Tasse an den Mund.

»Kaffee? Um diese Uhrzeit?«, konterte Annie schmallippig.

Kira kniff sich mit der freien Hand direkt über dem Hosenbund in die Seite. »Das ist Schoko-Tee, der soll angeblich satt machen. Trotzdem habe ich Hunger auf Kartoffelchips.«

»Luis ist verrückt nach dir, Ki. So wie du bist.«

Demonstrativ stellte ihre Freundin die Tasse auf der Holzkommode an der Tür ab. »Viel wichtiger ist doch, was du da machst.«

»Ich?« Annie nahm einen BH zwischen die Finger und musterte kritisch den gerissenen Träger. Der gehörte wirklich längst in die Tonne.

»Dieser Jonathan Holden muss dich ja waaahnsinnig

beeindrucken, wenn er es schafft, dass du wegen ihm von heute auf morgen dein Leben umkrempelst.« Kira zwinkerte Annie zu, die abwesend weiterräumte.

»Ich weiß im Moment nicht, wo mir der Kopf steht.«

»Im Moment?« Ihre Freundin konnte ein Lachen nicht unterdrücken. »Ach, bevor ich es vergesse: Dein Bruder hat angerufen.«

»Und?« Mit beiden Händen versuchte Annie, ihren Fransenbob zu einem Pferdeschwanz zusammenzunehmen, was nicht funktionierte. Einzelne Strähnen fielen immer wieder aus der Frisur heraus. Wieso war sie schon wieder so nervös?

»Ist wohl alles okay bei ihm. Ich habe ihm gesagt, du meldest dich, sobald du Zeit hast.«

»Du bist die Beste«, murmelte Annie erleichtert und kramte auf ihrem Schreibtisch nach einem Post-it, um sich etwas zu notieren. Sie musste unbedingt ihrer Mutter mitteilen, dass sie vorläufig nur auf dem Handy erreichbar sein würde. Hoffentlich stellte die ihr keine unnötigen Fragen.

»Ich gehe. Sonst packst du nachher die dicken Wollsocken ein und deine Unterwäsche bleibt hier drin.« Mit dem Zeigefinger klopfte Kira auf die blaue Kommodenabdeckung, bevor sie ging. Die Tasse ließ sie darauf stehen.

Draußen schrillten die Sirenen eines Krankenwagens, kurz darauf mischten sich mehrere Signaltöne ineinander, Polizei und Feuerwehr fuhren zu einem Großeinsatz. Es war nicht nur ein Vorteil, mitten in Downtown zu wohnen. Mit Ohrstöpseln könnte Annie sich wahrscheinlich besser auf das Packen konzentrieren, allerdings zog Kira sie ständig deswegen auf, besonders wenn sie mal wieder vergaß, die neonblauen Dinger zu entfernen. Im beschaulichen La Jolla bräuchte sie die jedenfalls nicht mehr, schließlich hatte sie nicht vor, sich vor ihrem Gastgeber zum Affen zu machen.

Sie warf dem Bierdeckel einen bitterbösen Blick zu. Noch nicht einmal ihrer besten Freundin durfte sie sich anvertrauen. Mit dem Post-it in der Hand stand sie noch immer neben ihrem Schreibtisch und ließ die Schultern hängen, als hoffte sie, ihre Probleme würden sich von selbst lösen. Was hatte er ihr doch gleich hinterhergerufen? Die Worte hallten in ihrem Kopf nach wie ein Echo.

Du brauchst mich. Ohne mich schaffst du das nicht. Du hilfst mir, und ich helfe dir.

So ein Idiot.

Etwas zu hastig drehte sie sich um und stieß mit dem Ellenbogen gegen die Orchidee auf der Tischkante. Die langstielige Pflanze mit den rosa Blüten fiel krachend zu Boden, und zu allem Überfluss verteilte sich die Rindenerde auf dem Laminat. Verdammt! Automatisch zählte Annie beim Hinschauen die Tonscherben, genau neunzehn Stück. Sie sammelte die Bruchstücke ein und feuerte sie in den Mülleimer unter dem Tisch.

»Von dir lasse ich mich nicht einschüchtern, Jonathan Holden!« Festen Schrittes marschierte sie in die Küche, um den Handstaubsauger zu suchen.

1. Kapitel

Genau eine Woche und fünf Tage zuvor | Abend

Mit der Hüfte versuchte Annie, sich einen Weg durch die Menge zu bahnen. Der Bass der Live-Band wummerte so durchdringend in dem kleinen Raum, weshalb sie kaum die Bestellungen der Gäste verstand. Das Safe Haven platzte aus allen Nähten und die Hitze war unerträglich. Ihr stand der Schweiß auf der Stirn und das T-Shirt klebte unangenehm an ihrem Körper. Eine Kollegin fummelte genervt an der Lüftung herum, wie erwartet mit mäßigem Erfolg, denn das altersschwache Ding dachte nicht im Traum daran, zu funktionieren.

Die Studenten der San Diego State University kamen für gewöhnlich in Grüppchen und starteten bereits um diese Uhrzeit mit viel Alkohol und gelösten Gesichtern ins Wochenende. Bedauerlicherweise verirrten sich auch einzelne Bürohengste immer häufiger in die Bar am Fuße des Hochhausviertels. Die Banker und Anwälte gehörten zu den anstrengenden und anspruchsvollen Gästen.

»Hey, pass auf! Mein Anzug!«, rief ein Mann mit Hornbrille ungehalten, weil Annie sich an ihm vorbeidrückte.

Freiwillig trat niemand zur Seite. Sie ließ ihren Blick schweifen und zählte 82 Kunden. In der einen Hand balancierte sie ein Tablett mit Getränken, in der anderen einen Teller mit Burger und Pommes. Unterwegs überschlug sie die Preise instinktiv im Kopf, in dieser Runde trug sie insgesamt 44 Dollar und 23 Cent auf ihren Händen. Ausnahmsweise war ihr herausragendes Zahlenverständnis an diesem Arbeitsplatz mal von Nutzen.

Dave winkte ihr aus der Ferne und rief ihr etwas zu. Sie lehnte sich vor und sah angestrengt auf die Lippen ihres Chefs. Im gleichen Moment hörte sie die Gläser am Boden zerschellen und ihre Bewegungen froren ein. Als wäre das nicht genug, stürzte sich auch noch der Teller hinterher. Die Gäste in ihrem Dunstkreis sprangen zur Seite, eine stark geschminkte Blonde kreischte und schaute schockiert an sich herunter. Die Bloody Mary goss eine blutige Spur auf ihr weißes Oberteil und tropfte von dort auf die Erde.

»Blöde Kuh! Hast du keine Augen im Kopf?«, schimpfte ihr Freund, leerte sein Bierglas in einem Zug und machte einen Schritt auf Annie zu. Der fraß sicher kleine Kinder zum Frühstück. In diesem Augenblick realisierte Annie, dass die Band aufgehört hatte zu spielen. Mist!

Dave beschwichtigte den bis aufs Blut gereizten Kerl und versprach den betroffenen Gästen, den Schaden zu übernehmen. Das »Eine Runde aufs Haus!« klang in Annies Ohren verdammt kostspielig, und wenn Blicke töten könnten, würde sie jetzt tot umfallen. Nicht das Schlechteste. Apathisch scharrte sie mit einem Fuß auf dem Boden herum, während Dave umhereilte, das Essen und die Scherben zusammenkehrte und anschließend den Kneipenboden wischte.

Als die Band wieder aufdrehte und einige Gäste zögernd zu tanzen anfingen, zerrte ihr Boss sie am Arm in die kleine Kammer hinter der Theke. In einer Ecke des Raumes stapelten sich Getränkekisten in einem wackeligen Turm bis zur Decke, es roch nach Alkohol. Seufzend ließ Dave seinen untersetzten Körper in den abgenutzten Ledersessel neben dem Kistenstapel fallen. Gleich würde er auf den Klappstuhl deuten, auf den sie sich setzen sollte, dann würde er sich über die Stirn fahren und mit dieser leisen, väterlichen Stimme zu ihr sprechen, als wäre sie acht Jahre alt.

Doch diesmal war es anders: Er bot ihr keinen Stuhl an, er fuhr sich auch nicht über die Stirn, sondern legte sie in tiefe Falten. Es sah so aus, als könne sie sich heute nicht damit retten, dass sie alle Tische hätte abkassieren können, ohne einen Blick auf die Rechnungen werfen zu müssen.

»Tut mir leid«, presste Annie hervor, noch bevor ihr Chef seinen Unmut loswerden konnte. Die Preise der Bestellungen von Tisch fünf ratterten unaufhaltsam durch ihre Gehirnwindungen.

Dave angelte nach einem abgebrochenen Bleistift, der vor seinen Füßen auf dem braunen Kachelboden lag. Er hielt ihn zwischen Zeige- und Mittelfinger, als rauche er eine seiner Light-Zigaretten. »Es geht nicht mehr. Ich habe heute ein dickes Minus wegen dir in der Kasse. Und das ist nicht das erste Mal. Weißt du eigentlich, was mich der Spaß kostet?«

Unsicher tastete Annie den Saum ihres schwarzen Safe-Haven-Shirts ab und steckte verlegen die Hände in die Hosentaschen ihrer Jeans. Ihr Herz begann zu rennen. Sagte Dave ihr da gerade, dass sie gefeuert war?

»Gib doch zu, dass die Kneipengäste dich nerven und du lieber zurück in ein Büro möchtest.« Daves heisere Männerstimme klang nun weicher. Offenbar beruhigte ihn der Zigarettenersatz zwischen seinen Fingern.

Sie bohrte ihre Hände tiefer in die Jeanstaschen. Er hatte recht, natürlich würde sie gerne wieder in ihrem erlernten Beruf Geld verdienen. Damals war der Arbeitsmarkt desolat gewesen, den Job in der Bar hatte sie aus purer Verzweiflung angenommen. Warum sie sich zwei Jahre lang nicht mehr um eine andere Arbeit bemüht hatte, wusste sie selbst nicht.

»Bring mir nächste Woche die Logo-Shirts zurück, die du noch hast.«

Auch wenn es sich endgültig anhörte, sie würde nicht weinen, auf keinen Fall. »Danke für alles«, antwortete sie tonlos.

Der Inhaber des Safe Haven nickte ihr kurz zu und erhob sich rasch aus seinem Sessel. Einer musste den Laden schließlich schmeißen.

Resigniert schaute Annie sich noch einmal in dem vertrauten Lokal um, verspürte aber nicht das Bedürfnis, sich von jemandem zu verabschieden. Sie nahm ihre rotbraune Tasche vom Haken und trat hinaus auf die Straße. Es war noch hell, wie es sich für einen frühen Sommerabend in San Diego gehörte. Salziger Hafenduft lag in der Luft und die Wärme der Großstadt streichelte ihre Gesichtshaut. Der Amtrac Pacific Surfliner-Zug ratterte durch Downtown und das Hupen dröhnte in ihrem Gehörgang. Ziellos setzte sie sich in Bewegung, was sich genauso beklemmend anfühlte wie der dicke Kloß, der in ihrem Hals wuchs. Wie viel Geld lag noch auf dem Konto? Wie viele Tage noch bis zur nächsten fälligen Miete? Vielleicht sollte sie ihre Mutter und Marc besuchen, um darüber zu reden. Eine blecherne Ansage aus dem Innenleben ihrer Umhängetasche unterbrach ihre Grübelei.

»Mail.«

Die Tasche schlug ihr beim Gehen in die Kniekehlen. Mit einem geschickten Handgriff zog sie den Schultergurt enger und fischte ihr Handy heraus.

> *›Hallo Annie. Brief von der Bank. Mache mir Sorgen. Es geht um unser Haus. Melde dich mal, wenn du nicht arbeitest. Kuss, Mom‹*

Was sollte das denn bedeuten? Annie blieb stehen, legte den Kopf in den Nacken und schaute in den Abendhimmel. Eine dünne Wolkendecke lag unter dem Himmelblau. *Lieber Gott, tu was!* Sie hätte gerne ihren Bruder gesehen, aber so wie es sich anhörte, tauchte sie besser nicht bei ihrer Mom auf. Obwohl Charlotte Clark, die von allen nur Lilo genannt wurde, in ihrem Optimismus unerschütterlich wirkte, nahm sie sich negative Nachrichten zu Herzen. Gleich zwei unangenehme Ereignisse an einem Tag wollte Annie ihr nicht zumuten, von Marcs eventueller Reaktion mal ganz abgesehen.

›Hi Mom. Arbeite. Melde mich morgen. Kuss, A.‹

Das schlechte Gewissen wegen der Lüge nagte an ihr. Um sich abzulenken, spielte sie mit ihrem Smartphone und ging die Kontaktliste durch. Wen könnte sie anrufen? Ihren Freunden wollte sie an einem Freitagabend nicht die Wochenendstimmung verderben. *Dad* erschien unter den Kontakten auf dem Display. Warum hatte sie den noch gespeichert? Ihr Erzeuger, Ex-Lebensgefährte ihrer Mutter, Arzt und Arschloch in einer Person, würde sie nach dieser langen Zeit höchstens auslachen. Es bestand kein Kontakt mehr, was gut so war; sollte er doch mit seiner neuen Familie glücklich werden. Ohne zu zögern, drückte sie auf *Löschen*.

Geistesabwesend setzte sie einen Fuß auf die Straße. Reifen quietschten, eine mattschwarze Limousine kam mit einer Vollbremsung direkt neben ihr zum Stehen. Annie presste erschrocken das Handy an ihre Brust und hielt den Atem an. Die getönte Scheibe der Beifahrerseite fuhr energisch nach unten, und aus reinem Reflex beugte sie sich vor, um in das Auto zu spähen. Der Fahrer lehnte sich ebenfalls zu ihr, als wolle er etwas sagen. Noch nie hatte sie Augen gesehen, die so lichtblau funkelten, wie sie sich das Meer bei einem Tauchgang vorstellte. Atmete sie eigentlich wieder? Es blieb still. Die Fensterscheibe fuhr genauso abrupt hoch, wie sie heruntergefahren war, im nächsten Moment heulte der Motor des Mercedes auf, und der Luxusschlitten raste um die Kurve davon. Der angestaute Sauerstoff entwich ihr mit einem schlaffen Pfeifton.

»Klar, fahr nur weiter, Blödmann!«, rief sie ihm hinterher, obwohl natürlich längst nichts mehr von ihm zu sehen war. Dennoch schaute sie sicherheitshalber von links nach rechts, bevor sie die Straße überquerte.

Wenn sie am Steuer dieses Autos säße, hätte sie vermutlich keine Geldsorgen. Doch wie lautete einer von Lilos unzähligen schlauen Sprüchen: Zu viel Geld macht auch nicht glücklich.

Und der Fahrer dieses Wagens hatte sehr unglücklich ausgesehen.

Annie ließ das Handy zurück in die Tasche gleiten. Die blauen Augen und die kantigen Wangenknochen gingen ihr nicht mehr aus dem Kopf, zusätzlich drückten die engen Schuhe schonungslos ihre Zehen zusammen. Was für ein Tag! Diese mörderischen Absätze trug sie nur, weil Dave es in seinem Regelwerk für Safe-Haven-Kellnerinnen vorgeschrieben hatte: In High Heels seien Frauenbeine länger, der Po knackiger und die Bewegungen sexy. Dem konnte sie nicht zustimmen, denn sie fühlte sich darin eher wie ein Zwerg auf Stelzen, und es war kein Wunder, dass ihr alles aus den Händen gefallen war. Ärgerlich streifte sie die hohen Hacken ab und rieb sich die geschwollenen Füße. Dann nahm sie die Pumps in die Hand und marschierte barfuß in Richtung Balboa Park.

Im Erholungspark angekommen, atmete sie erleichtert auf. Das Grün der Palmen hatte eine Trost spendende Wirkung auf sie und ihre Schritte verlangsamten sich. Obwohl es immer noch hell genug war, schalteten sich die Laternen ein. Menschen picknickten, andere lasen ein Buch, manche warteten auf den Beginn der Theatervorstellung im Outdoorbereich des Old Globe Theaters. Wie jeden Sommer stand Shakespeare auf dem Spielplan.

Annie beobachtete ein junges Pärchen, das sich angeregt unterhielt. Zärtlich legte er den Arm um seine Freundin, sah ihr tief in die Augen und küsste sie innig. *Was war das denn?* Überwältigend schnell füllten sich Annies Augen mit Tränen, weshalb sie eilig den Blick abwandte und die Nase hochzog. Mit einem Mal kam sie sich mutterseelenallein auf dieser Welt vor. Andererseits … wer brauchte schon einen Kerl? Auf Männer konnte man sich doch ohnehin nicht verlassen. Sie blieb stehen, um erst in ein Taschentuch zu schniefen und sich dann die zerlaufene Wimperntusche abzuwischen. Eine Passantin schenkte ihr einen mitleidigen Augenaufschlag. Um Gottes willen, Mitleid, wie sie das hasste. Sofort streckte Annie die Brust heraus, drückte das Kreuz durch und wanderte mit erhobenem Kinn weiter. Auf einmal wusste sie, wohin sie gehen würde.

Der Mann mit dem Schlapphut deutete lächelnd auf ihre bloßen Füße, als sie unter dem Torbogen des im spanischen Stil errichteten Herrenhauses hindurch schritt. Am *Lily Pond* war ausnahmsweise keine Menschenseele unterwegs, der Seerosenteich lag verlassen vor ihr, und die Laternen tauchten die Wasseroberfläche in ein goldgesprenkeltes Licht. Sie ließ ihre Umhängetasche zu Boden sinken und setzte sich an den Rand des Wasserbeckens. Neben ihr schleppte sich eine Schildkröte beschwerlich auf einen Stein.

»Ich fühle mich genau wie du«, flüsterte Annie und zog mit den Fingerspitzen Kreise in das kühle Nass. Warum musste sie immer kämpfen? Nie lief es rund in ihrem Leben. Hatten andere mehr Glück?

Die lautstarke Unterhaltung einer Menschengruppe riss sie aus ihren Überlegungen. Geschätztes Alter: 35, vier Männer und zwei Frauen. Sicher waren sie auf dem Weg in das Prados, eines der im Park gelegenen exklusiven Restaurants, die Annie noch nie von innen gesehen hatte. Desinteressiert drehte sie der Truppe wieder den Rücken zu und fixierte die Wasserschildkröte.

»Hey, Jona, pass auf, dass du nicht über das Mädchen ins Becken stolperst!«

Welches Mädchen?

Annie hörte Gelächter und ein unnatürliches Knarzen. Da war doch wohl keiner auf ihre Tasche ... Sie sprang auf und wirbelte herum.

»Sag mal, geht es noch?«, fauchte sie den Erstbesten an, egal, wer von ihnen auf ihre Sachen getreten war. Das war kein Moment für Höflichkeiten, bestimmt funktionierte ihr Handy jetzt nicht mehr.

»Ist da etwas zerbrochen?«, fragte eine tiefe Stimme neben ihr. Lichtblaue Augen trafen sie wie der Blitz.

Eine verblasste Narbe kroch von seiner linken Augenbraue bis unter seinen Wangenknochen und wollte nicht so recht in sein symmetrisches Gesicht passen. Für ihren Geschmack war er ziemlich attraktiv, schließlich hatte sie eine Vorliebe für groß gewachsene Männer mit dunklen Wimpern. Seine Wimpern wirkten sogar tiefschwarz und seine Augen blitzten sie überrascht an.

»Du schon wieder.« Er nutzte ihre Sprachlosigkeit und grinste, was trotzdem ein wenig schuldbewusst aussah.

»Bist du blind?«, sagte sie verärgert.

»Das fragt ja die Richtige.«

Annie kramte in ihrer Tasche und zog ihr Smartphone hervor. Über das Display zog sich ein feiner Riss, doch es funktionierte noch. Gott sei Dank musste sie sich mit dem arroganten Kerl nicht weiterstreiten. Der Kratzer störte sie zwar, aber Hauptsache, sie war den Typen schnell wieder los.

»Tschüss.« Sie ignorierte seinen eindringlichen Blick und den Schauer, den er ihr über den Rücken jagte.

»Spiel bitte in Zukunft im Straßenverkehr weniger mit deinem Handy, Süße.« Er sprach die Worte gezielt langsam aus, als sei sie besonders schwer von Begriff.

Herrgott, was machte sie denn so nervös? Nur, weil er sie anstarrte wie der Wolf das Rehkitz? Ihre Motivation, auf seinen dämlichen Kommentar einzugehen, war gleich null.

Statt jedoch zu verschwinden, kam er ihr gefährlich nahe und begutachtete etwas zu lange das aufgeprägte Logo über ihren Brüsten. »Das sieht nett aus«, sagte er und grinste. »Ist das eine Kneipe? Arbeitest du da?«

Falsche Frage. Ganz falsche Frage.

Zurückweichen war nur leider keine Option, sonst wäre sie in das Wasserbecken gefallen. »Ich arbeite in einem Strip-Lokal. Sieht man das nicht?«

»Soll ich nett oder ehrlich antworten, Süße?«

»Hör auf damit!« Annie fühlte sich bedrängt, weil er so unmittelbar vor ihr stand. In dem geringen Zwischenraum zwischen ihr und ihm, ungefähr zwanzig Zentimeter, heizte sich die zirkulierende Körperwärme auf.

»Womit soll ich aufhören?«

»Hör auf, mich dauernd *Süße* zu nennen.«

»Okay. Also, ist das Safe Haven nun eine Kneipe?«

»Sag mal, bist du bei der CIA, oder was?« Gequält hob sie eine Augenbraue.

Warum sollte sie ausgerechnet diesem selbst ernannten Agenten von ihrem Rausschmiss berichten? Sie kannte den Kerl ja kaum, und entschuldigt hatte er sich auch noch nicht dafür, dass er sie fast überfahren hatte – im Gegenteil. Bisher gab er eigentlich nur blöde Bemerkungen von sich.

»Es ist eine Bar. Und ich arbeite nicht mehr da, heute nicht, morgen nicht und überhaupt gar nicht mehr. Von wegen Safe Haven!«, platzte es zu ihrem Entsetzen aus ihr heraus. Sie fühlte sich schwindelig. O Gott, hoffentlich fiel sie nicht in Ohnmacht, ausgerechnet hier vor diesen Leuten.

»Hast du deinen Job verloren? Das tut mir leid.«

Klar, tat ihm total leid.

Von Fingerspitzengefühl hatte der noch nie etwas gehört. So wie er aussah, war es ihm hundert Prozent vollkommen gleichgültig, womit Annie ihr Geld verdiente, wenn überhaupt.

Seine Freunde hatten den verbalen Schlagabtausch neugierig verfolgt, jetzt wirkten sie unruhig. »Jona, reiß dich los und komm«, rief einer der Männer ihm zu.

Jona drehte den Kopf in dessen Richtung, aber statt der Aufforderung seines Kumpels nachzukommen, richtete er seine Aufmerksamkeit wieder auf Annie, die das kleine Kleeblatt an ihrem Armband drehte.

»Schickes Teil.« Er versuchte es diesmal mit einem Lächeln.

»Das Armband ist mein Glücksbringer«, erklärte sie, ohne zu wissen, warum sie das tat.

»Scheint ja nicht besonders wirkungsvoll zu sein.«

»Blödmann.«

»Sehr erfreut. Ich heiße Jona.« Er schaute schief, als hoffe er, nicht zu frech gewesen zu sein, und hielt ihr die Hand hin.

Jetzt musste sie etwas sagen, das konnte sie nicht so stehen lassen. Sie verdrehte missmutig die Augen und legte ihre Hand in seine. »Annie.«

Er hielt sie eindeutig länger als nötig fest, und Annie bemerkte überrascht, dass sich seine Berührung seltsam vertraut anfühlte. Sie überlegte, ob es wohl das Beste wäre zu gehen … andererseits war sie schließlich zuerst hier gewesen, weshalb er gefälligst verschwinden sollte. Sie straffte die Schultern und faltete ihre Finger, so als bete sie.

Jona schien das nicht zu stören. »Und, was machst du hier alleine?«

»Nichts«, lautete ihre unterkühlte Antwort.

»Dann bist du sicher froh, wenn ich dich davon erlöse.« Jetzt stand er so dicht vor ihr, dass sich ihre Knie beinahe berührten.

Einer der Anzugträger winkte Jona mit Nachdruck zu sich und redete mit ihm, wahrscheinlich darüber, wo sie hingehen würden.

Annie atmete tief ein. Während Jona seinem Gesprächspartner zuhörte, ließ er sie nicht aus den Augen. Eigentlich wollte sie sich wieder voll und ganz auf die Schildkröte, den Teich oder darauf wie ungerecht ihr Leben war, konzentrieren, aber es funktionierte nicht. Verstohlen schielte sie zu ihm hinüber. Sein legeres, am Kragen geöffnetes Hemd passte viel besser zu den heißen Temperaturen als die dunklen Anzüge und die korrekt gebundenen Krawatten der anderen. Trug er tatsächlich Flip-Flops zur Anzughose? Ihre Blicke trafen sich, und obwohl sie übertrieben deutlich wegschaute und die Nase krauszog, kam er wieder auf sie zu geschlendert. Hatte der immer noch nicht genug?

»Kommst du mit?«, fragte er. Dabei kam er ihr wieder so nah, dass sie ihn riechen konnte, den süß-herben Geruch nach Salz und Meer und Wellen und überhaupt.

»Du machst Witze, oder?« Sie sah an sich herab, von dem schwitzigen Kneipenshirt bis hin zu ihren nackten Füßen. Dann schaute sie zu den anderen beiden aufgestylten Frauen. »Wieso sollte ausgerechnet ich mit euch mitkommen wollen? Und wohin überhaupt?«

»Wir gehen Cocktails trinken. Also, ich nicht, ich trinke meistens Wasser«, erklärte er mit einem merkwürdigen Unterton.

Sie schüttelte den Kopf. »Na dann, Jona. Schönen Abend noch.«

Jona sah sie stirnrunzelnd an, so als wolle er sich vergewissern, ob sie es ernst meinte. Er dachte offensichtlich nicht im Traum daran, sich zu verabschieden. »Du hast eben ausgesehen, als ob die Welt untergehen würde. Ich kann dich unmöglich alleine hier zurücklassen«, sagte er.

Sie alleine lassen – doch, das konnte er. Wenn man von klein auf gewohnt war alles mit sich alleine auszumachen, erwartete man nichts anderes. Früher hatte ihr Vater sie dazu ermahnt, sich still und unauffällig zu verhalten, weshalb auch die grellpinke Jacke, die sie sich zu ihrem fünfzehnten Geburtstag gewünscht hatte, ein unerfüllter Wunsch geblieben war. »Wir fallen schon genug auf« war alles, was Dad damals mit einem Seitenblick auf Marc gesagt hatte.

»Ich bin heute Abend keine Stimmungskanone«, antwortete sie.

»Komm schon, ich lade dich ein. Du hast was gut bei mir.«

»Weiß nicht.«

»Dann eben nicht.«

Komisch, er sah überhaupt nicht so aus, als wäre es ihm egal, wenn sie hierbliebe.

»So schnell wirfst du das Handtuch?«

»Nein«, sagte er sanft. »Aber wenn du nicht willst, akzeptiere ich das. Es ist schade, aber ich will dich nicht überreden.«

Verdammt, er überredete sie.

Annie nestelte an ihrem Shirt herum.

»Was du anhast, ist doch unwichtig. Du bist wunderschön.« Um seine Augen bildeten sich fröhliche Fältchen. »Nur deine Schuhe solltest du wieder an den Füßen tragen, Süße.«

Mensch, Ann! Warum amüsierst du dich nicht einfach mal ein bisschen?, wisperte plötzlich Kiras Stimme in Annies Kopf. *Ändern kannst du heute Abend sowieso nichts mehr. Und der Kerl ist wirklich … wow!*

Fast trotzig sagte sie: »Okay. Warum eigentlich nicht? Ich komme mit.«

Noch hatte sie keine Vorstellung von der Lawine, die dieser Satz in ihrem Leben auslösen würde.

Irgendwo in ganz weiter Ferne klingelte etwas. Der Wecker? Annie öffnete langsam ein Auge und blinzelte. Warum schien die Sonne so hell in ihr Zimmer? Normalerweise zog sie die Rollos so fest zu, dass kein Lichtstrahl hindurchdrang. Schlaftrunken tastete sie nach ihren Ohrstöpseln, fand jedoch nichts. Eine Erinnerung blitzte auf, aber sie schenkte ihr keine Beachtung. Schwerfällig öffnete sie das zweite Auge. Es klingelte immer noch, und es klang bei genauem Hinhören eher nach ihrem Handy als nach dem

Wecker, sicher ihre Mutter. Sie fühlte auf dem Nachttisch nach dem Smartphone, aber es befand sich nicht an seinem Platz. Was passierte hier?

Sie fuhr hoch und saß senkrecht im Bett. O nein, das sah absolut nicht wie ihr Nachtschrank aus, und es war auch nicht ihr Zimmer. Sofort fiel ihr alles ein: die fristlose Kündigung, das verführerische Lächeln, Jonas lichtblaue Augen und die dunklen Strähnen, die ihm in die Stirn fielen.

Sie musste die Bettdecke nicht anheben, um zu wissen, dass sie angezogen war. Nach der Sache mit dem Pool hatte sie ihre eigenen nassen Klamotten gegen ein Hemd und Boxershorts von ihm eingetauscht. Wie Kinder hatten sie gekichert, weil Annie fast komplett in dem weißen Bosshemd verschwunden war. Jona war nicht nur größer, sondern zugleich breiter und trainierter als sie, vor allem aber war er dreizehn Jahre älter.

Stöhnend drehte sie den Kopf zur anderen Bettseite und da lag … niemand. Nur ein Zettel ruhte verwaist auf dem grauen Satinkopfkissen. Annie kam sich vor wie in einem schlechten Film. Sie nahm das Blatt in die Hand und berührte mit dem Finger das eingestanzte Logo. Dann roch sie daran und ärgerte sich sofort über den kindlichen Reflex. Nur weil es kostspielig aussah, musste es doch nichts Besonderes sein. Warum schrieb er ihr überhaupt eine Nachricht auf Geschäftspapier?

›Guten Morgen, Süße. Bin ins Büro. Fühl dich wie zu Hause. Du darfst gerne meine Dusche benutzen. Ich habe dir ein Glas mit Aspirin hingestellt. Jona‹

Wie ein Vorwurf stand das Wasserglas still auf dem Nachttisch.

Erschöpft ließ sie sich zurück in die Kissen sinken, der zarte Satinstoff des Lakens streichelte die nackte Haut ihrer Unterschenkel, kein schlechtes Gefühl. Sie betrachtete das Blatt nun sachlicher und las in der Kopfzeile: HOLDEN GROUP, 600 West Broadway #2900, San Diego, CA 92101.

Jonathan HOLDEN? Sie riss die Augen auf. Plötzlich ergaben die Mosaikstückchen ein Bild: das teure Auto, die Villa. Warum hatte sie ihn nicht nach seinem Nachnamen gefragt? Ben Holden musste Jonas Vater sein. Die wenigen Male, die sie diesen Mann zufällig im Fernsehen gesehen hatte, wirkte er ähnlich beunruhigend auf sie wie der Pate einer Mafiafamilie: eisern, charismatisch und undurchschaubar. Sie ließ das Geschäftspapier zurück auf die leere Bettseite gleiten. Seltsamerweise hatte sie Jona noch nie in den Medien gesehen. Hastig stand Annie auf und zwängte sich in ihre noch immer feuchte Jeanshose. Frustriert fahndete sie in dem Zimmer nach ihrem Oberteil, das hoffentlich trocken war. Bei Licht betrachtet, kam die Größe dieses Raumes erst so richtig zur Geltung. Warum brauchte ein Mensch so viel Platz im Schlafzimmer? Es gab keine einzige Pflanze, dabei hätte locker eine ganze Gärtnerei reingepasst. Das Hauptmöbelstück stellte eine graue Holzkommode dar, die nahezu die gesamte rechte Wandseite ausfüllte. An einem Schubladenknauf hing ihr Safe-Haven-Shirt, das sie hastig herunterriss. Nur weg hier, seine dumme Kopfschmerztablette konnte er behalten.

Auf der Ablage umfasste ein blassblauer Rahmen die Schwarz-Weiß-Fotografie einer jungen Frau, die genauso spitzbübisch und vereinnahmend lächelte wie Jona. Mehr Bilder gab es nicht. Obwohl Annie den Drang verspürte, die Villa schnellstmöglich zu verlassen, überwog ihre Neugier. Sie nahm den Fotorahmen in die Hand und drehte ihn. Auf der Rückseite stand: *Mom*; vor dem Wort war ein Herz aufgemalt, dahinter ein Kreuz. Eine Gänsehaut kroch über ihren Körper, und sie stellte das Foto behutsam zurück an seinen Platz.

Dabei fiel ihr Blick auf einige Hundert-Dollar-Scheine, die wie Monopoly-Spielgeld neben dem Bild lagen. Dazu eine Karte, auf der *DANKE* stand. *Danke?* Sah so aus, als sei das Geld für sie bestimmt, schließlich hatte Jona es direkt in der Nähe ihres Shirts deponiert. Panisch schaute sie sich um. Sie musste hier raus, und zwar schnell. Annie sog scharf die Luft ein und fasste sich an den Kopf. Zu viele Informationen am frühen Morgen, die in ihrem Gehirn wie Bienen um einen Bienenstock herumschwirrten. Was war das für ein Typ, der sie für eine gemeinsame Nacht bezahlen wollte? Bitter schluckte sie die aufsteigenden Tränen hinunter und fühlte sich schäbig. Sie ließ das Geld und die Karte unangetastet auf der Ablage liegen.

Im Vorbeigehen hob sie ihre Tasche vom Boden auf und schnappte sich die Pumps. Das Handy hatte aufgehört zu klingeln, eine derartige Ausdauer besaß selbst Lilo nicht. Annie lugte in das angrenzende Badezimmer, das durch einen Rundbogen mit Jonas Schlafzimmer verbunden war. Alles in Weiß, eine Dusche mit Milchglasscheibe und eine freistehende Badewanne. Sie eilte in den Flur, nahm die Steintreppe nach unten und vermied es, sich in der ebenfalls hell gefliesten Lobby auch nur eine Sekunde zu lange aufzuhalten.

War das Marmor?

Als sie in der Einfahrt endlich den Griff des schmiedeeisernen Tors in der Hand hielt, drehte sie den Kopf. Hinter ihr lag ein Gebäude mit einer einzigartigen Architektur. Der von einer Holzterrasse eingefasste Swimmingpool lag vor dem Haus, nicht wie üblich dahinter. Das Anwesen war zweifellos millionenschwer, da war sie sich sicher. Annie schaute auf ihre nicht-manikürten Fingernägel und zurück zur Villa.

»Wie soll ich die Wocheneinkäufe, geschweige denn die nächste Miete bezahlen?«, fragte sie leise den Pool, der sorgenfrei wie ein Urlaubsversprechen in der Sonne glitzerte.

Sie erhielt keine Antwort.

»Hey, ich habe mir Sorgen gemacht und ewig versucht, dich zu erreichen. Wo warst du heute Nacht?« Kira fiel Annie im Flur ihrer kleinen Wohnung um den Hals und gab ihr einen Kuss auf die Wange. In Sekundenschnelle hüpfte sie anschließend ins Bad, kam zurück und hielt Annie den Kosmetikspiegel vor die Nase. »Du solltest etwas an deinen kilometerlangen Haaren ändern. Vielleicht abschneiden?«

Kein schlechter Vorschlag.

Kira wartete ihre Reaktion nicht ab, stattdessen drückte sie Annie den Spiegel in die Hand und entschwand in die Küche, wo es kurze Zeit später schepperte und raschelte. Offenbar machte Kira Rührei oder Kaffee oder Pizza. Selbst am frühen Morgen war alles möglich, bei Kira wusste man nie. Außerdem konnte dieses liebevolle, wenn auch völlig durchgeknallte Weib nicht leise sein. Vielleicht lag das daran, dass sie den ganzen Tag von plärrenden Kindern umgeben war. Kindergartenpädagogin zählte definitiv nicht zu Annies Traumjobs. *Kinder!* Sie schüttelte sich. Die fragten einem Löcher in den Bauch, hatten Krankheiten wie Brechdurchfall und Kopfläuse, mal abgesehen von dem Geräuschpegel, der in so einem Kindergarten herrschte. Das war wie in einer Kneipe mit einer Horde Betrunkener, nur mit kleinen Leuten. Ihr entschlüpfte ein albernes Kichern.

Kira lugte in den Flur und zog eine Augenbraue hoch. »Warum lachst du denn so komisch? Geh duschen und zeichne dir ein Gesicht auf, Picasso. Du siehst heute Morgen etwas unheimlich aus. Danach erzählst du mir haarklein, was letzte Nacht passiert ist«, feixte sie.

Annie drehte den Kosmetikspiegel in ihrer Hand, um ihr Spiegelbild nicht mehr sehen zu müssen, und ging ins Bad. Beiläufig nahm sie wahr, wie die wasserdichte Uhr, die in der Dusche hing, genau neun Uhr anzeigte. Es war Samstag, sie hatte keine Pläne, und einen Job hatte sie auch nicht mehr.

Mit einem schalen Gefühl im Bauch versuchte sie den unangenehmen Gedanken an die Folgen ihrer Arbeitslosigkeit zu verdrängen und dachte stattdessen an … den Blödmann. Sie rollte mit ihren Augäpfeln. Der hatte sie ganz klar für eine Nacht ausgenutzt, für die er sie anschließend auch noch bezahlen wollte. Wie tief kann man sinken?

Sie stellte sich vor, wie ein Teufelchen auf ihrer Schulter saß und hinterlistig fragte: »Na, was ist dir nun geblieben von den tollen blauen Augen?«

Ihre Mutter würde dem Teufel antworten: »Sei bitte nicht so negativ. Annie hatte doch eine großartige Nacht.«

Teufel: »Sie hat ihren Job verloren!«

Und ihre Mom würde ruhig entgegnen: »Es gibt Schlimmeres auf der Welt.«

Ohne ihr »Immer positiv denken«-Mantra hätte Lilo es wohl nicht geschafft, zwei Kinder, davon ein besonderes, alleine großzuziehen. *Think positive!* Annie überlegte, sich den Spruch auf ein Küchenhandtuch sticken zu lassen. Sie fummelte am Duschvorhang herum, der aussah wie ein

Überbleibsel aus den 70ern, oben fehlten Plastikhäkchen, mindestens zwei. Es war gar nicht machbar, den Vorhang halbwegs ordentlich aufzuhängen. Das gesamte Bad entstammte einem völlig überholten Zeitalter, kein Vergleich mit der Wellnessoase, die sie bei Jona gesehen hatte. Die Vorstellung von ihm zwischen den orangeroten Kacheln und der Toilette, deren Porzellan angeknackst war, brachte sie zum Lachen. Er würde ein Problem haben, wenn er sich in dem spärlichen Bad mit ausgestreckten Armen um seine eigene Achse drehen wollte. Sie wollte ihn aber sowieso nie mehr wiedersehen, und wenn überhaupt, dann nur seine Augen, und die auch nur kurz. Annie rückte das Duschgel zurecht und begann sich zu entkleiden. Irgendetwas stimmte nicht.

Ihr Blick glitt durch den Raum, aber alles war wie immer. Instinktiv betastete sie ihr Handgelenk.

Das Armband war weg!

Ein weißer Streifen breitete sich dort aus, wo sie es getragen hatte. Hatte sie es ausgezogen? Sie legte es grundsätzlich nie ab. Oder hatte man es ihr geklaut? Jona kam ihr in den Sinn, doch der sah wirklich nicht wie ein gewiefter Trickbetrüger aus. Ob sie es bei ihm in der Villa verloren hatte, in der Cocktailbar oder im Pool? Hilflos klopfte sie ihre Jeans und das T-Shirt aus, ohne Erfolg. Sie atmete dreimal tief durch, um nicht auszuflippen. Wie nachlässig von ihr. Für gewöhnlich trank sie nicht, aber gestern Abend hatte sie sich mitreißen lassen und etliche teure Cocktails auf die Rechnung anderer getrunken. Entsetzt ließ sie sich auf den Badhocker fallen.

Der Glücksbringer war ein Geschenk ihres Bruders gewesen, und niemand hatte gehört, was er ihr dabei ins Ohr geflüstert hatte. »Weil du da bist.«

Wenn sie das goldene Kleeblatt betrachtete, fühlte sie sich sicher und ja, irgendwie geliebt. Es war wie ein Schutz vor ihren eigenen Ängsten, und jetzt war es weg. Zum wiederholten Mal tastete sie ungläubig ihr Handgelenk ab. Als könnte es in letzter Sekunde im Badteppich verschwunden sein, klopfte sie den fusseligen Vorleger über der Duschwanne aus. Nichts. Sie könnte sich in den Hintern beißen.

Bedrückt, aber immerhin frisch geduscht, setzte sie sich in den Rattansessel am Küchentisch.

»Du schaust, als ob man dir einen Eimer Eiswasser über den Kopf geschüttet hätte. War das Wasser so kalt?« Kira schepperte weiter. »Möchtest du Kaffee?« Sie schob sich ein Stück Bagel in den Mund, während sie die Kaffeemaschine bediente.

»Schwarz …«

»… und bitte nur mit Zucker«, vollendete Kira kauend den Satz. Dann stellte sie zwei Kaffeetassen auf den Tisch und ließ sich mit ihrem Frischkäse-Bagel gegenüber von Annie auf den Holzstuhl fallen. »Sag mal, hast du keinen Hunger? Das müsste mir mal passieren.«

Angespannt rutschte Annie auf dem Sessel herum. »Okay, warum lange um den heißen Brei herumreden? Erstens: Ich habe meinen Job verloren.« Annie griff sich an den Hals, aus Angst, ihre Kehle würde sich beim Sprechen zuschnüren. »Zweitens: Ich habe mit Jonathan Holden geschlafen. Und drittens: Ich kann Marcs Armband nicht mehr finden.«

»Du hast waaas?« Ihrer Freundin fiel fast das Essen aus dem Mund.

»Ich weiß auch nicht, was in den letzten Stunden bei mir passiert ist. Es fing alles mit der geschminkten Blonden und der Bloody Mary auf ihrem Top an. Und dann …«

Kira erhob ihre Hände wie einen Schutzschild. »Verschone mich mit den langweiligen Details. Du hast mit wem geschlafen? Moment, du hast überhaupt mit jemandem geschlafen?« Trockene Bagelstücke verirrten sich in ihrem Hals und sie hustete ein paar Krümel durch die Gegend.

»Dich interessiert wieder nur der Sex. Ist klar.«

»Da meine beste Freundin, Angelina Clark, seit zwei Jahren im Zölibat lebt, bin ich neugierig. Also, wer ist der Typ?«

Annie hielt sich mit beiden Händen die Augen zu.

»Wer. Ist. Er?« Ihre Mitbewohnerin trommelte mit den Fingern auf der Tischplatte.

»Jonathan Holden«, wiederholte Annie, als sei damit alles gesagt.

»Kenne ich nicht.«

Annie nagte an ihrem Daumennagel. »Ben Holden«, sagte sie dann undeutlich.

»Der Alte von der Holden Group? Der Finanzmulti?« Kira schlug die Hand vor den Mund. »Warum hast du denn mit dem …?«

»Nicht mit dem! Mit seinem Sohn. Ich bin heute Morgen in einer riesigen Villa aufgewacht.«

»Echt jetzt? Cooool.« Das letzte Bagelstück verschwand in Kiras Mund.

»Gar nichts ist cool!« Aufgebracht schwenkte Annie ihre Tasse, und der heiße Kaffee schwappte auf ihren Handrücken, was sie kaum wahrnahm. »Es muss doch einen Haken geben, wenn ein 39-jähriger gut aussehender Typ wie ein Eremit in einer gottverlassenen Villa lebt. Wieso ist der nicht verheiratet und hat Kinder?«

»Wieso hast du keinen Mann und keine Kinder? Nur, weil du erst sechsundzwanzig bist, tickt deine biologische Uhr anders?«, quittierte Kira die Frage. »Ich bin genauso alt wie du, und ich hätte sehr gerne Kinder mit Luis.«

»Abgesehen davon hat der Kerl mir für die Nacht mit ihm Geld hingelegt.« Annie verschränkte die Arme über der Brust.

»Das glaube ich nicht, Ann. Du siehst beim besten Willen nicht aus wie eine billige Bordsteinschwalbe, so ein Unsinn! Bei dir ist ein knielanger Rock ja schon porno«, besänftigte Kira sie lachend. »Was ist nur los mit dir?«

»Was los ist? Ein Albtraum. Das ist los.«

»Okay, du hast deinen Job verloren. Das ist echt Mist. Aber du findest etwas Neues.« Kira sprang auf, öffnete die Kühlschranktür und warf Annie eine Tafel Erdbeer-Joghurt-Schokolade vor die Nase. »Hier. Das ist schon mal der erste Schritt zur Besserung. Schoki hilft immer ... wenn sie nur nicht so viele fiese Kalorientierchen hätte. Na ja.« Sie zupfte an ihrem Hosenbund. »Wir kriegen das wieder hin, Ann.«

Mit ausdrucksloser Miene nahm Annie die Schokoladentafel und knibbelte an der Alufolie. Sie verspürte keinen Appetit und legte sie schließlich unverrichteter Dinge zur Seite.

»Wie war es denn mit ihm?« Ihre Freundin sah sie lauernd an.

Ja, wie war es eigentlich mit ihm gewesen?

»Ich bin in den Pool gefallen, der war irgendwie ebenerdig und nicht abgesichert.« Zur Verdeutlichung ruderte Annie flüchtig mit den Armen. »Kennst mich ja.«

»Tue ich das?« Kira verzog ihr Gesicht zu einer Grimasse.

»Jedenfalls ist er mir hinterhergesprungen. Vermutlich hatte er eine Heidenangst, ich könnte in seinem teuren Pool ertrinken. Eine Leiche eignet sich nicht gut als Poolaccessoire.« Sie brummelte und kratzte mit dem Fingernagel über die Sternchen auf der Kaffeetasse.

Jona hatte in etwa genauso entgeistert geguckt wie Kira jetzt. »Bist du immer so ein Tollpatsch?«, hatte er sie lächelnd gefragt, als sie anschließend in tropfnasser Kleidung voreinander standen.

»Erzähl weiter, ich bin schon ganz nervös«, forderte Kira.

»Als wir aus dem Pool gestiegen sind, hat er mich an sich gezogen und geküsst. Ki, das war unglaublich! Es war ein Gefühl, als ob wir für den Rest unseres Lebens zusammengehören würden ... als ob ... egal. Dann kam eins zum anderen und danach hatte ich ein Hemd und Boxershorts von ihm an.« Schnell klaubte sie nun doch ein Stück Schokolade aus der Verpackung und schob es sich in den Mund. »Heute Morgen war er weg und ich bin auch abgehauen.«

»Pool? Sex? Annie ...« Kira stockte mitten im Satz, als wisse sie nicht, was sie sagen sollte, was bei ihr äußerst selten vorkam.

Lecker, die Schokolade.

»Ich weiß, das klingt überhaupt nicht nach mir, und ich verstehe es selbst nicht.« Es knackte in die Stille hinein, als Annie sich eine weitere Schokoladenrippe von der Tafel abbrach.

Kira schwieg und wechselte mit auffällig gedehnter Stimme das Thema. »Im Kindergarten brauchen wir dringend eine Aushilfe für die Lesestunden. Wäre das nichts für dich? Zumindest vorerst, bis du was anderes gefunden hast.«

Nein, danke.

Auf der Suche nach Aspirin gegen ihren Brummschädel öffnete und schloss Annie diverse Küchenschränke. Hätte sie bei dem Kerl doch bloß das blöde Glas Wasser mit der aufgelösten Kopfschmerztablette getrunken. »Kira, das ist lieb. Aber willst du mich echt den Kindern zumuten?«

Unglücklicherweise schaute Kira in der Tat so, als bereue

sie ihren Vorschlag schon. »Und was willst du wegen deines Glücksbringers unternehmen, Ann?«

Das Röhrchen mit den Brausetabletten lag in der Besteckschublade, wie auch immer es dort hingekommen war. »Im Balboa Park hatte ich das Armband noch. Ich rufe gleich in dieser piekfeinen Cocktailbar an, vielleicht habe ich es beim Tanzen verloren.«

Erleichtert löste sie die Kopfschmerztablette in einem Becher mit Wasser auf.

Wenn das mit ihren Problemen nur auch so einfach wäre.

2. Kapitel

Bis Montagmorgen hatte Annie über alles Mögliche nachgegrübelt, viel herum gekommen war dabei jedoch nicht. Der Anruf bei *Cocktails&Dreams* ergab nichts Neues, ihr Kleeblatt-Armband blieb verschwunden. Jona war der Einzige, den sie noch hätte fragen können, aber nun ja: Sie konnte sich beim besten Willen nicht vorstellen, wie er freiwillig in seinen Pool sprang und danach tauchte.

Warum sie an diesem Morgen auf dem Weg zu ihrer Mutter ausgerechnet in den Coffeeshop im Financial District ging, obwohl sie dort nie etwas kaufte, wusste sie selbst nicht. Sie wollte Blaubeermuffins besorgen, aber das hätte sie genauso gut in Hillcrest tun können. Die Wäschefalten ihres Baumwollkleids knisterten, als sie die Straße entlangging. Das Bügeleisen hatte den Geist aufgegeben, und ihr halbherziger Versuch das Kleid mit den Händen und etwas Wasser zu glätten war an dem eigensinnigen Jerseystoff gescheitert. Hoffentlich sah das nicht ungepflegt aus. Zum Ausgleich hatte sie sich die Rapunzelhaare ordentlich zu einem Pferdeschwanz gebunden und etwas Maskara aufgetragen. Wie viele einzelne Wimpernhaare an einem Augenlid wohl zusammenkamen? Vielleicht zweihundert? Sie tippte mit dem Zeigefinger an den Wimpernrand des rechten Auges. Ja, könnte sein. Die wirkten doppelt so lang wie vorher, auch wenn sie sich wie Spinnenbeine anfühlten.

Die Menschentraube des Coffeeshops in der West Broadway bewegte sich schleppend vorwärts, weshalb Annie zum gefühlten zwanzigsten Mal im Geiste die Münzen in ihrer Hand abwechselnd addierte und subtrahierte. Als sie endlich an der Reihe war, bestellte sie drei Blaubeermuffins.

»Das ist ja wohl nicht Ihr Ernst!«, knurrte eine Männerstimme hinter ihr.

Der freundliche Ton der Bedienung hinter der Auslage schaltete sich wie bei einem Roboter ein. »Kein Problem, Mister Holden. Das waren zwar unsere Letzten, aber wir haben ein großes Sortiment.«

Hatte der gerade Holden gesagt?

Der Verkäufer steckte die drei Muffins mit einer routinierten Bewegung in eine Bio-Papiertüte und gab ein paar Bio-Papierservietten dazu.

»Ich möchte ausschließlich Blaubeermuffins. Das wissen Sie doch«, wetterte es in ihrem Rücken.

Der aggressive Tonfall ließ das hagere Männlein hinter der Theke nun doch zusammenzucken. »Dann müssen Sie sich gedulden, bis wir wieder frische backen«, gab es tapfer von sich.

»Danke, Junge. Bis dahin habe ich selbst einen Coffeeshop eröffnet.«

Annie riskierte einen Schulterblick und erkannte ihn sofort, ganz in Schwarz gekleidet: Ben Holden, der Finanzriese, auch wenn seine kleinwüchsige Gestalt Gegenteiliges vermuten ließ. Nahezu körperlich spürte sie seinen bohrenden Blick aus den schwarzbraunen Augen, in denen man kaum die Pupille erkannte. Sollte sie Jonas Vater die drei Muffins überlassen, nur weil er aussah, als zöge er gleich eine Waffe? Trotzig schob sie das Kinn vor. Auf keinen Fall. Wenn es nötig war, würde sie für diese Blaubeermuffins sterben.

Ein Mann wie Ben Holden verdrehte ganz klar nicht die Augen, auch wenn es ihr vorkam, als ob er das in diesem Moment gerne täte. Stattdessen schritt er an ihr vorbei, nahm den Coffee-to-go-Becher, den ihm der Verkäufer ergeben hinhielt, und warf ein paar Geldscheine auf die Auslage. »Schönen Tag noch.«

Die Vintagetür des Coffeeshops knallte gegen die mechanische Eingangsglocke.

»Es ist mir sehr unangenehm. Wir haben den Laden von Mister Holden gepachtet«, flüsterte das Verkäuferlein ihr zu.

Was besaß diese Familie denn noch alles?

Wenn sie die eine Nacht doch nur einfach vergessen könnte. In der Theorie funktionierte das, in der Praxis haperte es allerdings gewaltig. Sie fröstelte und ließ die abgezählten Geldstücke auf die Theke klackern, dann griff sie nach der Backwarentüte. Zurück auf der Straße schlug ihr Herz gegen ihre Brust, als bearbeite ein Vorschlaghammer eine Betonwand. Was zum Teufel tat sie hier überhaupt? Dieser Jona verschwendete bestimmt keinen einzigen Gedanken an sie. Ab jetzt würde sie nie mehr an den Typen denken, nicht an ihn und schon gar nicht an diese überflüssige Begegnung mit seinem Vater. Sie wechselte die Straßenseite, um zur Bushaltestelle zu gelangen, und bemerkte, dass sie mit den Fingerspitzen ein Loch in die Papiertüte gerieben hatte.

Schon von Weitem leuchteten ihr die orangefarbenen Gerbera, die Sonnenblumen und die violett blühenden Salbeibüsche aus dem Vorgarten des Craftsman-Hauses entgegen. Der Regenbogen-Stadtteil Hillcrest stand, solange sie denken konnte, im Zeichen von Toleranz und Akzeptanz, und genau hier hatten ihre Eltern leben wollen, nirgendwo sonst.

»Na, Prinzessin!« Walther Smith von gegenüber werkelte mit der Gartenschere in seiner Hecke herum und winkte ihr fröhlich zu. Sein irrer Zwergpinscher spielte auf dem Rasen mit einem Gummiball.

»Hey, Walther. Wie geht es?«

»Du weißt doch, Prinzessin, wie es alten Leuten so geht. Immer weiter.« Er lachte sein breites Gebisslachen. »Schau, hier habe ich seit Neuestem Kürbisse gepflanzt.« Stolz deutete er auf einen Fleck Erde, auf dem kein einziger Kürbis wuchs.

»Sieht gut aus.« Sie musste sich strecken, um das vermeintliche Beet hinter der Hecke überhaupt sehen zu können. Zwangsläufig erinnerte sie sich daran, wie sie als Kind mit den Smiths und Marc kurz vor Halloween Jacksons Kürbismarkt besucht hatte. Ihre Mutter musste arbeiten, und die Smiths, kinderlos, passten in ihrer Freizeit gerne auf Annie und Marc auf. Zu Hause schnitzte Walther dem Kürbis ein gruseliges Gesicht und Kirsten zauberte eine fast genauso gruselige, bitterscharfe Kürbissuppe.

»Gruß an Kirsten!«, rief Annie ihrem Nachbarn zu, während sie behutsam das kleine Vorgartentor ihres Elternhauses aufschob. Es fühlte sich absurd an, so als betrete sie eine andere Welt. Schlagartig verbesserte sich ihre Laune, beinahe hätte sie fröhlich gepfiffen oder zumindest ein Lied gesummt.

»Sie ist da! Es ist neun Uhr und fünfundfünfzig Minuten, und sie ist da.« Marc stand auf der Veranda, die dunklen Haare perfekt geföhnt. Für einen fünfzehnjährigen Teenager sah er eine Spur zu organisiert aus.

»Der gelbe Bus mit der Nummer null sieben hält um genau neun Uhr achtundvierzig an der Haltestelle Ecke 3rd street. Man benötigt fünf Minuten bis hierher, wenn man den direkten Weg geht«, referierte er.

»Hallo, Marc.« Am liebsten hätte sie ihn an sich gedrückt,

aber Berührungen mochte er nicht gerne. Stattdessen schlenderte er um sie herum.

»Bist du wieder in deinem Strand-Outfit? Ich liebe es!«, sagte sie, grinste und zupfte an dem Kragen seines Hawaihemdes. Etliche dieser Hemden hingen in seinem Schrank, streng nach Farben sortiert, und er trug jeden Tag ein anderes in einer festgelegten Reihenfolge.

»Ich gehe nicht zum Strand«, kam seine nüchterne Antwort.

»Das war nur so dahergesagt, Marc.«

»Hast du Blaubeermuffins dabei? Keine Schokoladenmuffins. Blaubeermuffins, die von Browns Coffeeshop.« Er zeigte auf die Papiertüte mit dem Browns-Schriftzug und dem Loch.

Sie bildete sich ein, winzige Freudengrübchen um seine Mundwinkel zu sehen.

»Montagmorgens gibt es um zehn Uhr einen Blaubeermuffin, weil Montag ist. Wenn wir sonntags nicht gebacken haben, dann von Browns.«

»Ich weiß, du Held.« Warum musste es von allen Menschen ausgerechnet ihren kleinen Bruder treffen? Im Alter von knapp zwei Jahren wurde sein Verhalten auffällig. Er beschäftigte sich stundenlang mit sich selbst, ohne die Außenwelt wahrzunehmen. In der Folge traten immer mehr Eigenarten auf. Die Ärzte diagnostizierten eine Form des Autismus und nannten es Asperger-Syndrom. Hundert Prozent sicher waren sie sich allerdings nicht. Annie hatte damals nicht verstanden, was das bedeuteten sollte, und es war ihr egal gewesen, was die Erwachsenen sagten. Letztendlich war es bis heute so geblieben, und wenn sie ehrlich war, hatte sie die Fragen verdrängt, die ihr ohnehin niemand beantworten konnte. Marc war eben Marc.

Sie nahm ihren Bruder an die Hand, was er widerwillig zuließ, und zog ihn mit nach drinnen. Der Flur mit dem Eichenparkett und dem orientalischen Teppich, der immer ein bisschen schief lag, zauberte ihr ein Lächeln auf das Gesicht. Es duftete nach Kaffee und frischen Blumen. Lilo hatte einen ihrer legendären Sträuße gebunden, der den mit Kratzern übersäten Holzesstisch optisch aufwertete. Neben den Gewächsen aus ihrem Vorgarten nutzte sie dazu das Grün, das rund um das Grundstück wuchs. Auf der anderen Straßenseite drängte sich ein Haus an das andere, aber ihr Einfamilienhaus auf dieser Seite stand frei, rechts und links nur unbebautes Land mit wild wachsenden Pflanzen.

Lilo kam mit offenen Armen aus der Küche auf sie zu. Sie sah aus wie eine in Vergessenheit geratene Künstlerin aus der Hippiezeit, also so wie immer. Mit ihren ungefähr einhundert klappernden Armreife erdrückte sie Annie fast bei der Umarmung. »Schätzchen! Wie schön, du bist da. Geht es dir gut?«

»Bestens.« *Okay, Lüge Nummer 1. Ging als Notlüge durch.*

»Danke dir für die Muffins. Sind ja die von Browns, wie immer. Die magst du doch gerne, nicht wahr, Marc?«

Annies Bruder nickte. Er setzte sich an den Küchentisch und strich mehrfach hintereinander über die gemusterte Serviette, die ihre Mutter auf seinen Teller legte. Sicherheitshalber rückte er die Gabel zurecht und vergewisserte sich, ob die Tasse am angemessenen Platz stand.

»Marc wird um halb elf zu seinen Stunden im Autismuszentrum abgeholt. Kirsten kommt heute Abend rüber und bleibt hier. Ich habe Nachtschicht auf der Intensivstation.«

Annie verfolgte, wie Lilo sich an der Muffinstüte zu schaffen machte. Sie sah übermüdet aus, und das schon seit Monaten. Es entstand eine längere Pause, und Annie fühlte sich bestätigt, offenbar verheimlichte ihre Mutter ihr etwas. »Ist alles in Ordnung bei dir?«

»Weißt du, was sie sich im Zentrum jetzt für die Kids überlegt haben? Sie gehen zu Walgreens Store, und die Kinder dürfen helfen, Regale einzuräumen und Produkte zu sortieren, eben solche Dinge.« Lilo setzte ein unechtes Lächeln auf. Sie nahm neben ihrem Sohn Platz, faltete die Papierserviette auseinander und legte sie auf ihren Schoß.

»Das ist ja toll, Marc.« Obwohl Annie sich für ihren Bruder freute, ließ sie ihre Mutter nicht aus den Augen.

»Hast du Lust auf Schach, Annie?« Marc sprang auf, um das Schachspiel und die Figuren zu suchen, doch Annie hielt ihn zurück. Sie verlor ohnehin wieder gegen ihren fast elf Jahre jüngeren Bruder, was ihr im Grunde nichts ausmachte, aber sie wollte Lilo nicht die Gelegenheit geben, sich einem Gespräch zu entziehen.

»Wenn ich Mom richtig verstanden habe, ist für ein Spiel nach dem Frühstück keine Zeit mehr.« Sie registrierte, wie ihr Bruder seine Konzentration auf das Gebäck richtete und die hervorblitzenden Blaubeeren begutachtete, als habe er noch nie einen Muffin gesehen.

Lilo sprach einfach weiter. »Vielleicht ist das eine Berufsperspektive für Marc, weißt du. Ein Förderprojekt seiner Schule ist die Mitarbeit in der Schulbibliothek. So eine Art Orientierungsmaßnahme, ich glaube, so heißt das. Um herauszufinden, ob den Kindern diese Arbeit liegt. Eine schöne Sache. Die Schule kümmert sich inzwischen auch.«

Zustimmend brummelte Annie und begab sich daran, den Kaffee auszuschenken. Dass von Schulseite immer noch zu wenig getan wurde, war nichts Neues.

»Schätzchen, wo ist dein Talisman?« Lilo deutete verwundert auf Annies Handgelenk.

»Vergessen«, antwortete sie knapp.

Bravo. Noch eine Lüge.

Marc legte die Stirn in Falten. »Das ist nicht gut.«

Er hatte recht.

Obwohl sie Angst hatte, die Frage zu stellen, ließ sie ihr keine Ruhe. Ihr Bein zuckte unter dem Esstisch. »Mom, was ist mit unserem Haus? Die Nachricht, die du mir am Freitag geschrieben hast, erinnerst du dich?«

Als habe sie die Frage nicht gehört, gab Lilo einen Schuss Milch in ihre Tasse, dann legte sie beide Hände an ihren Teller. Es sah so aus, als müsse sie sich daran festhalten. Annie schwieg und wartete.

»Ach, nützt ja nichts.« Nach einer gefühlten Ewigkeit ließ Lilo den Teller los, stand auf und zog einen Brief aus der Küchenschublade, den sie Annie reichte.

»Eine letzte Mahnung zu vorangegangenen Zahlungsaufforderungen. Mom, du hättest die Rückstände der Raten für das Haus längst bezahlen müssen! Die Bank droht mit Konsequenzen. Hast du das nicht verstanden? Wenn ihr das Haus verliert ... Für Marc ist das Haus wichtig, das ist seine Basis. Du weißt doch, wie schwer er sich mit Veränderungen tut. Und ich ... ich liebe dieses Haus ... und das tust du doch auch!« Ihr gemütliches Zimmer im oberen Stockwerk, der wellenförmige Verlauf des Treppengeländers und wie sie sich über das Geräusch freute, das jede einzelne Stufe aus Eichenholz unter ihren Füßen hinterließ. Was wusste ein Finanzinstitut schon von diesem Haus? Wieso nur hatte Lilo es so weit kommen lassen?

»Was soll ich tun, Kind? Seit der Trennung ist alles anders.«

Seitdem Annies Vater die Familie wegen einer anderen

Frau verlassen hatte, reihte sich in ihrer aller Leben eine Hürde an die andere. Keine der damit verbundenen Empfindungen fühlte sich schön für Annie an: Verlustangst, Enttäuschung, Zorn und Hass. Natürlich gab es auch finanzielle Engpässe, doch Annie hatte immer fest daran geglaubt, ihre kleine Familie würde das alles irgendwann hinter sich lassen. Sie spürte einen nie da gewesenen Druck auf der Brust. »Ich helfe dir, Mom.«

»Du hast selbst genug um die Ohren, Liebes.« Ihre Mutter legte eine Hand auf Annies Unterarm, was ihr Herz zum Holpern brachte. Annies Magen zog sich zusammen. Sie würde sich eher die Zunge abbeißen, als Lilo von ihrer Kündigung zu erzählen.

Die Positiv-Aura, die Lilo normalerweise umgab, existierte nicht mehr. Die *Sonnenstrahlen*, wie Annie es bezeichnete, waren weg. Sie konnte selbst nicht fassen, dass sie das fragte: »Hast du etwa aufgegeben?«

Ihre Mutter würde niemals aufgeben, niemals.

Marc drehte den Muffin im Kreis. Dann sagte er: »Sieht aus wie ein Luftballon, aus dem die Luft verschwindet.«

Er hatte es auf den Punkt gebracht.

In den darauffolgenden Tagen schrieb Annie viele Bewerbungen und führte unzählige Telefonate. Der Brief von der Bank, der in der Küchenschublade ihrer Mutter schlummerte, beunruhigte sie. Aber immerhin verblassten die Gedanken an einen gewissen Mister Holden. Trotzdem war dieser Zustand nicht besonders angenehm. Wenn sie schlafen wollte, kroch die Beklemmung wie ein Nachtgespenst in ihr hoch, und sie konnte kein Auge zutun.

Sie saß am Küchentisch und hypnotisierte ein schneeweißes Blatt Papier. Einen Aushang bei Ralphs im Supermarkt, hatte Kira vorgeschlagen. Eine brillante Idee, die nichts kostete, und vielleicht hatte sie ausnahmsweise Glück und jemand bot ihr einen Job an. Aber wie sollte sie sich per Supermarktaushang halbwegs qualifiziert bewerben? Auf diesem Weg eine Stelle als Sekretärin zu ergattern, war so realistisch, wie eine verlorene Kontaktlinse am Strand wiederzufinden. Annie kaute auf dem Ende ihres Kugelschreibers herum und schrieb letztendlich *Aushilfe* plus einen kurzen Text und ihre Telefonnummer auf das Blatt. Es war kein guter Zeitpunkt, wählerisch zu sein, fand sie. Deshalb überlegte sie, trotz ihrer Abneigung, die Lesestunden im Kindergarten anzunehmen, auch wenn die Vorstellung davon sie jetzt schon abschreckte. Angespannt fuhr sie mit den Fingern durch ihre Haare. Bisher fand sie den kinnlangen Bob ungewohnt, aber vor allem befreiend.

In einer spontanen Nacht-und-Nebel-Aktion hatte Annie entschieden, die Haare um mehr als die Hälfte zu kürzen. Glücklicherweise hatte sie bei Kira, die umstandslos die Haarschere gezückt hatte, nichts zu befürchten. Die Tochter eines Friseurmeisters wusste, was sie tat, oder verbarg zumindest gekonnt, wenn sie es nicht wusste.

Annie schob sich eine Strähne hinters Ohr und las sich noch einmal das Geschriebene durch. Nun musste sie die Anzeige nur noch unterwegs im Laden abgeben. Sie ging in ihr Zimmer, kramte ein paar Strandsachen zusammen und wartete auf Kira. Zum Puderzucker-Sandstrand von Coronado fahren und den Kopf frei bekommen, das Rauschen des Meeres hören und die Sandkörner zwischen den Zehen spüren – vielleicht kamen ihr dort neue Ideen zur Jobsuche oder zu dem Hausproblem ihrer Mutter.

»Du wirst sehen, es wird sich alles regeln.« Die Sonne blendete durch die staubige Windschutzscheibe, und Kira deutete auf Annies nackte Zehen, die gegen das Glas stießen. »Du drückst Flecken auf die Scheibe.«

Widerwillig nahm Annie die Beine von der Verkleidung.

»Heute Abend hast du sicher jede Menge Anrufe auf dem Anrufbeantworter wegen der Anzeige, Ann.«

Auf der Coronado-Bay-Brücke ließ Annie das verkratzte Seitenfenster des alten Buick Electra herunter und hielt eine Hand hinaus. Als der Wagen, den sie liebevoll Hardy getauft hatten, das erste Drittel der Überführung passierte, spürte sie das wohlige Ziehen im Bauch. Sie kam sich vor wie in einem Flugzeug, das änderte sich wohl nie. Ächzend legte sich das behäbige Fahrzeug in die Kurve und schwang mit der Schieflage des Bauwerks mit. Hardy, ihr Gemeinschaftsauto, das die meiste Zeit über von Kira gefahren wurde, gab ein hustendes Geräusch von sich. Behutsam strich sie über die Leiste der Wagentür. Heutzutage würde Hardy wohl keine Tour mehr von San Diego bis San Francisco schaffen. Wie zur Bestätigung hüstelte das Auto noch einmal, und der Motor kratzte eigenartig. Sie lehnte sich zurück, denn Hardy blieb nicht stehen. Im Gegensatz zu den meisten Männern war auf ihn Verlass.

Kira drehte das Radio lauter, und Annie kniff die Augen zusammen. In tiefen Zügen sog sie die frische Meeresbrise ein. Es ging ihr besser. Sicher hatte ihre Freundin recht und es würde sich alles fügen. Es hieß doch, im Leben sei alles für etwas gut. Wozu die Nacht mit dem arroganten Blödmann gut gewesen sein sollte, konnte sie sich jedoch nicht erklären. Ihre Finger gruben sich in den Stoff ihrer bunten Strandtasche, bis die Knöchel weiß hervortraten.

»Was denkst du?«

Die Sommersprossen ihrer Freundin erschienen dunkler.

Manchmal kam es Annie vor, als färbten sie sich in jedem Tageslicht anders. »Ich finde es schade, dass es keinen Fußgängerweg über die Brücke gibt.«

Kiras Lachen klang seltsam unangebracht. »Die Selbstmörder. Nach der Golden Gate und der George Washington Memorial ist das landesweit die beliebteste Brücke.«

»Das wusste ich gar nicht.« Sie verspürte den Drang, ihre Beine wieder auf der heißen Ablage zu platzieren und die Füße gegen die glatte Scheibe zu drücken, obwohl sie wusste, wie wenig Kira das gefiel. »Ich verstehe das nicht, es ist so schön, auf das Meer, die Segelschiffe und die Jachten zu schauen. Wie kann man bei diesem traumhaften Anblick springen?« Mittlerweile saß sie so tief in ihrem Sitz, weshalb der Anschnallgurt an ihrem Hals drückte. Die Füße ließ sie am Boden.

Mit dem Zeigefinger deutete Kira auf eine Beschilderung am Straßenrand. Ein paar Meter weiter stand ein ähnliches von Sonne und Salzwasser ausgebleichtes Straßenschild, weitere folgten. »Du weißt doch, man kann jederzeit die Hotline anrufen. Schöner Schwachsinn! Als würde jemand in so einer Situation noch telefonieren wollen. Nach dem Motto: Hey, Leute, hab es mir anders überlegt. Ich springe noch nicht, erst mal Kaffeeklatsch mit der Tante vom Sozialdienst.« Sie knuffte Annie belustigt gegen den Oberschenkel.

Die fühlte sich unfähig, zu reagieren. Mit dem Smartphone auf dem Schoß glotzte sie auf eine der bunten Hinweistafeln. »Probleme habe ich auch, und nicht gerade wenige.«

»Und du hast miiiich!«

Annie hasste Kiras Angewohnheit, Wörter in die Länge zu ziehen. »Eben. Ich Arme muss auch noch mit dir klarkommen. Ein Grund mehr«, sagte sie lachend.

»Du brauchst halt einen richtigen Mann an deiner Seite.

Luis ist mir in solchen Situationen immer eine wahnsinnige Stütze, moralisch gesehen.« Kira ließ kurz das Steuer los und hob die Hände gen Autohimmel, als bitte sie um eine Eingebung, die sie prompt bekam. »Hey, wir sollten dir einen Mann suchen!«

»Hey, wir sollten mir vor allem erst einmal einen Job suchen. Am besten gleich zwei.« Annie zog einen Schmollmund. »Und danke, dass du mich daran erinnerst. Männermäßig bin ich bedient.« Sie schaute zum Seitenfenster hinaus, um das Gesprächsende zu markieren, was jedoch ignoriert wurde.

»Du musst dir halt den Richtigen aussuchen.« Energisch zog Kira Hardy auf die Überholspur, um an einem Pick-up vorbeizufahren.

»Genau. Ich hänge auf dem Rückweg einen zweiten Zettel im Supermarkt aus: Richtiger Kerl gesucht! Groß, sportlich, dunkelblonde Haare, umwerfend blaue Augen und ein sexy Lächeln.« Augenblicklich wurde ihr bewusst, sie hatte soeben Jona beschrieben. Schnell klappte sie den Mund zu.

»Sch …« Kira drehte das Radio laut und es hörte sich an, als ob die antiquierten Boxen des Autos jeden Moment explodieren würden. Der Radiosprecher warnte vor den Rochen, die zurzeit das seichte Wasser der Strände bevorzugten. Annie dachte an ihren ersten und letzten Versuch zu surfen, der nach zehn Minuten mit einem Rochenstich in einem Desaster endete. Es hatte gebrannt, als habe sie auf eine heiße Herdplatte getreten, und sie outete sich mit ihrer Heulerei nicht gerade als waschechtes California Girl. Seitdem vermied sie es ohne Flipflops durchs Meerwasser zu waten, und jemals wieder von einem Brett zu fallen, auch wenn Luis, Kiras Surferfreund, sie für einen Angsthasen hielt.

Am Strand angekommen breiteten die Freundinnen ihre Frotteehandtücher aus und positionierten sich so, dass sie die Surfer auf dem Wasser beobachten konnten. Wenn sie genug von der Mittagssonne hätten, würden sie sich an einen der Tische vor dem *1,2,3 Café* setzen und eine Runde Schach spielen. Die Leidenschaft für das Strategiespiel hatte Annie von ihrem Vater geerbt, genauso wie Marc. Immerhin eine der wenigen Eigenschaften von ihrem Erzeuger, mit denen man etwas anfangen konnte. Aus welchem Grund Kira – ohne die Chance je gewinnen zu können mitspielte – konnte Annie nur erahnen: Milchkaffee mit Sojamilch und Vanillearoma.

»Was guckst du denn so?« Mit dem Fuß zog Annie das Frotteehandtuch auf dem Sand glatt. Anschließend streifte sie sich das Strandkleid über ihren Kopf und legte einen knallroten Bikini frei.

»Sieht gut aus. Ist das ein Push-up?«, feixte Kira und bekam prompt einen Vogel gezeigt. Sie raschelte mit einer Butterkekskiste und streckte sich bäuchlings auf ihrem bunt gestreiften Tuch aus, wobei sie den Kopf nach den Surfern reckte.

»Ob Luis und ich wohl mal zusammenziehen und heiraten?«, sinnierte sie und biss in einen Keks.

»Warum denn nicht? Obwohl ich das natürlich schrecklich fände, für mich. Und schrecklich schön für dich.« Die verflixte Sonnencreme wollte nicht aus der Tube kommen, bis Annie so fest draufdrückte, weshalb sich ein Mount-Everest-Cremeberg auf ihrer Hand bildete. Sie verteilte einen Teil davon auf Kiras Rücken und den Rest auf ihrem eigenen Körper.

»Luis weiß nicht, ob er so weit ist. Und das nach drei Jahren Beziehung.«

»Bist du denn so weit, Ki?«

Verträumt sah Kira geradeaus und antwortete knapp: »Ja.«

Natürlich hatte Annie gewusst, was Kiras größter Traum war: eine Hochzeit in Weiß, ein Haus und eine Familie mit Kindern. Dass sie tatsächlich so hart daran arbeitete, verschlug ihr die Sprache. Insgeheim beneidete sie ihre Freundin für dieses Ziel, *das große Glück*, und noch mehr dafür, wie nah sie schon dran war. Annies eigenes Lebensziel klang dagegen so nichtssagend: *den nächsten Tag unbeschadet überstehen.*

»Ich gehe eine Runde spazieren, in Richtung Hotel. Okay?« Annie tastete nach ihrer Sonnenbrille, die einen schiefen Bügel hatte, den sie längst hätte richten lassen sollen. Auch ihr Kopfhörer hatte eine Macke, es wäre Zeit für einen neuen. Sie stolperte über Kiras Tasche, fing sich jedoch rasch. Mit den Zehensandalen an den Füßen wanderte sie dicht am Meer entlang, hie und da kickte sie etwas feuchten Sand vor sich her. Am Ende des Sandstrandes wich sie den Bergen aus Algenresten aus, die die Strandarbeiter dort aufgeschichtet hatten. Ein Mann mit einem Reinigungsfahrzeug drehte unermüdlich seine Runden, und als sie auf die geteerte Promenade einbog, fiel sie fast über einen Hund, der ihr entgegen tollte. Vermutlich hatte Jona recht, und die Tollpatschigkeit gehörte einfach zu ihren persönlichen Eigenschaften. Da war er also wieder. Zum Glück nur in ihrem Kopf, und sie konnte ihn jederzeit verdrängen. *Bye-bye, Jona!*

Im Takt der Musik über ihre Kopfhörer schlenderte sie vorbei an den Strandhäusern mit den roten Dächern, die sich an das Coronado Del Hotel anschlossen. Ausgerechnet jetzt musste sie dringend auf die Toilette. Manchmal war es grauenhaft, eine Frau zu sein. Es half jedoch nichts, in ihrer Not blieb ihr nur das Hotel. Ein Kopfhörerstöpsel fiel ihr aus dem Ohr, als sie das Blümchenkleid über ihren Körper gleiten ließ. Das Textil war etwas zu weit ausgeschnitten und das Bikinioberteil blitzte hervor. Was für ein perfektes Outfit für ein Luxushotel.

Flink schaltete sie die Musik aus und schritt die majestätischen Stufen zum Eingang des Fünf-Sterne-Hotels hoch. Oder hatte es sogar sechs Sterne? In der pompösen Eingangshalle schlich sie zielstrebig in Richtung WC. Hoffentlich bemerkte niemand, dass sie nicht dazugehörte. Das gewöhnliche »Guten Tag, Miss« einer Hotelangestellten überhörte sie geflissentlich. Durch die Gläser der Brille erschien der Innenraum des Hotels noch dunkler als ohnehin. Aus den Augenwinkeln sah sie zwei Geschäftsmänner und eine Frau in einem Etuikleid auf sich zukommen. Die Frau, die einen der Männer mindestens um zwei Köpfe überragte, wenn nicht drei, sah ein bisschen aus wie eine Giraffe. Annie schaute weg und schob ihre getönte Brille mit dem Zeigefinger ein Stück höher auf die Nase.

Etwas krachte neben ihr auf den Boden, ein paar Blätter segelten hinterher.

»Huch, was machen Sie, Chef?« Die Giraffe legte eine Hand vor ihre Brust, so als ob sie einen Herzinfarkt bekäme.

Ihr Gesprächspartner bückte sich nach seinem iPad und redete unbeirrt weiter. Er klappte das Tablet auf. »Das Ding funktioniert noch, lassen Sie uns im Meetingraum die Übersicht der einzelnen Posten genauer diskutieren.«

Als er sich umdrehte und nach vorne deutete, um die beiden anderen zum Gehen zu bewegen, erstarrte Annie zur Wachsfigur. Ihr Blick streifte die Narbe in seinem Gesicht, die er reflexartig mit seinen Fingern berührte. Gedanklich zählte sie die Sekunden: 21, 22, ... *sag was!*

»Hallo Jona.« Es kam ihr so vor, als wären sie plötzlich die einzigen Menschen in der geschäftigen Lobby.

Man sah es Jonathan Holdens Gesichtszügen an, er brauchte einen Moment, um sie einzuordnen. Vielleicht lag es an ihren kürzeren Haaren oder ihrer imposanten Sonnenbrille. Er zog eine Augenbraue hoch, während er den Kopf schief legte. »Annie?«

Sie registrierte, wie angestrengt er schluckte. Die Giraffenfrau nickte Jona zu und dirigierte den anderen Mann höflich vorwärts, wobei sie ununterbrochen auf ihn einplapperte.

»Du bist ziemlich tollpatschig unterwegs heute.« Mehrfach versuchte Annie sich die Brille lässig in die Haare zu schieben, doch der defekte Bügel wehrte sich dagegen. Schließlich nahm sie die Sonnenbrille in die Hand.

»Hübsche Frisur.« Jona grinste. »Was verschlägt dich hierher?« Das Grinsen verwandelte sich in eine Grimasse. Als wäre es so ungewöhnlich für ihn, sie in einem Luxushotel zu treffen.

»Das Gleiche könnte ich dich fragen.« Auf der Stelle fühlte sie sich unwohl in ihrer Haut. Obwohl es ihr bleischwer fiel, nickte sie kurz zum Abschied und ging an ihm vorbei.

»Warte!«, hörte sie ihn ziemlich laut sagen, der feinen Umgebung gerade noch angemessen.

Ihr Gang beschleunigte sich und ihr Herz schlug viel zu heftig gegen ihre Rippen. Gleichzeitig hörte sie, wie seine festen Schritte ihr folgten. Kurz darauf umfasste seine kräftige Hand ihren Oberarm, und er manövrierte sie in die Ecke der Lobby. Eine unbändige Wut überkam sie. Der Typ, der sie für eine Nacht bezahlen wollte, löste einen Tornado an Gefühlen in ihr aus. Dem fehlten wohl ein paar Gehirnzellen!

»Lass uns kurz reden«, schlug er vor.

»Reden? Mit dir?« Grimmig fummelte sie das verrutschte Dekolleté des Kleides nach oben, um ihren Bikini zu verdecken.

Er hatte ihr Geld für die Nacht mit ihm hingelegt!

»Ja, reden. Ich habe eine ganze Menge Fragen. Mich interessiert zum Beispiel, warum du mich nicht angerufen hast. Und ich finde, wir sollten darüber sprechen, was in dieser Nacht passiert ist.« Er strich sich über den Dreitagebart.

»Wie bitte?« Sein aufreizender Tonfall machte ihr die Ernsthaftigkeit der Situation bewusst, was sie irritierte. Sie begann zu schwitzen, reflexartig ballte sie die Hände zu Fäusten.

Er hatte ihr doch gar keine Nummer hinterlassen!

Aus dem Nichts baute sich ein Jüngling in Hotel-Uniform hinter Jona auf. »Mister Holden, ich störe ungern, aber auf den Unterlagen fehlt noch Ihre Unterschrift. Heute ist mein erster Tag, ich möchte nichts falsch machen. Wenn Sie mir bitte kurz folgen würden.« Der Jüngling trat von einem Bein auf das andere.

Professionell richtete Jonathan seine Krawatte. »Annie, wartest du hier bitte auf mich? Ich bin sofort wieder da. Es ist im Moment etwas stressig bei mir.« Dabei betonte er *stressig* und funkelte den Uniformierten an, der sich nicht beeindrucken ließ. »Ich bin in fünf Minuten zurück. Versprochen.«

»Klar, ich warte. Weil ich ja so dringend mit dir reden will.« Annie konnte und wollte sich die ironische Bemerkung nicht verkneifen.

»Tu mir den Gefallen.«

Flehender Blick aus lichtblauen Augen.

»Okay«, glitt es ihr wie selbstverständlich über die Lippen. *Verdammt!*

Jonathan Holden folgte dem Hotelmenschen, der vor ihm herschritt wie ein Zinnsoldat. Ein irrwitziges Bild. Erleichtert huschte Annie durch die nahe gelegene Tür zu den Damentoiletten. Jetzt musste sie noch dringender als dringend aufs Klo.

Bevor sie zurück in die Lobby trat, ordnete sie vor dem goldgerahmten Spiegel über dem Waschbecken ihre Haarsträhnen. Was hatte er damit gemeint, sie hätte ihn anrufen sollen? Was war eigentlich sein Problem? Genervt zuckte sie mit den Schultern. Wenn er doch nur nicht diese vereinnahmenden Grübchen bekäme, wenn er grinste.

In der Empfangshalle war von Jona weit und breit nichts zu sehen. Eine Zeit lang beobachtete sie eine ankommende Touristenfamilie beim Einchecken. Die drei Kinder, vom Kindergartenkind bis zum Schulkind, standen vor dem Aufzug und drückten permanent auf die Leuchtknöpfe. Es pingte, Türen gingen auf und wieder zu, dann hämmerten sie erneut auf die Knöpfe. Eine ältere Dame mit einem Pudel auf dem Arm landete bereits zum dritten Mal im Erdgeschoss.

Der junge Uniformierte von eben mischte sich ein, schob die Kinder beiseite und brachte sie zu ihren Eltern. Von Jona nach wie vor keine Spur. Die Familie stieg mit Sack und Pack in den Aufzug. Wie lange stand sie schon hier? Zu lange.

Als sie endlich wieder draußen vor der breiten Eingangstreppe war, klingelte ihr Handy. »Es ist gerade echt ungünstig, Mom.«

»Es ist etwas passiert.« Die brüchige Stimme ihrer Mutter versetzte jede Faser von Annies Körper in Alarmbereitschaft.

»Ich habe noch einen Brief von der Bank bekommen. Ich ... ich weiß nicht. Ich verstehe kein Wort.«

»Was schreiben sie?«

»Ich verstehe es ja nicht«, kreischte Lilo panisch. Man hörte sie durchs Telefon hektisch mit Papier knistern.

»Lies es mir vor.« Konnte der Tag noch schlimmer werden? Annie hockte sich auf die vorletzte der Hotelstufen und legte eine Hand an die Stirn. Es raschelte an ihrem Ohr, als würde jemand in eine Chipstüte greifen.

»Hörst du mich?« Charlotte Clark räusperte sich. Sie vertraute nicht auf die moderne Technik, die in ihren Augen nur unsinniger Zukunftskram war.

»Lies.«

»Sehr geehrte Frau Clark. Blablabla ... unserer mehrmaligen Aufforderung nicht nachgekommen ... also, das ist unwichtig.«

Bereits vom Zuhören bekam Annie Magenschmerzen.

»Bist du noch da, Kind?«

»Mom, lies doch endlich!«

»Hier: Der Rückstand Ihrer Ratenzahlungen für das Wohngebäude nebst Grundstück beläuft sich momentan auf 11.713,56 Dollar. Da Sie seit Monaten in Verzug sind, machen wir von der Klausel §16a des Kreditvertrages Gebrauch. Diese sieht vor, dass der gesamte noch ausstehende Kreditbetrag zu zahlen ist. In der Summe 49.904,12 Dollar. Wir fordern Sie dazu auf, den Betrag innerhalb der nächsten vier Wochen auf unten stehendes Konto zu begleichen. Sollte vorher Genanntes nicht erfolgen, sehen wir uns gezwungen, das Wohneigentum gemäß §16b der

Zwangsversteigerung auszusetzen, um den Gesamtkredit auszulösen.«

Nach jedem zweiten Wort räusperte Lilo sich wieder, was Annies Anspannung ins Unermessliche steigerte. »Zwangsversteigerung?«

»Fast 50.000 Dollar, Annie. Wir verlieren alles, was wir haben!«

»Alles.« Annie hörte sich selbst die Worte ihrer Mutter nachplappern wie ein Papagei.

»Wo soll ich denn so viel Geld herbekommen, Kind? Einen Goldesel haben wir nicht.« In der Stimme ihrer Mutter schwang Panik mit.

»Vier Wochen. Beruhige dich bitte, wir schaffen das. Ich muss auflegen, aber ich melde mich wieder. Wir schaffen das!« Sie drückte auf die rote Taste, mehr oder weniger unbewusst und noch ehe Lilo etwas erwidern konnte.

Stille.

Wenn man nicht weiterweiß, sollte man versuchen, sich mit einer einfachen körperlichen Übung zu beruhigen: Sie hob die Arme über den Kopf, streckte sich und atmete tief ein und aus, das tat sie mehrmals hintereinander. Dabei hielt sie die Augen geschlossen und versuchte, einen klaren Gedanken zu fassen. Als sie schlucken musste, kam es ihr vor, als wäre selbst das unmöglich. Ein Hotelgast mit einem Handkoffer, auf dem ein Aufkleber-Mix verschiedenster Länder klebte, blieb neben ihr auf der Steintreppe stehen.

»Fräulein, sind Sie krank?«

Das kam jetzt drauf an: War krank das Gleiche wie verrückt?

»Alles ist gut«, sagte sie und strich den Blumenstoff ihres Strandkleids glatt.

Gar nichts ist gut.

3. Kapitel

»Mensch, Annie. Ich warte schon so lange auf dich, dass ich nicht mehr weiß, ob es noch früh am Morgen oder wieder Abend ist. Ich muss zur Arbeit.« Kira band sich die Schnürsenkel ihrer Sneakers zu, als Annie in ihrer verwaschenen Pyjamahose in die Küche schlurfte und sich die Augen rieb. »Also, ich fasse kurz zusammen: Du hattest Sex mit Jonathan Holden. Guten Sex.« Sie hüstelte bedeutungsschwer. »Am nächsten Morgen haust du ab, ohne ihm eine Nachricht zu hinterlassen, obwohl du ihn ziiiiemlich heiß findest. Sag jetzt nichts – das weiß ich.«

Annie nahm eine Kaffeetasse aus dem Hängeschrank über der Spüle und schenkte sich die wach machende Dosis ein. »Ki, du bist so anstrengend morgens. Hat Luis dir das noch nie gesagt?«

Hatte er wohl aus Liebe nicht. Kira fuhr ungerührt fort: »Dann rennst du diesem Holden zufällig über den Weg, hast aber keine Zeit, auf ihn zu warten. Dabei wolltest du nur vermeiden, mit ihm über das Geld auf der Kommode zu reden. Ich bin mir nicht sicher, wer von euch beiden sich total kindisch verhält, aber ich glaube …« Kiras Kaffeelöffel deutete auf Annie.

»Glaub doch, was du willst«, antwortete die hochnäsig, bemerkte jedoch, wie ihre Finger zitterten. Sollte Kira sich ruhig als erfahrene *Dr. Love* aufspielen. Die Probleme ihrer Mutter würde Annie mit Doc Love erst einmal nicht besprechen, denn es war Fakt, die Bank wollte Geld sehen, und zwar viel Geld, mehr als sie oder ihre Mutter besaßen. Mehr als irgendjemand aus ihrem Umfeld jemals besessen hatte.

»Mann, bist du schlecht drauf heute.« Die Mundwinkel ihrer Freundin glitten nach unten.

Annie schluckte. Es fühlte sich nicht gut an, Kira diese Banksache zu verschweigen. Aber sie wollte ihre Freundin nicht unnötig zur Mitwisserin machen, falls sie doch noch eine Bankfiliale überfallen müsste. Was sollte sie anderes tun? Sie seufzte und erntete einen argwöhnischen Blick.

Dieser Jona hatte Unmengen Geld, der wusste gar nicht, wie gut es ihm ging. Was für ein Glückspilz, auch wenn er sich wie ein Idiot verhielt. Alleine deshalb mochte sie ihn einfach nicht.

Kira schlürfte den letzten Schluck betont langsam aus ihrer Herzchentasse, als wolle sie Annie Gelegenheit geben, doch noch zu sagen, was ihr auf der Seele lag. Aber wie sollte Kira ihr schon helfen?

»Ist schon gut«, murmelte Annie und schlug die Augen nieder.

»Ich bin trotzdem für dich da«, sagte Kira, sammelte ihre Tasse und den Teller vom Tisch und stellte das Geschirr in die Spüle.

Ein »*Mail*« ertönte leise im Raum.

»Was war das?« Annie sah sich suchend um. Schon seit gestern suchte sie ihr Mobiltelefon, das auf mysteriöse Art und Weise verschwunden war. Sie wühlte in dem schmutzigen Geschirr in der Spüle herum, während Kira ihr zu Hilfe eilte und in Windeseile den Unterschrank mit den Mülleimern aufriss.

»Das ist jetzt nicht wahr.« Kira rollte mit den Augen. Ein unverkennbares Mail-Piepen drang aus der Biotonne.

»Kann doch mal passieren in der ganzen Aufregung«, murmelte Annie und fischte das Gerät aus dem Müll. Sie schüttelte die daran klebenden Küchenpapierfetzen ab. »Ich habe eine E-Mail bekommen.«

> VON: jonathan.elia.holden@holden.com
> AN: angelina.clark@gmail.com
> Hey Angelina (ich mag den Namen),
> ich habe deine E-Mail-Adresse von Dave aus dem Safe Haven. Deine Handynummer wollte er mir nicht geben. Hoffentlich bist du nicht sauer, weil ich dich anschreibe.
> Du hast gestern leider nicht auf mich gewartet. Schade, dass dich auch meine Handynummer auf der Rückseite meiner Nachricht letzte Woche nicht interessiert hat.
> Meine Haushälterin hat ein Armband mit einem Kleeblatt unter dem Bett gefunden. Von der Frau, die zuletzt bei mir geschlafen hat. Da ich weiß, was dir das Kettchen bedeutet, möchte ich es dir gerne zurückgeben.
> Heute Abend, 8 Uhr? Ich hole dich ab.
> Gruß Jona

»Ziemlich direkt, der Typ. Hey, dein Armband ist wieder da.«

»Der hat vielleicht Nerven.« Annie verzog den Mund. »Von der Frau, die zuletzt bei mir geschlafen hat«, äffte sie seinen Text nach. Eingebildeter Playboy!

«Der flirtet mit dir«, sagte Kira und klopfte ihr anerkennend auf die Schulter. »Cooler Typ, Glücksbringer wieder da. Was willst du mehr?«

Annie kräuselte die Stirn und hob die Tasse bedächtig an ihre Lippen. »Ich traue ihm nicht. In der einen Nacht wirkte er so echt und gefühlvoll. Morgens schmeißt er mir dann Geld hin. Was für eine Persönlichkeitsstörung hat der bitte schön?« Sie bröselte einen Zuckerwürfel in ihre Tasse. »Und gestern in der Lobby vom Del kam ich mir dann total blöd vor. Er trug einen Anzug und hatte diese Frau mit dem wahnsinnig langen Hals dabei.« Demonstrativ streckte sie das Kinn nach vorne. »Vielleicht hab ich auch nicht in seinen Tagesablauf gepasst oder nicht schick genug ausgesehen, nach Urlaub statt nach Business. Keine Ahnung.« Das warme Getränk tat ihrer trockenen Kehle gut. Matt wickelte sie eine Haarsträhne um den Zeigefinger, gar nicht so leicht mit den kürzeren Haaren. »Weißt du, ich bin eben nur Annie. Und er … Er ist …«

»Jetzt bin ich aber gespannt.«

»Er ist Mister Holden.« Als sie seinen Namen aussprach, verspürte sie ein Kribbeln.

»Mister Holden? Mister?« Kira lachte auf. »Willst du damit sagen, du bist ein unscheinbares, hässliches Entlein und er ist der berühmte schöne Schwan?«

Hochkonzentriert schüttete Annie Müsli und Milch in eine Porzellanschüssel. »Musst du nicht los? Ich kann mich außerdem heute Abend eh nicht mit ihm treffen.«

Ihre beste Freundin schüttelte den Kopf und schulterte ihre Handtasche. »Tu, was du nicht lassen kannst, Entlein. Bis später.«

Mit einem Luftküsschen verließ Kira die Wohnung, während Annies Finger über die Tastatur ihres Smartphones flogen.

VON: angelina.clark@gmail.com
AN: jonathan.elia.holden@holden.com
Hi Jonathan Elia (ohne s?),
Danke für deine Mail. Schön, dass du mein Armband gefunden hast. Das habe ich schon sehr vermisst.
Deine persönliche Handynummer habe ich auf dem Geschäftspapier gar nicht gesehen. Dafür aber das Geld auf der Ablage deiner Kommode. Denkst du etwa, ich sei käuflich?
Heute Abend kann ich nicht. Ich habe meiner Mutter versprochen, nach meinem Bruder zu sehen, wenn sie im Krankenhaus ist.
Schick mir das Armband doch bitte einfach an Kettner Boulevard 125.
Danke. Grüße Annie

Geschrieben, gesendet, Thema erledigt. Befreit nahm sie einen Schluck vom mittlerweile kalten Kaffee, als ihr Handy gefühlte zwei Sekunden später wieder einen Posteingang anzeigte. Der konnte echt schnell tippen. Sie war zu neugierig, um es nicht zu lesen.

VON: jonathan.elia.holden@holden.com
AN: angelina.clark@gmail.com
Wow, es ist ja schwieriger, sich mit »Angel« Clark zu verabreden als mit Gott. Hatte ich nicht erwartet. Hoffe, deiner Mutter geht es gut und es ist nichts Schlimmes.
Das Geld war übrigens nicht für dich bestimmt. Ich hatte vergessen, die Bar-Anzahlung für die Auspuff-Reparatur meines Wagens

mitzunehmen. Ein Freund von mir kümmert sich darum und besorgt das Ersatzteil.
Dein Armband werde ich dir definitiv nicht mit der Post schicken.
Morgen, 8 Uhr. Wir gehen essen.
Bis dann Jonathan
PS: Elia (ohne s)

Das Geld war für eine Auspuff-Reparatur bestimmt? Ein Freund? O Mann.

Kurz war Annies Gehirn wie leer gefegt. Dann überwog der Ärger: Jetzt nannte er sie auch noch *Angel*, wie Engel, als ob *Süße* nicht schon genug wäre. Hörbar schnappte sie nach Luft und hatte das Gefühl, überall rote Flecken am Hals zu bekommen. Und was bildete der sich eigentlich ein, hier die Spielregeln vorzugeben? Morgen, 8 Uhr?

Abgesehen davon ging ihn ihre Familiensituation beim besten Willen nichts an.

VON: angelina.clark@gmail.com
AN: jonathan.elia.holden@holden.com
Es soll Menschen geben, die in Krankenhäusern arbeiten!
Ich möchte mein Armband zurück. Bis morgen.
Annie
PS: Das ist KEIN Date!

Als Jonas promptes »Okay« zurückkam, las sie noch einmal alle Nachrichten durch, und endlich kam auch der positive Teil der Kommunikation in ihrem Gehirn an. Morgen würde ihr Kleeblatt wieder an ihrem Handgelenk baumeln, danach könnte sie so schnell wie möglich abhauen.

Niemand zwang sie schließlich dazu, sich einen ganzen Abend mit Jonathan Holden um die Ohren zu schlagen. Ein großartiger Plan. Sie sprang auf und vollführte einen kleinen Freudentanz.

Ob es in Ordnung war, wenn sie sich zur Feier des Tages ein Glas von Kiras offenem Weißwein gönnte? Morgens? Annie entkorkte die halb volle Flasche, zog die Nase kraus, als sie das bittersüße Aroma roch, und drückte den Korken sofort wieder zurück in den Flaschenhals. Das war doch absurd. Aber ihr waren die Ideen ausgegangen, bei welchen Unternehmen sie sich noch hätte bewerben können. Wie wäre es statt Bewerbungen schreiben mit Essen? Essen war immer gut. Im Kühlschrank fand sie eine Schüssel mit Brownies. Na, wer sagte es denn? Noch bevor sie die Schale herausnahm, schob sie sich einen in den Mund und bröckelte dabei kakaobraune Kuchenkrümel auf die Küchenfliesen. Mit der Schüssel in der Hand stieg sie gleichgültig darüber hinweg.

Ihre Schultern fühlten sich verkrampft an, als eine Vorstellung von Jona in ihren Kopf kroch: Er stand in seinem fußballfeldgroßen Schlafzimmer, die schwarze Spitze seines Rückentattoos blitzte aus dem Hemdkragen. Wie er so dastand, legte er ihren Glücksbringer nachdenklich von einer Hand in die andere. Was sagte dieses Armband über sie aus? Es war ein normales Kordelband, an dem ein fast schon winziges vergoldetes Kleeblatt hing, nichts Besonderes und für ihn wahrscheinlich nur billiger Quatsch.

Jetzt dachte sie ja schon wieder an diesen Kerl!

Mühsam lenkte sie ihre Gedanken zurück auf die existenziellen Dinge, die sie beschäftigten. Hoffentlich bekam sie bald Antworten auf ihre Bewerbungen. Was die Anzeige im Supermarkt betraf, hatte sich bisher nur ein seltsamer

Typ gemeldet, der jemanden für *intime Stunden zu zweit* suchte. Was die Leute alles unter einer Aushilfe verstanden, erstaunlich. Ihr Blick glitt zwischen dem ungespülten Geschirr, dem verschmutzten Boden und dem überquellenden Mülleimer hin und her. In der Regel hatte sie eine extrem hohe Toleranzgrenze, was Chaos und Schmutz betraf. Wenn, dann führte lediglich Kira sich wie ein Oberfeldwebel auf und wollte, dass in der Wohnung alles perfekt glänzte. Mit spitzen Fingern hob Annie die fettige Pfanne aus dem Spülbecken. Igitt, wie ekelhaft. Offenbar hatte sie nun doch eine neue Aufgabe.

Ein lautes Klopfen erschreckte sie in ihrem Putzwahn, es hallte durch das ganze Haus. »Miss Clark?«, trällerte eine Männerstimme von außen, die annähernd so hoch klang wie der hellste Ton auf einer Blockflöte.

Sicher hatte Miss B., wie Annie und Kira die Rentnerin aus dem Erdgeschoss nannten, wieder die Haustür aufgelassen, als sie heute Morgen mit ihrem Rauhaardackel Gassi gegangen war. Irgendwann würden sie noch alle ausgeraubt, weil Miss B. die altertümliche Tür nie fest genug ins Schloss zog. Leider war das nicht ihr einziges Manko, zusätzlich war sie noch stur, taub und blind, denn selbst mehrmaliges Bitten und ein Schild an der Haustür konnten die alte Dame nicht überreden.

Es klopfte, diesmal lauter.

»Huhu, Miss Clark. Ich habe ein Geschenk für Sie.«

Aha, es war der Nikolaus. Mitten im Sommer?

Sie lachte albern in sich hinein. In ihrem zerstörten Outfit konnte sie unmöglich die Tür aufmachen. Im Geiste wog sie drei Möglichkeiten gegeneinander ab:

Option 1: Sich tot stellen. Das fühlte sich aber irgendwie falsch an.

Option 2: Umziehen, waschen, Zähne putzen, schminken und in aller Ruhe öffnen. Der Klopfer wäre bis dahin wahrscheinlich von Spinnennetzen eingewebt, aber das war ja nicht ihr Problem.

Option 3: Öffnen. Völlig abwegige Lösung!

Oder – und das schien ihr das Beste zu sein – erst einmal durch den Spion checken, wer draußen stand.

Mit dem Plastikmülleimer bewaffnet schlich sie zur Wohnungstür. Als sie sich auf die Zehenspitzen stellte, um durch das Guckloch in den Flur zu spionieren, knallte der Eimer gegen die Tür.

»Ah, wie schön, Miss Clark. Sie sind da«, kam es aus dem Off.

Option 1 war im wahrsten Sinne des Wortes gestorben.

Durch den Spion verfolgte sie, wie ein schlaksiger junger Mann von außen versuchte, durch den Spion nach innen zu gucken. Durch das dicke Glas erinnerte sein Kopf an ein lang gezogenes Ei mit einem Auge und einer Pinocchio-Nase. *Die Nase* hielt einen prächtigen Blumenstrauß in der Hand. Ob Luis was ausgefressen hatte? Nicht besonders professionell von dem Blumenboten, dauernd den falschen Namen zu rufen, wahrscheinlich hatte er lediglich den ersten Namen auf dem Klingelschild gelesen. Immerhin, Luis wusste, wie man sich entschuldigte, das war total romantisch. Überschwänglich riss sie die Tür auf, weshalb der Kerl fast in ihre Wohnung purzelte.

»Hallo. Ich bin Pete. Einmal Blumen für Sie, Miss Clark.« In dem Gebinde befanden sich Lilien, und die halb geöffneten Blütenköpfe neigten sich leicht nach unten, wie schön.

»Sie meinen Miss Kira Jones«, korrigierte sie den jungen Mann und lächelte freundlich in sein verdutztes Gesicht.

»Wer soll das denn sein?«

»Die Blumen.« Annie deutete mit dem Kinn auf den Blumenstrauß, den er wie einen Schutzschild umklammert hielt. »Kein Problem, ich gebe sie ihr.«

Sie streckte ihre Arme nach dem Gebinde aus. Der Blumenmann drehte sich stirnrunzelnd zur Seite und zuckte mit der Nase. Mit dem Zeigefinger auf Annie gerichtet, wich er, der sich noch immer am Strauß festhielt, einen Schritt zurück, während sein Blick von ihrem Haupt erschrocken zu ihrer Pyjamahose wanderte. »Miss, Sie haben da irgendetwas Rotes. Was ist das?«, wisperte er. »Ist das Blut?«

»Ich habe da gar nichts.« Schnell versuchte sie ein kokettes Lächeln, was nicht sehr überzeugend wirkte. Die Tomatensoße in der Pfanne war auch zu hartnäckig gewesen.

Die Nase spähte an ihr vorbei in die Wohnung. »Haben Sie getrunken?«

Sie schüttelte den Kopf und straffte den Rücken. Er hob irritiert die Augenbrauen, blieb aber auf misstrauischer Distanz. »Die Blumen sind ausschließlich und persönlich für eine Miss Clark. Zumindest hat der Chef mir das so aufgetragen«, erklärte er stolz. »Sind Sie nun Miss Clark oder nicht?«

»Yep, und Sie?«

»Sagte ich bereits: Pete, Trainee bei der Holden Group. Bitte schön.« Er drückte ihr den Strauß in den Arm und entfernte sich, ohne weitere Worte zu verlieren, durchs Treppenhaus.

Im Vorbeigehen warf Annie einen Blick in den Ganzkörperspiegel im Flur. Auf ihrer Stirn klebte ein eingetrockneter Soßenrest, sehr schick. Mit einem Küchenhandtuch wischte sie die Reste weg und zog den visitenkartengroßen Zettel aus den Lilienblüten.

> *›Entschuldigung dafür, dass ich dich fast überfahren hätte.*
> *Und Entschuldigung, dass ich auf meiner Kommode Bargeld ablege. In Zukunft werde ich dort nur noch Socken, Schokolade oder Bücher hinlegen.*
> *Freue mich auf unser Treffen. Jona‹*

Sie betrachtete die Karte eine ganze Weile. Ein feines Lächeln erschien auf ihrem Gesicht, bevor sie die Karte auf dem Tisch ablegte und die Blumen vorsichtig in eine Glasvase mit Wasser stellte. Die einzelnen Stängel hatte sie bereits in dem Moment gezählt, als sie durch den Spion gelinst hatte: neunzehn Stück – vier Lilien, vier royalblaue Hortensien, fünf roséfarbene Rosen und sechs Gerbera.

An seinen Luxusschlitten gelehnt, grinste Jona sie am darauffolgenden Abend an, als sie auf ihren hohen Schuhen aus dem Haus stolzierte. Am liebsten wäre sie wieder umgekehrt, aber weglaufen ging nicht, und mit den Absatzschuhen schon dreimal nicht. Sie hatte sich extra Mühe gegeben, um selbstsicherer aufzutreten, und musste zugeben, ihr gefiel das gewählte Outfit tatsächlich selbst sehr gut.

Seine Haare glänzten dunkel in der Abendsonne, und er trug eine Piloten-Sonnenbrille mit verspiegelten Gläsern, weshalb sie seine Augen nicht erkennen konnte. Verdammt, wieso sah der Kerl nur immer so unverschämt gut aus? Langsam näherte sie sich ihm, woraufhin er die Brille abnahm und sie musterte. In ihrer Herzgegend prickelte es, Wärme stieg in ihren Wangen auf. Er machte sie schon wieder nervös, und das, obwohl er sich kaum bewegte und nicht wie sonst irgendetwas Blödes sagte.

»Danke für die Blumen«, begrüßte sie ihn, blieb jedoch mit ausreichendem Sicherheitsabstand stehen, was ihn nicht davon abhielt, auf sie zuzukommen und sie mit Küschen links und rechts zu begrüßen.

»Hübsch siehst du aus.«

Der Mann trieb sie in den Wahnsinn. Sie warf einen Seitenblick auf ihren schwerfälligen Buick Hardy, der neben dem sportlichen Mercedes am Bordsteinrand stand wie ein gebrechlicher Greis neben einer grazilen Frau. Jona hielt ihr galant die Wagentür auf. *Wer besaß schon ein mattschwarzes Auto?* Außer Batman fiel ihr niemand ein.

»Wohin fahren wir?« Nicht gerade ein besonders einfallsreicher Satz, aber er war ein Anfang.

»Willst du eine Nachricht an deine Freunde schicken für den Fall, dass du dieses Date nicht überlebst?«, amüsierte er sich.

Er war also immer noch ein Blödmann.

»Das ist kein Date«, widersprach sie.

»Was ist es dann, Annie?« Interessiert beobachtete er, wie sie ihre schlanken Beine in dem Minirock ins Auto zog.

»Eine Übergabe.«

»Ach«, sagte er. »Aber bei einer Übergabe bekommt doch jeder etwas. Ich gebe dir das Armband und was bekomme ich?« Er hielt noch immer die Tür auf, obwohl Annie schon auf dem Beifahrersitz saß.

»Zeit. Genau genommen etwas von meiner Lebenszeit.« Abwehrend verschränkte sie die Arme über der Brust.

»Perfekt. Wir fahren zu Luigi in Little Italy, kennst du

das? Ein kleiner Italiener.« Sie kannte das Restaurant nicht, was wohl daran lag, dass sie so gut wie gar kein Restaurant in San Diego kannte. Immerhin hielt Jona Wort: Luigi war tatsächlich ein kleiner Italiener, der sie bereits erwartete. Im gedimmten Innenraum des Speiselokals nahm Jona ihr wie selbstverständlich die Jeansjacke ab und hängte sie an die Garderobe.

»Signor Holden e ... buonasera bellissima!« Wie ein den Abhang hinunter kullerndes Holzfässchen kam Luigi auf sie zugerollt und überschlug sich fast vor Beflissenheit.

»Luigi. Ciao! Come stanno i tuoi bambini?« In flüssigem Italienisch begann Jona eine Konversation mit dem Pizzabäcker, der glücklich in seiner Muttersprache antwortete. Die Männer gestikulierten in der Luft, vor allem Luigi bewegte seine Wurstfingerchen schneller, als ein Pianist die Tonleiter rauf und runter spielen konnte. Er raunte etwas von una macchina del cazzo. Jona zwinkerte Annie zu, so als habe sie Luigi ebenfalls verstanden. Pustekuchen. Annie verstand kein einziges Wort, konnte es sich aber zusammenreimen. Luigi schimpfte ziemlich wahrscheinlich über sein Auto. Als hätte sie ihn beim Fluchen ertappt, beendete der das Gespräch mit einem an Annie gewandten klischeehaften »Ma che bella. Anzi bellissima!«

Der Italiener führte die beiden an einen einsamen Zweiertisch am Ende einer langen Ausschanktheke, die eher an einen Irish Pub als an ein italienisches Restaurant erinnerte. Die weiße Kerze auf dem Holztisch und die obligatorische Plastikrose in der Porzellanvase rückten das Bild einer typischen Trattoria wieder zurecht. Das Lokal war proppenvoll. Am Nachbartisch saß eine schnatternde Frauenrunde, und die fünf hoben fast gleichzeitig den Blick, als Jona sich neben sie an den Tisch setzte, was er gar nicht zu bemerken schien. Leichthin orderte er eine große Flasche stilles Wasser.

»È, haben wir auch eine wunderbare vino rosso. Passt zu die Tagliatelle.« Luigi strahlte. »Per la signorina?«

»Nimmst du auch Wein?«, fragte Annie an Jona gewandt.

Sein »Nein« klang etwas zu abrupt und seine Miene wirkte undurchschaubar.

»Eine viertel von die Rotwein per la signorina«, wiederholte Luigi eifrig und ging.

»Mein Armband?« Annie sah Jona auffordernd an und hielt ihm ihre geöffnete Hand unter die Nase. »Nicht, dass wir das nachher vergessen.«

»Gott bewahre!« Er lachte laut auf. In dem Moment stellte Luigi die Getränke auf den Tisch und lachte höflichkeitshalber kurz mit, ohne zu wissen, worum es ging. Dabei hüpfte sein Pizzabäuchlein drollig in der gestreiften Kellnerschürze. »Und genau deshalb und damit es nicht doch verloren geht, habe ich es zu Hause gelassen«, ergänzte Jona.

»Du hast was?« Ungläubig starrte sie ihn an.

»Tja.« Jona hob überheblich die Augenbrauen und ließ sich gegen die Rückenlehne des Holzstuhls fallen.

Wie war noch mal ihr Plan? Armband holen, abhauen. Und jetzt?

»Wir fahren es nachher holen. Du kannst gerne im Wagen warten, wenn du Angst hast, ich könnte dich drinnen überfallen. Schließlich hast du ja eine hohe Meinung von mir, wie ich gestern aus deinen Mails herauslesen durfte.«

»Was weiß ich, was du an dem einen Abend von mir wolltest«, konterte sie hastig und hielt ihren Ärger bewusst im Zaum.

»Also, dich für eine Nacht bezahlen, wollte ich sicher nicht, falls du das jetzt wieder meinst. Und ich fand die

Nacht mit dir übrigens ...«

»O Gott, ich will es echt nicht hören.« Sie hielt sich kurz die Ohren zu und kam sich dabei vor wie eine Dreijährige. »Du hättest doch jede andere haben können, wenn du jemanden für einen One-Night-Stand gesucht hast«, sagte sie so barsch, weshalb er verwundert aufsah.

»Ich habe gar nichts gesucht.« Jonathan Holden blickte auf seine Rolex-Armbanduhr, wobei er nicht so wirkte, als wolle er die Uhrzeit wissen.

»Ich glaube, viele Frauen finden dich ... Du weißt schon. Du hättest keine nehmen müssen, die gerade ihren Job verloren hat, angetrunken ist und deren Leben ein einziges Durcheinander ist. Noch mehr Chaos kann ich wirklich nicht gebrauchen.«

Er hatte ihr Armband in der Villa gelassen.

Verärgert nippte sie am Rotwein. Der Wein schmeckte hervorragend, was Jona durchaus bemerkte. Seine Mundwinkel wanderten nach oben, was sie kurz aus dem Konzept brachte. Stur wandte sie sich ab und fing den lasziven Blick auf, den die Brünette vom Nebentisch ihm zuwarf.

»Annie, das ist doch albern.« Wie Whiskey ließ Jona das Wasser in seinem Glas kreisen. Dabei atmete er ruhig und schien nachzudenken, was Annie rasend machte. Gelassen trank er einen Schluck und blickte ihr intensiv und unverwandt in die Augen, bevor er zu sprechen anfing. »Ich hätte also jede andere haben können? Aber vielleicht interessiert mich nur eine einzige Frau.«

Er machte eine Pause. »Vielleicht aber auch nicht.« Mit seinem Wasserglas prostete er zuerst ihr und dann den Ladys am Nachbartisch zu. Die prosteten erfreut zurück, die Brünette streckte hoffnungsfroh ihren Busen nach vorne, und Annie musste sich beherrschen, um nicht auszuflippen.

Es war ein dummer Impuls von ihr gewesen, diese Verabredung mit ihm anzunehmen.

»Warum bist du eigentlich so, wie du bist, Jona?«, fragte sie ihn. Er war furchtbar anstrengend und dann auch wieder nicht. Irgendwie war er auch furchtbar hinreißend. Leider.

Er legte den Kopf schräg und sein Blick glitt über ihr Gesicht. Fast wirkte es, als sei er auf eine Weise eingeschüchtert, die ihn selbst irritierte. »Mit dir kann ich irgendwie nicht normal sein. Außerdem mag ich es, wenn du so eingeschnappt-wütend wirst.«

»Du spinnst.« Annie tippte sich an die Stirn.

»Siehst du, das meine ich.« Da war es wieder, dieses Lachen, mit dem er sicher jeder Frau in der Sonne San Diegos eine Heizdecke verkaufen konnte.

Sosehr sie sich wehrte, es kam ihr vor, als würde sie ihn schon ewig kennen. »Wenn du weiter so einen Unsinn redest, Jonathan Holden, dann gehe ich«, konterte sie trotzig.

»Süße, das tust du nicht. Davon abgesehen kommt die Pasta gleich, und es wird die beste sein, die du je gegessen hast. Hier sind echte Meister am Werk.« Selbstsicher strich Jona über die weiß-roten Karos der Tischdecke.

Ausgerechnet jetzt gab Annies Magen ein lautes Knurren von sich.

»Kann es sein, dass du geringfügig Hunger hast?« Er blinzelte, wobei sie sich einbildete, das Blinzeln sei ein bisschen entschuldigend gemeint gewesen.

»Na gut. Du hast gewonnen. Ich könnte einen ganzen Berg Nudeln verdrücken, und ich bin auf die angeblich besten dieser Welt gespannt.« Aber es brachte niemand die Pasta, und Luigi schien in den Kochtopf gefallen zu sein, jedenfalls tauchte er nicht mehr aus der Küche auf.

Schweigend saßen sie sich gegenüber und Annie vertiefte sich angestrengt in die Menükarte.

»Lernst du jetzt die Speisekarte auswendig oder ignorierst du mich?«

»Ich lerne sie auswendig, Jona.«

Er seufzte laut. »So langsam können wir das Spiel beenden. Warum hast du so ein Problem mit dieser einen Nacht?«

»Ich habe gar keine Probleme!« Ihr war bewusst, wie unpassend aggressiv ihre Antwort klang, dennoch konnte sie nichts, aber auch gar nichts dagegen tun.

»Liegt es an mir, Annie?«, fragte er sanft.

»Warum willst du das wissen? Die Nacht zwischen uns war ein Ausrutscher. Ich denke, da sind wir uns einig – haken wir es ab. Heute Abend möchte ich nur meinen Glücksbringer zurück. Achtung, Zusatz: den du ja nicht dabeihast.« Grimmig funkelte sie ihn an.

»Na, los«, forderte er abwartend. »Raus damit! Liegt es an mir?«

»Nein.« *Ja.*

»An wem dann, Annie? Dir?«

»Was?«

»Na ja, vielleicht bist du verklemmt oder so. Wobei mir das in der einen Nacht nicht so vorkam.«

»Hör auf damit. Und ich bin ganz sicher nicht verklemmt!«

»Nicht?« Jona grinste.

Wie Cola, wenn man die Flasche vorher ordentlich schüttelte, sprudelte es aus ihr heraus: »Du denkst wirklich nur an dich selbst. Du nimmst keine Rücksicht auf die Gefühle anderer. Sieht man ja jetzt wieder. Dann die Geschäftspapier-Nachricht, das Geld auf der Ablage, das Verschwinden im Hotel, heute hast du mein Armband zu Hause gelassen, da fällt mir so einiges ein.«

Sämtliche Gesichtszüge entglitten ihm für einen Augenblick und er öffnete den obersten Knopf seines Hemdkragens, als sei der zu eng geworden. »Wow, damit habe ich nicht gerechnet. Darf ich mich wehren?«

»Nur zu.«

»Ich glaube, du kennst mich nicht gut genug, um über mich urteilen zu können. Abgesehen davon handelte es sich teilweise um Missverständnisse. Gerne entschuldige ich mich, falls ich egoistisch oder gefühlskalt rübergekommen bin. Das war nie meine Absicht.«

Während seiner Rede hatte sie ihr Rotweinglas fast ganz geleert und sich vorgestellt, wie es wäre, sich in Luft aufzulösen. »Ehrlich gesagt bist du rübergekommen wie ein Vollidiot, Jona.« Ihr Augenlid zuckte unmerklich. Es war ihr unangenehm, ihm direkt ins Gesicht gesagt zu haben, was sie von ihm dachte.

»Was genau willst du mir mit *Idiot* sagen?« Er setzte sich gerade hin und spielte mit dem Messer, das neben seinem Teller lag. »Denkst du, ich will nur das Eine und habe keine Gefühle? Jetzt mach aber mal halblang.« Klirrend stieß er mit der Messerspitze gegen das Wasserglas. »Ich glaube, du verstehst vieles falsch, weil du die Dinge so siehst, wie du sie sehen willst, Annie.« Seine Augen hatten sich zu Schlitzen verengt. Wieder entstand eine längere Pause, bis Annie schließlich Luft holte.

»Bist du jetzt böse, Jona?«

»Wütend trifft es eher.«

»Na prima. Wir kennen uns kaum, haben noch gar nicht angefangen zu essen und streiten schon.« Annie schwitzte. Es war eindeutig Zeit für einen Themenwechsel.

»Wir streiten uns eben. Na und? Du sagst mir ehrlich, was du von mir denkst, und ich werde es dir genauso ehrlich sagen, wenn du mich danach fragst.«

»Ich frag dich aber nicht.« Wie gerne hätte sie etwas Klügeres gesagt oder die Möglichkeit zur Flucht ergriffen, doch sie konnte sich lediglich über die Stirn fahren, um überhaupt etwas zu tun. Wie auf Kommando baute sich Luigi mit zwei Tellern neben dem Tisch auf.

»Tagliatelle con salmone per la bella signorina e tagliatelle alla diavola per il signor Holden. Buon appetito!« Bei signorina zwinkerte Luigi vielsagend mit seinen schokobraunen Knopfaugen. Die Pasta duftete so lecker, weshalb Annie das Wasser im Mund zusammenlief. Andächtig rollte sie die Lachsnudeln auf ihre Gabel und schob sie in den Mund. Was hatte Luigi mit den Nudeln gemacht? Das Essen verwöhnte ihren Gaumen. Die Bandnudeln waren punktgenau gekocht, es schmeckte nach Lachs, klar, aber … ein ungewöhnliches Gewürz, das sie nicht zu benennen wusste, beherrschte die Soße. Sie stöhnte wohlig auf, und Jona bekam schelmische Fältchen um die Augen, sagte aber nichts.

Sie versuchte, das Eis zwischen ihnen zu brechen. »Wieso sprichst du eigentlich so gut Italienisch?«

»Wie sehe ich denn deiner Meinung nach aus?«, echauffierte er sich gespielt.

»Wie möchtest du denn aussehen?« Jetzt ertappte sie sich doch tatsächlich selbst bei dem Gedanken, wie gerne sie seine Lippen küssen würde.

»Ich bin irgendetwas Halbes. Meine Mutter war Vollblutitalienerin, sie stammte aus Sizilien. Mein Vater ist Halbitaliener, er ist so wie ich in Kalifornien geboren und hier aufgewachsen.«

»Drei viertel.«

»Wie bitte?«

»Du bist drei viertel Italiener.« Der feinherbe Wein, den sie bis jetzt vor Nervosität wie Limonade getrunken hatte, stieg ihr in den Kopf. Vage wusste sie, es würde nicht besser, wenn sie an die frische Luft käme. »Für einen Drei-viertel-Italiener bist du ganz schön groß«, fügte sie hinzu.

»Ziemlich frech, Miss Clark. Soll das heißen, alle Italiener sind klein?«, sagte Jona und schielte auffällig zu Luigi hinüber, der schon wieder in ein Gespräch mit vielen Gesten und damit verbundenen Ahs und Ohs verwickelt war. Ihr helles Lachen mischte sich mit dem dunklen Ton aus seiner Kehle.

»Wie läuft es eigentlich mit deiner Stellensuche?« Als wäre das Essen nur ein nettes Beiwerk, lehnte er sich zurück.

»Wie soll es laufen?« Annie schlug die Augen nieder. Lieb gemeint, dass er so tat, als interessiere er sich für sie, aber sie wollte nicht darüber sprechen.

»Hey, du brauchst nicht direkt wieder den Vorhang fallen zu lassen. Das war nur eine Frage. Wir müssen uns nicht darüber unterhalten.«

Konnte er Gedanken lesen? Um nicht unverschämt zu sein und damit er nicht merkte, wie wenig sie sich in Bezug auf die Jobsuche zu helfen wusste, versuchte sie seine Frage möglichst emotionslos zu beantworten. »Ich habe Telefonate geführt, Absagen erhalten, Bewerbungen geschrieben und sogar einen Aushang im Supermarkt gemacht. Nichts.«

»Klingt verzweifelt.«

»Nein, ich bin gar nicht verzweifelt.« Hoffentlich fing er nicht an, sie zu bedauern. Sie rollte eine Portion Tagliatelle auf die Gabel. In Wirklichkeit war sie so verzweifelt, dass sie überlegte, doch noch den Kerl für gewisse Stunden anzurufen – zumindest hatte sie zwei Minisekunden darüber nachgedacht.

Jonas Stirn zog sich zusammen, er ahnte wohl, wie sie sich fühlte.

»Ehrlich gesagt, stehe ich am Abgrund und erwäge zu springen«, antwortete sie zögernd. »Es läuft mies, und ich kann mir nicht leisten, mehrere Monate ohne festes Gehalt zu sein. Und ich habe keine Lust, wieder in einer Kneipe zu enden. Ich weiß gar nicht, was ich dort die letzten Jahre getrieben habe. Dave hatte recht. Ich bin ausgebildete Kauffrau für Büromanagement. Ich hätte studieren sollen, aber es scheiterte am Geld – wir hatten keins, was sich bis heute nicht geändert hat.«

»Über so viel Privates habe ich dich noch nie reden gehört.«

Obwohl es spaßig aussah, wie er kauend innehielt, fand sie seine Bemerkung unpassend. Wortlos hob sie ihr Rotweinglas an den Mund.

»Das war blöd von mir. Sorry!«, lenkte er sofort ein. Er zog einen Blackberry aus seiner Hosentasche und fummelte daran herum.

»Was wird das, Mister Holden? Du kannst mir ruhig sagen, wenn du keine Lust mehr hast, mit mir zu sprechen.«

»Pass mal auf, mir fällt etwas ein: Meine persönliche Assistentin hat vor ein paar Wochen gekündigt, weil sie mit ihrem Mann wegen seines Medienjobs nach L. A. zieht. Ihr Vertrag läuft in zehn Tagen aus. Du könntest bei mir arbeiten.« Den Blackberry in der Hand strahlte er wie ein Glückskeksverkäufer. Vielleicht verwechselte er sich aber auch gerade mit dem barmherzigen Samariter.

»Hahaha. Na klar.« Warum lief in italienischen Trattorias eigentlich immer nervige italienische Popmusik mit

Amore-Texten, die man aufgrund des Ambientes plötzlich gar nicht mehr so schlecht fand? Sie stocherte in ihren Nudeln herum und spürte seinen ruhigen Blick auf ihrem Gesicht.

»Echt jetzt?«, fragte sie sicherheitshalber nach, weil er nichts sagte.

»Wer, glaubst du, stellt meine neue Assistentin ein?«

Der war doch nicht ganz bei Trost. »Ich nehme den Job sofort, wenn man ihn mir anbietet«, flüsterte sie. *Was sagte sie denn da?* Gut, sie brauchte dringend Geld: der Mietanteil, der Lebensmitteleinkauf, die Probleme ihrer Mutter. War es da nicht scheißegal, für wen sie arbeitete?

Begleitet von einem Räuspern, legte Jona sein Besteck am Tellerrand ab und hielt ihr die Hand hin. »Na, was wird es sein, Annie? Ja oder nein?«

Annie zögerte. Eigentlich ging ihr das alles viel zu schnell. Andererseits, es handelte sich um einen Job, nicht darum, ob sie bei ihm einziehen oder ihn heiraten wollte. Gleich würde er seine Hand zurückziehen und die Chance war vorbei.

Nun mach schon! Oder hast du noch andere Jobs in Aussicht?, drängelte Kiras ungeduldige Stimme in ihrem Hinterkopf.

»Ja, ich will! Also, den Job«, sagte sie so laut, als müsse sie sich davon überzeugen, das Richtige zu tun. Sie schlug ein, und die Geräusche in der belebten Trattoria minimierten sich, bis sie nur noch ihn und sich selbst wahrnahm. Alles, was sie mit einem Mal wollte, war, ihre Finger nie wieder zurücknehmen zu müssen. Sie wollte ihn berühren, und sie fühlte, er brauchte das auch. Seine Augen leuchteten geheimnisvoll im Schein der Kerze und die Konturen seines Gesichts wirkten plötzlich weich und sinnlich.

»Ich freue mich«, sagte er rau und lehnte sich auf dem wackligen Holzstuhl zurück.

Konnte es wirklich so einfach sein, einen neuen Job zu bekommen? Ihre Ohren glühten, und sie zog ein paar Haarsträhnen nach vorne. Schnell nahm sie einen großen Schluck Wein, der in ihrer Kehle brannte, weil sie viel zu hastig trank.

»Miranda, meine Assistentin, kann dir alles in Ruhe zeigen, und meinen Trainee Pete kennst du ja auch schon. Alle Formalitäten zum Arbeitsvertrag verhandeln wir im Büro.«

Zustimmend nickte Annie. Das war verrückt, das musste sie sofort Kira berichten oder vielleicht lieber doch nicht, bis alles in trockenen Tüchern war. Und außerdem … »Sag mal, dein Vater, arbeitet der unmittelbar mit dir zusammen?«

»Ben?« Desinteressiert inspizierte Jonathan das Muster auf dem Tellerrand.

»Das ist doch dein Vater, oder?«, vergewisserte sie sich, völlig unnötig.

»Mein Vater ist der Gründer des Unternehmens und hat die Geschäftsführung und damit den Vorsitz des Gesamtunternehmens der Holden Group inne. Praktisch leitet er überwiegend die Immobiliensparte. Mein jüngerer Bruder Ed arbeitet direkt mit mir zusammen. Du hast auch einen Bruder, nicht wahr?«

»Er heißt Marc.« Annie schob den leeren Pastateller ein Stückchen nach hinten. Ihr Bauch platzte fast und die Konversation mit Jona hatte in diesem Moment die Schwere der mächtigen Sahnesoße auf Luigis Tagliatelle erreicht. Für Annies Verhältnisse hatte sie eigentlich genug Privates an diesem Abend erzählt. Dennoch stand ihr Mund nicht still. »Marc ist besonders. Er lebt bei meiner Mutter Lilo, sie ist

Krankenschwester im Hillcrest Hospital. Ich liebe meine Mom, sie ist die tollste Frau der Welt.«

Er strich sich über den Dreitagebart, fragte nicht nach, was sie verwunderte. Das Schwarz-Weiß-Foto von der lächelnden Frau fiel ihr ein und sie erinnerte sich an die Beschriftung auf der Rückseite. Gleichzeitig entdeckte sie, wie er seine rechte Hand auf der Tischplatte zu einer Faust ballte. Jona sah sie nicht mehr an. Etwas hilflos legte sie ihre Handfläche auf seine Faust. In dieser Sekunde zog er sich zurück, und Annie versetzte ihrem Rotweinglas versehentlich einen Stoß, ein Klecks Wein schwappte auf die Tischdeckenkaros. Bevor es gänzlich vom Tisch kippen konnte, fing sie das Glas auf. Ihre Gedanken rasten durcheinander.

»Meine neue Assistentin, flink wie ein Wiesel.« Ihr zukünftiger Chef hatte seine Fassung wiedergefunden und zwinkerte ihr zu. Die Brünette vom Nebentisch lächelte ihn an, den ganzen Abend hatte er sie nicht wahrgenommen, jetzt schon. »Die Pasta ist hervorragend hier, richtig?«, fragte er die Tischnachbarin und wich damit Annies Augenkontakt aus.

»Vorzüglich.« Die Frau zupfte an ihrer Mähne, deren Strähnen über ihr üppiges Dekolleté fielen. Sie schob die Salatblätter ihres Insalatas von links nach rechts.

Frauen, die Salat ohne Dressing aßen, waren Annie suspekt. Und wenn sie genau darüber nachdachte, galt das ebenso für Männer, die ihr beim Nudelessen einen Job anboten.

»Möchtest du noch einen Tee?«, fragte er sie mit einem Augenaufschlag.

Er stellte den Motor des Wagens ab, als sei ihm ihre Antwort ohnehin längst klar. Waren Italiener nicht im

Allgemeinen Espresso-Trinker? Drei-viertel-Italiener anscheinend nicht. Zu ihrem Leidwesen wollte ein Teil von ihr, den sie zu gerne ignoriert hätte, ihm unbedingt ein letztes Mal in dieses wunderschöne Haus folgen. Tee hin oder her. Wenn er Wort hielt, liefen sie sich bald nur noch auf der Arbeit über den Weg. Gott sei Dank oder doch eher leider?

Der ist bald dein Cheeeef, hörte sie Kiras Stimme in Gedanken singen.

Eben. Je früher sie sich deshalb mit seinem Leben auseinandersetzte, umso besser.

Jona stand an der Spüle in der Küche und goss das kochend heiße Wasser in eine Porzellankanne, in der ein Einsatz mit Teekräutern hing. Annie fühlte sich, als hätte sie ein Déjà-vu: Sie befand sich an der Küchentheke aus Granitstein und betrachtete seinen Rücken. Eine Spitze des Tattoos blitzte aus dem Hemdkragen hervor, und sie hielt kurz den Atem an. In der Nacht, in der er zuerst sein Hemd über den Kopf und dann den Gürtel aus den Schlaufen seiner Hose gezogen hatte, war sie mit den Fingerkuppen über die Linien der großflächigen Tätowierung gefahren. Sie verlief vom Nacken über das rechte Schulterblatt bis hinunter zu seiner Leiste. Es kitzelte in ihren Fingern.

»Hat dein Tattoo eigentlich eine Bedeutung?« Was ihre Frage mit seinen Gesichtszügen anstellte, konnte sie nicht sehen, da er ihr immer noch seine Rückseite zuwandte. Jona verharrte in dieser Position, und es war so still im Raum, man hätte den Flügelschlag einer Libelle hören können.

»Müssen Tattoos immer eine Bedeutung haben?«, sagte er nach einer Weile. »Ich war jung und dumm, und ich wollte meinen Vater provozieren.« Geübt nahm er den Filter mit dem losen Tee aus der Kanne. »Allerdings hätte ich mir dafür kein Tattoo stechen lassen müssen.«

»Ich glaube dir nicht, dass die Bilder dir nicht wichtig sind.« Sie dachte an den altertümlichen Engel, der zwischen Zacken und Spitzen eingefasst auf seinem Schulterblatt thronte, und an die beiden Sterne auf seiner Leiste.

»Möchtest du Milch oder Zucker?«, lenkte er ab.

»In den Tee?«

»Nein, in deine Handtasche. Natürlich in den Tee.«

»Igitt.« Bei der Vorstellung von Milch im Tee schnitt Annie eine Grimasse. Jona begutachtete sie mit seinen Lausbubenaugen.

»So eklig ist es nun auch wieder nicht. Engländer trinken ihren Tee immer so.« Die verschnörkelte Tasse, die er ihr in die Hand drückte, sah hässlich aus, weshalb Annie in einem unbeobachteten Moment auf den Tassenboden linste. Weltbekannte Modedesigner sollten kein Porzellan entwerfen. Der bittere Dampf von schwarzem Tee verteilte sich in der Luft des Wohn-/Essbereichs. Es war die Art Wohn-/Essbereich, die aussah wie die Präsidentensuite eines Hotels. Nicht, dass Annie jemals in einer solchen Suite übernachtet hätte, aber sie hatte Fotos in Zeitschriften gesehen. Bodentiefe Fenstergläser ließen die Dunkelheit der Nacht herein, was der Beweis dafür war, dass ihre Verabredung mit Jona bereits deutlich länger als geplant dauert. Warum sich selbst belügen? Mit Jona Zeit zu verbringen war wie in eine andere Welt abzutauchen, in eine Welt ohne Existenzängste. Auch wenn diese sie verunsicherte.

Vor der wuchtigen Vitrine neben dem Flatscreen blieb Annie stehen. Sie stellte die Designertasse auf den Couchtisch und öffnete unbedacht die Schranktür, noch ehe Jona sie aufhalten konnte. »Sind das Fotoalben?«

»Das ist nicht interessant. Nur Landschaftsaufnahmen.

Einige Fotografien von Stillleben.« Zum ersten Mal, seit sie ihn kannte, wirkte er leicht beunruhigt. Er war zu gut erzogen, um sie wegzustoßen und ihr die Vitrinentür vor der Nase zuzuknallen.

»So viele Alben.« Ein Buch mit türkisblauem Einband stach aus den anderen heraus. Mit spitzen Fingern zwiebelte Annie es hervor und schlug es auf. Sie war verblüfft.

»Ich fotografiere gerne.« Es klang wie eine Entschuldigung.

»Du fotografierst gut.« Annie strich über die vergrößerte Aufnahme eines Sonnenuntergangs. Dass er das Orangerot des Himmels und das Schwarzblau des aufgewühlten Meeres so perfekt einzufangen vermochte, das hätte sie ihm bis eben nicht zugetraut. In dem abendlichen Meer konnte man zwei einsame Surfer am weit entfernten Horizont erkennen.

»Ach, das ist doch nur Unsinn.« Behutsam nahm er ihr das Album aus der Hand, klappte es zu und stellte es zurück. »Es ist nichts Besonderes.«

»Doch, Jona. Genau das ist es. Etwas Besonderes!«

Er presste die Lippen zusammen und ihre Blicke verschmolzen miteinander. Dann tippte er auf sein Handgelenk und verließ den Raum. Annie spazierte zu dem Fenster hinter der Couch. Es fühlte sich falsch an, sich zu amüsieren, während ihre Mutter existenzielle Schwierigkeiten hatte. Kaum, dass sie darüber nachdachte, tauchte sie in einen negativen Gedankenstrudel ab, weshalb sie Jonas Rückkehr gar nicht bemerkte. Sie erschrak, als er entschlossen ihren Arm umfasste und sie ein wenig an sich heranzog. Er ließ das Kleeblatt-Armband in der anderen Hand baumeln. Das Armband! Annies Herz tat einen Hüpfer. Behutsam strich Jona über die dünne Haut an dem Übergang zu ihrem

Handballen, bevor er das Schmuckstück vorsichtig über ihr Handgelenk legte. Er verschloss das Kettchen geschickt und streichelte noch einmal über das filigrane Kordelband. »Passt.«

Der Glücksbringer in Form des vergoldeten vierblättrigen Kleeblatts war wieder dort, wo er hingehörte. Ohne etwas zu sagen, schaute Annie eine Weile fasziniert auf ihren Arm.

»Danke, Jona. Bitte, Annie. Gerne geschehen.« Jona führte ein imaginäres Gespräch mit sich selbst und sein Mund bog sich nach oben.

»Danke schön, Jona. Hast du Wein im Haus? Heute ist ein seltsamer Tag, finde ich.« Sie ließ sich in die Sofakissen fallen.

»Glaubst du, noch mehr Wein ist gut für dich?«, fragte er.

»Willst du mich vor mir selbst beschützen?«

»Wenn es sein muss.« Es schien ihm Spaß zu machen, sie zu ärgern. Er zauberte eine Flasche Rotwein aus der Küche, entkorkte sie und sagte: »Nur ein Glas.« Der Stoff seines Hemds spannte sich beim Eingießen verdammt eng über seinen Bizeps. Sie konnte einfach nicht wegsehen und spielte mit einem der Couchkissen, auf dem ein goldener Stern glänzte.

»Warum trinkst du keinen Alkohol?«

»Schlechte Erfahrungen«, antwortete er ruhig.

»Was meinst du damit?«

»Nichts.« Er reichte ihr das Glas, stellte die Flasche auf dem Couchtisch ab und schwieg.

»Treibst du eigentlich viel Sport?« Am liebsten hätte sie sich für diese Frage geohrfeigt, stattdessen lief sie rot an, was genauso peinlich war. Nur weil er nicht direkt sein ganzes Leben vor ihr ausbreitete, musste sie doch keine Frage stellen, deren Antwort ohnehin auf der Hand lag. Sie leerte das Glas in einem Zug, presste sich das Stern-Kissen auf den Bauch und entschied, demnächst auch mehr Fitness zu betreiben.

»Sport?«, fasste Jona nach, als habe er nicht richtig zugehört.

»Nun ja, schau dich doch mal an. Du siehst aus wie ein Titelbild der Men´s Health.« Sie deutete mit dem Kissen auf seinen Oberkörper.

»Findest du? Die Cover-Models sind in der Regel oberkörperfrei abgebildet. Ist das ein dezenter Hinweis von dir, dass ich mein Hemd ausziehen soll?«, sagte er und lachte. Er flirtete schon wieder mit ihr, es war zum Verrücktwerden.

»Nein, danke.« Sie winkte ab und verzog das Gesicht, als habe sie ein ekliges Gemüse gegessen. Für alle Fälle stopfte sie sich noch eins der Stern-Kissen in die Seite, damit er ihre Hüftpölsterchen nicht sah.

»Ich mag es, in harten Workouts an meine Grenzen zu gehen, überwiegend trainiere ich mit dem eigenen Körpergewicht. Liegestütze, Sit-ups. Das bringt mir am meisten Spaß und Abwechslung. Falls *du* aber gerne dein Shirt ausziehen möchtest, tu dir keinen Zwang an.«

»Nach dem, was du da gerade alles aufgezählt hast? Auf gar keinen Fall!« *Training mit dem eigenen Körpergewicht?* Sie schaute in ihr leeres Weinglas.

»Das ist übrigens ein teurer Bordeaux, den kippt man nicht so runter.« Die verräterischen Fältchen um seine Augen vertieften sich.

»Bei dir ist alles teuer«, murrte Annie und schenkte sich, unter Jonas wachsamem Blick, Alkohol nach. »Was kostet denn so eine Flasche?«, wollte sie beiläufig wissen.

»2.000.« In dem Flechtkorb neben dem Kamin lagen ein paar Holzscheite. Er öffnete das Schutzglas, legte das Holz hinein und zündete es an. Es war überhaupt nicht kalt, und ein Kamin war in San Diego ungefähr so lebensnotwendig wie eine Schneeschaufel in Afrika. Immerhin knisterte es gemütlich.

Annie blickte in das warme Licht. »Weinjahrgang 2000?«

»Jahrgang 2009. 2.000 Dollar.«

Unmittelbar inhalierte sie den Schluck, den sie gerade getrunken hatte, in die Luftröhre. Sie hustete und platzierte das Glas weit von sich weg.

»Ich wollte damit nicht sagen, du darfst den Bordeaux nicht trinken.« Mit langsamen Schritten kam er auf sie zu. Sie schwieg erst, dann zitterten ihre Hände ein wenig und sie krallte die Nägel in das Kissen.

»Es ist nicht fair.« Nur schwer konnte sie die Tränen unterdrücken. Ihr Blick wanderte zum Boden, damit Jona es nicht sah.

»Ist alles okay mit dir?« Er ging vor ihr in die Hocke.

Sie schluckte fest. Alles, was sie an diesem Abend so erfolgreich verdrängt hatte, kämpfte sich mit aller Macht an die Oberfläche.

Jona schüttelte den Kopf. »Das funktioniert so nicht, Annie. Du kannst nicht anfangen, mir etwas zu erzählen, dabei fast in Tränen ausbrechen und dann davon ausgehen, ich lasse dich in Ruhe.« Er machte keine Anstalten, sich von ihr wegzubewegen, und es sah so aus, als ob er sehr, sehr lange in dieser Position verharren könnte.

»Ich brauche ziemlich schnell ziemlich viel Geld. Ach, vergiss es. Ich möchte mit dir nicht darüber sprechen.« Sie drückte das Couchkissen auf ihrem Schoß so fest zusammen, weshalb man den Stern kaum mehr erkennen konnte.

Jona erhob sich und setzte sich dicht neben sie. Mit

einem lauten Ausatmen stellte Annie klar, das Thema war für sie erledigt. Das Gespräch hatte sich in eine völlig andere Richtung gedreht und das gefiel ihr überhaupt nicht. Zeit zu gehen, sie würde sich ein Taxi rufen.

»Wie viel Geld?«, fragte er ernst.

»Viel.«

»Wie viel?«

»Knapp 50.000 Dollar«, flüsterte sie.

Jona brummelte irgendetwas. Mit einem derart hohen Betrag hatte er wohl nicht gerechnet. Er sah an die Decke. »Und warum?«

Sie hatte doch gesagt, sie wollte nicht darüber reden, erst recht nicht mit ihm. »Geht dich nichts an.«

»Muss ich jetzt jedes Mal mehrfach nachfragen, bevor du antwortest?«

Dass er sie mit dem Taxi nach Hause fahren lassen würde, ohne den Grund für ihre Geldprobleme zu kennen, konnte sie vergessen. Also gut, dann eben die Wahrheit.

»Meine Mutter konnte die Kreditraten für unser Haus nicht mehr zahlen. Das ist so ein mieser Kreditvertrag! Sie hat nur noch knapp vier Wochen Zeit, die Gesamtschuld von ungefähr 50.000 Dollar zu begleichen. Die Bank gibt unser Haus sonst zur Zwangsversteigerung frei.« Trotz der Wärme des gemauerten Kamins fror sie mit einem Mal. Sie nahm eine der Kuscheldecken von der Couch und legte sie sich um die Schultern.

»Wo steht das Haus, Annie?«

»Kennst du die Yellow Bird Road in Hillcrest?«

Er nickte. »50.000 Dollar ist viel Geld auf einen Schlag.« Seltsam verstört kratzte er sich am Kopf.

»Willkommen in meiner Welt, Jonathan Holden.« Die Anspannung der vergangenen Tage hatte ihr viel Kraft abverlangt, und Annie fühlte sich, als würde sie ein Rhinozeros auf den Schultern durch die Wüste tragen. Kurz hatte sie den Eindruck, ihre Arme und Beine nicht mehr zu spüren. War das der Wein? Sie lehnte sich zurück und gähnte. »Meine Mutter darf das Haus nicht verlieren. Ich muss mir etwas einfallen lassen.« Ihre Augen schlossen sich, alles war bleischwer – nur einen Moment ruhen.

»Heute nicht, Annie. Morgen vielleicht.«

Sie verstand ihn nur gedämpft, als ob er durch einen Berg Watte spräche. Konnte man hier oben an der Küste La Jollas das Meeresrauschen hören oder bildete sie sich das gerade ein? Sie gähnte noch einmal und zog die Decke enger um ihren Körper. Sanft strich er ihr eine Haarsträhne aus dem Gesicht, dann breitete er eine weitere Decke über ihr aus.

»Du bist ein guter Zuhörer«, nuschelte sie im Halbschlaf.

Es kam ihr vor, als beobachte er sie nachdenklich.

4. Kapitel

Wie peinlich! Ruckartig schreckte sie auf und schielte aus den Augenwinkeln auf die Narbe, die wie ein kleiner Fluss in Jonas Gesicht eingezeichnet war. Natürlich hob er genau in diesem Moment die Lider und streckte sich, wobei er seinen Oberarm lässig unter ihrem Kopf hervorzog.

Sein selbstgefälliges Grinsen am frühen Morgen ärgerte sie.

»Sag nichts«, verbot Annie ihm eine Bemerkung. Umständlich erhob sie sich, um die Sofadecken zu falten.

»Wieso? Ist doch gar nichts passiert.« Es zuckte um seine Unterlippe, als er sich vorbeugte und sie mit einem fordernden Ausdruck ansah.

Er hätte nur die Arme ausstrecken müssen, um sie an der Hüfte zu sich heranzuziehen. Einen Augenblick lang dachte sie, er würde genau das tun.

»Normalerweise frühstücke ich nie, aber heute mache ich gerne eine Ausnahme.« Mit einer Handbewegung gab er ihr zu verstehen, sich nicht zu rühren.

Unweigerlich fragte sich Annie, ob er immer alleine gelebt hatte. Hatte es nie eine Frau in diesem riesigen Kasten von Villa gegeben? Eigentlich unvorstellbar. Sie zwang sich, ein paar Schritte in Richtung Esstisch zu gehen. Der Tisch aus Kirschbaumholz war herzlich gedeckt, was es ihr schwer machte, seine Einladung abzulehnen. Neben einer hellblauen Kanne, vermutlich mit Tee, stand ein Korb mit frischen Vollkornbagels, dazu Frischkäse, Wurstaufschnitt und verschiedene Töpfchen mit Marmelade. Gestern Abend hatte der Esstisch noch ausgesehen, als ob keine Menschenseele in dem Haus wohnen würde.

»Guck nicht so, ich war das nicht.« Er hob entschuldigend die Hände. »Sophia, meine Haushälterin, hat dich schon bemerkt. Sie ist sehr aufmerksam.«

»Ist sicher nichts Neues für sie, dass du eine Frau über Nacht zu Gast hast.« Es klang trotziger, als es klingen sollte. Annie räusperte sich. »Warum frühstückst du sonst nicht?«

»In der Regel fahre ich gegen halb sieben ins Büro. In jedem Stockwerk gibt es einen Obstkorb, an dem sich die Mitarbeiter bedienen können. Mittags esse ich oft mit Ed im Curry Chicken, das ist das thailändische Bistro um die Ecke. Sieht aus wie ein Wohnwagen, aber es gibt dort die besten Thai-Gerichte der Stadt. Findest du nicht?«

Annie hatte keine Ahnung, von welchem Chicken er sprach. Beim Gedanken daran, bald zu ihm und seiner Geschäftswelt zu gehören, rein beruflich natürlich, verspürte sie ein Pseudojucken am linken Oberarm. Wie so oft lief in ihrem Kopf ein ganz anderer Film ab, und so ging sie im Geiste bereits den zukünftigen Weg zur Arbeit ab. Sollte sie einen Teil der Strecke mit dem Bus zurücklegen? Andererseits, so weit war es auch nicht von der WG aus. Sie addierte die abgeschätzten Gehminuten der unterschiedlichen Streckenabschnitte.

»Worüber denkst du nach?«, fragte Jona und rückte den Hochlehnerstuhl unter dem Tisch hervor.

Als er nicht Platz nahm, realisierte sie, er hatte den Stuhl für sie bereitgestellt. Sie ließ sich darauf nieder und schlug die Beine übereinander. »Ich verstehe, wenn du mir den Job nur aus einer Laune heraus angeboten hast. Das ist wirklich kein Problem.«

»Was redest du da?« Er hatte sich ihr gegenüber gesetzt und nach einem Bagel gegriffen, hielt jedoch jetzt in der Bewegung inne. »Ich habe dir einen Job angeboten, weil ich das wollte. Ich meine immer ernst, was ich sage. Du kannst direkt morgen anfangen. Ich brauche jemanden, der Miranda ersetzt, und bisher hatte ich noch nicht die Muße, mich mit der Personalabteilung wegen eines aufwendigen Auswahlprozesses auseinanderzusetzen. Es ist gut so, wie es ist. Entspann dich.«

Entspannen? Vielleicht im nächsten Leben.

Die weiße Flügeltür zwischen Essbereich und Küche glitt auf. Eine Dame mittleren Alters mit einer spitzengesäumten Schürze, an deren Seite eine sorgfältig gebundene Schleife saß, trat ein. Sie erinnerte Annie ein bisschen an *Madame Pottine*, die niedliche Teekanne aus *Die Schöne und das Bies*t, Regentin über Küche, Herd und Geschirr. Trotz ihrer untersetzten Gestalt wirkte diese Madame Pottine erhaben und auf jeden Fall so, als kenne sie eine Menge komplizierter Kochrezepte auswendig.

»Buon giorno, Sophia«, grüßte Jona. Sophia lächelte, zückte ein Mikrofasertuch aus ihrer Schürzentasche und wischte damit über das Kirschbaumholz, auf dem sie Flecken oder Krümel oder was auch immer vermutete. Annie sah weder das eine noch das andere, inspizierte aber aus Reflex sofort ihr Shirt, während Madame Pottine sich ihr näherte. Sie erinnerte sich an Jonas Bad oder besser die Oase im ersten Stock. Hier unten gab es bestimmt auch ein Badezimmer, wenn nicht sogar zwei. Wahrscheinlich hatte die Nacht auf dem Sofa Spuren in ihrem Gesicht hinterlassen, und die Wimperntusche klebte überall, weshalb sie aussah wie ein Panda.

»Buon giorno. Jonathan, braucht ihr beiden noch irgendetwas?« Die Hausdame stellte das Pfännchen mit Schnittlauchrühreiauf einen Untersetzer in die Mitte des Tisches und schmunzelte.

»Grazie, du bist die Beste.« Jona warf ihr eine Kusshand zu. Flirtete er etwa mit seiner ungefähr 50-jährigen Hausangestellten oder war das mit den italienischen Genen doch kein Vorurteil?

Die dunkelhaarige Sophia neigte geschmeichelt den Kopf zur Seite. »Ich bin froh, dass du isst, Junge.« Dann wanderte ihr interessierter Blick zu Annie. »Ist sie das Mädchen mit dem Kleeblatt-Armband?«

Er nickte.

»Du hast mir nicht erzählt, dass sie so hübsch ist.« Sie strahlte Annie an.

Noch ehe die aufstehen und Hallo sagen konnte, passierte es.

»Ma non è possibile! Jonathan, was tust du hier? Du solltest längst arbeiten.« Ben Holden platzte wie aus dem Nichts in den Raum und hatte das Auftreten einer Gewitterwolke am wolkenlosen Himmel. »Was ist das da?« Er zeigte auf Annie. Hatte er sie gerade als ein *Etwas* bezeichnet?

»Espresso, Mister Holden?« Sophia sprach betont freundlich, drückte ihre Schultern durch und hob ein wenig die Nase.

»Si, un caffèe ristretto. Grazie, Sophia.«

»Dir auch einen wunderschönen Guten Morgen, Vater. Wie kommst du überhaupt hier rein?«, flachste Jona.

»Bei dir ist doch ein ständiges Kommen und Gehen.« Mit dem Kopf deutete Jonas Vater noch einmal in Annies Richtung.

Jona widmete sich dem Tee, so als studiere er das Aroma. Sein Spiel mit der Teetasse wirkte fahrig, und an seinen zusammengekniffenen Lippen erkannte Annie, wie sehr er sich zurückhalten musste.

»Ich habe es satt, Jonathan. Du und deine Weibergeschichten! Hast du mal auf die Uhr geschaut?“

Weibergeschichten? Es war also so, wie sie vermutet hatte, und es fühlte sich an wie eiskalte Schneeflocken, die auf ihr Herz fielen.

»Jetzt mach mal nicht so einen Stress, Dad.« Beschwichtigend winkte Jona ab.

»Ich mache so viel Stress, wie es mir passt!« Ben erhob ungehalten nicht nur die Hände, sondern auch die Stimme, senkte beides aber sofort wieder, als Sophia den Espresso brachte.

In Sophias Gesicht regte sich nichts. Schnurstracks und wortlos verließ sie die Szenerie, was Annie sehr bedauerte.

»Führen wir eines der größten Unternehmen Kaliforniens oder backen wir Kekse?«, ereiferte sich Ben und vollführte die typisch italienische Geste, indem er Daumen, Zeigefinger und Mittelfinger gegeneinander presste.

»Es gibt auch Unternehmen …«, versuchte Jona etwas zu sagen.

»… die Kekse backen. Si. Das hier ist ernst. Es reicht! Ein für alle Mal. Du bist unzuverlässig, du lässt Termine platzen. Wir führen ein Familienunternehmen, kein Kasperletheater! Unsere Firma …«

»… hat Tradition. Wir brauchen Zucht und Ordnung am Arbeitsplatz. Und wir halten uns an Regeln. Und vergesst nie, über allem steht die Familie mit ihrem Namen. In etwa so, Dad?« Jonas Augen schimmerten kaltblau.

In einem Zug stürzte Ben den doppelten Espresso hinunter und knallte die Espressotasse auf den Tisch. »Deine Mutter hätte das auch nicht gut gefunden, Jonathan. Sie ist immer noch ein Teil dieser Familie.«

Der Satz hallte nach, und Annie hinderte sich selbst am Ausatmen, niemand sagte etwas.

Jona sprang auf, seine Faust donnerte auf den Tisch.

»Lass Mom aus dem Spiel!« Er sah weg, so als könne er die Anwesenheit der beiden Menschen im Raum nicht länger ertragen.

Statt einen Schritt zurück, ging Ben Holden entschlossen auf seinen Sohn zu. »Ich habe jetzt lange genug versucht, dir beizubringen, was Tradition bedeutet. Lange genug habe ich dir zugesehen, mein Lieber«, sagte er leise. »*Du* bist der Älteste, du erbst meine Firmenanteile. Und ich verlange von dir, dass ich mich guten Gewissens zur Ruhe setzen kann. Bald. Ich werde alt, Junge.«

»Si, si, Dad.«

»Nicht jaja. Wie willst du ein Familienunternehmen führen ohne eine solide Basis? Ohne Frau, ohne Familie? Wie stellst du dir das eigentlich vor? Du bist 39 Jahre alt.« Er bekreuzigte sich, als könne er dadurch seinen Sohn in den Hafen der Ehe katapultieren.

»Lass es gut sein.« Man sah Jona an, wie unangenehm ihm das Gespräch war. Seine Bewegungen wirkten steif und sein Gesicht maskenhaft.

»Du wirst in drei Wochen vierzig Jahre alt. Quattro, zero. Quaranta!« Holden holte Luft. »Es tut mir leid, dir das so sagen zu müssen, aber die Mehrheitsanteile der Firma gehen an Ed, wenn du dich bis zu deinem Vierzigsten nicht zusammengerissen hast. Ist alles notariell festgelegt. Ich lasse mir doch von dir nicht meine Firma kaputtmachen!«

Jona starrte ihn an.

»Ja, schau mich nur an! Seit der Sache mit Scarlett bist du rastlos und zu einem unkalkulierbaren Risiko geworden. Niemand leitet ein Familienunternehmen ohne eine Familie im Rücken, Jonathan. Niemand.«

Annie legte die Stirn in Falten. *Wer zur Hölle war Scarlett?*

»Dein Bruder mag jünger sein als du, aber immerhin ist

er verheiratet. Traditionen und Werte bedeuten ihm etwas. Seine Familie bedeutet ihm etwas, was man ja von dir und deinen Lebensumständen nicht gerade behaupten kann.«

»Verdammt. Ich mache meine Arbeit gut, Dad! Was willst du von mir?«

»Du bist sogar sehr gut.« Ben wollte zu der Espressotasse auf dem Tisch greifen, realisierte aber, dass die nur noch dunkle Ablagerungen enthielt. »Sei besser. Und regele endlich dein Leben. Was macht sie zum Beispiel hier? Ist das ein Witz?«

Zum dritten Mal, langsam hatte Annie es verstanden. Dieser Mann behandelte sie gnadenlos arrogant und herablassend. Sie hatte ohnehin genug Schwachsinn gehört. Aufstehen und gehen, am besten möglichst unauffällig.

»Das ist meine Freundin.« Jonas Augen funkelten kampfeslustig, während Annie die Tragweite seiner Worte nicht erfasste. Nicht erfassen konnte. Stattdessen lachte sie und klang wie eine Kettenraucherin dabei.

»Deine was?« Jonas Vater ging es ähnlich wie ihr. Erst tat er so, als habe er sich verhört, dann so, als habe er das Wort gar nicht verstanden. An Annie gewandt brummte er beiläufig: »Sagen Sie mal, sind wir uns nicht schon einmal begegnet?« Er musterte sie von Kopf bis Fuß.

»Du hast richtig gehört. Annie ist meine neue Freundin, und es ist etwas Besonderes zwischen uns«, erklärte Jona, damit es auch jeder verstand.

Was?

Annie schaute ihn verwirrt an. Sie wollte ihn nicht bloßstellen, alleine schon, weil er ganz offensichtlich ebenfalls kein Glück mit seinem Erzeuger hatte, aber …

»Sie wohnt bei mir.«

Haha, wer wohnte wo? Was redete er denn da?

»Junge, ich bitte dich.« Ben hantierte wild in der Luft, wie Italiener das so taten, wenn sie sich aufregten, dabei war er gar kein richtiger.

»Nein, Dad. Ich bitte *dich*! Und zwar, hier nicht mehr ungefragt aufzutauchen. Wir haben einen gemütlichen Abend verbracht.« Mit dem Kinn wies Jona zu den zerwühlten Kissen auf dem Sofa. Auf dem Couchtisch standen nach wie vor die Tassen, das Glas und die Flasche mit dem Rest des teuren Bordeaux vom Vorabend.

Ohne nachzudenken, hatte Annie ein Stück Bagel mit Blueberry-Marmelade bestrichen und sich in den Mund geschoben. Eine Übersprungshandlung, wie bei einem Huhn, das bei Gefahr nach nicht vorhandenen Körnern pickte. Jetzt konnte sie nur mit vollem Mund und roter Marmelade an der Oberlippe zustimmend nicken. Zusätzlich winkte sie Ben zu, was sicher weder gut ankam noch besonders intelligent aussah.

Jonas Vater hob die Brauen. »Verkauf mich nicht für dumm, Jonathan.«

»Das ist Angelina Clark, und ich erwarte, dass du meine Freundin respektierst.« An der Lügengeschichte, die er seinem Vater auftischte, schien er Gefallen zu finden. So sehr, dass er noch eine Bombe platzen ließ. »Außerdem wird sie bald für uns arbeiten.«

Bens Oberkörper kippte nach vorne und deutete einen Diener an. »Willkommen an Bord, Miss Clark. Natürlich respektiere ich jede Freundin meines Sohnes, zumindest die fünf Tage, die er mit ihr zusammen ist. Dass er seinem aktuellen Fang allerdings direkt einen Job anbietet, ist neu.«

»Ich lasse mir meine Position nicht aberkennen, erst recht nicht von Ed.« Jona spuckte die Worte seinem Vater förmlich vor die Füße. Die Muskeln seines Bizeps zuckten, und Annie sorgte sich, er würde Ben gleich einen Kinnhaken verpassen.

»Du konntest noch nie verlieren, mein Sohn.« Lächelnd ließ Ben seine Hände am Revers seines Sakkos entlanggleiten. »Wir sehen uns, und damit meine ich uns alle.« Er machte eine Pause. »Im Büro.« Es klang wie eine Drohung.

Sie waren wieder zu zweit. Am gar nicht mehr gemütlichen Frühstückstisch herrschte mit einem Mal die Stille eines Friedhofs bei Nacht, irgendwie unheimlich. Annie wartete darauf, dass Jona etwas sagte, sich entschuldigte oder so.

»Könntest du morgen bei mir einziehen?« Seine Stimme war fast tonlos.

»Witzige Vorstellung, Lügenbaron. Nein, danke«, murmelte sie mit belegter Zunge und wischte sich mit der Stoffserviette über den Mund.

»Mir ist bewusst, dass du stocksauer bist, aber … na ja, du hast es gehört.« Er rückte etwas näher an den Tisch.

»Du hast sie wohl nicht mehr alle!« Etwas zu heftig stieß Annie beim Aufstehen den Lederstuhl zurück, der daraufhin krachend umfiel. »Ich dachte, du sagst jetzt, das sei nur ein Witz gewesen.«

»Nein, er hat eintausend Prozent bei unserem Notar eine Klausel festlegen lassen«, regte Jona sich auf. »Das darf echt nicht wahr sein.« Er stützte den Kopf in seine Handinnenflächen.

»Was interessiert mich euer Notar? Erst lügst du deinen Vater an und jetzt soll ich bei deiner Schmierenkomödie auch noch mitspielen?« Sie hob den Stuhl vom Boden auf.

»50.000 Dollar.«

»Wie bitte?«

»50.000 Dollar, wenn du mitmachst und bis kurz nach

meinem Geburtstag bei mir bleibst«, kam es sachlich von der Seite. »Du musst mir nur helfen, meinen Vater davon zu überzeugen, dass ich der richtige Nachfolger bin. Keine weiteren Verpflichtungen.«

»Nur?« Ohne zu überlegen, ließ sie die Stuhllehne aus den Fingern rutschen. Es polterte plump, als der Hochlehner zum zweiten Mal auf dem Marmorboden aufschlug. »Sag mal, willst du mich erpressen?«

»Ed ist kein guter Chef.«

»Bis heute Morgen dachte ich, ich sei diejenige, die völlig unberechtigt Vorurteile hat.« Sie hatte ihn gemocht, sie hatte ihn wirklich gemocht. Außerdem hatte er ihr einen Job besorgt. Doch der rosa Traumluftballon für Angelina Clark war gerade mit einem lauten Knall geplatzt.

»Annie, bitte.«

»Ich bin raus. Komm gefälligst alleine mit deiner gestörten Familie klar.« Das Herz klopfte ihr bis zum Hals, sie riss ihre Jacke samt ihrer Beuteltasche vom Sofa und stürmte hinaus. Der Esszimmerstuhl blieb auf dem Boden liegen.

Auf den nassen Marmorfliesen der Lobby, die Sophia gewissenhaft wischte, geriet Annie ins Schlittern.

»Nicht so eilig, junge Dame. Wer wird denn gleich weglaufen?« Die Haushälterin schüttelte den Kopf. »Nur weil es schwierig wird?« Herausfordernd stemmte sie eine Hand in ihre nicht vorhandene Taille. »Diese Familie ist kompliziert, aber Jonathan ist ein guter Junge. Er weiß es nur nicht.«

Annie stellte ihre Ohren auf ohrstöpseltaub.

»Du brauchst mich! Ohne mich schaffst du das nicht. Du hilfst mir und ich helfe dir«, rief er aus dem Wohnzimmer.

Einen Scheiß würde sie tun.

Wie eine Besessene bearbeitete Annie die Leinwand mit bunter Farbe. Durch die zeit- und nervenaufreibenden Ereignisse der vergangenen Tage hatte sie es nicht geschafft, zu malen. Dabei war das Malen der einzige Zufluchtsort in ihrem Leben. Das war schon immer so gewesen. Wenn ihre Eltern sich gestritten oder Marc mal wieder für Wirbel gesorgt hatte, zog sie sich in ihr Zimmer zurück und malte, denn wenn sie ihre abstrakten Bilder erschuf, blendete sie alles andere aus. Als Kind war es ihr manchmal schwer gefallen, aus dieser Welt wieder aufzutauchen, besonders als ihre Eltern sich trennten. Das Malen war bis heute ihre private Insel geblieben, zu der niemand Zutritt hatte.

Gerade mischte sie mit dem Pinsel gelb und rot zusammen, als Kira die Zimmertür aufriss. Sie trug noch ihre Sneakers, obwohl sie die Schuhe in der Regel an der Wohnungstür auszog.

»Was tust du da?« Argwöhnisch beäugte Kira die Leinwand, die aussah wie ein Paintballopfer.

»Und du?« Annie reagierte gar nicht auf Kiras merkwürdig gehetzten Zustand. »Du glaubst nicht, was mir passiert ist. Wenn ich dir das erzähle, ...« Verstohlen wischte sie sich über die Augen, damit Kira nicht sehen sollte, dass sie geweint hatte.

»Deine Mutter ist ins Krankenhaus eingeliefert worden!«, herrschte die sie jetzt so laut an, weshalb Annie zusammenschrak. »Man erreicht dich ja nirgends. Ist dein Handy aus? Wieso gehst du nicht an unser Festnetz?«

»Meine Mutter?« Annie bekam Angst, nicht nur ein Nachtgespenst, richtige Todesangst. Sie hatte das Telefon mehrfach klingeln gehört, aber sie war beim Malen so versunken gewesen, weshalb sie es gedanklich ignoriert hatte. Das Gleiche galt für das Handyklingeln.

»Du musst jetzt einen klaren Kopf bewahren. Lilo hatte einen Panikanfall, die Nerven. Die Ärzte haben ihr ein Beruhigungsmittel gegeben, und sie wird zusätzlich in der Klinik psychologisch betreut. Eure Nachbarin, Kirsten, kümmert sich um Marc und hat mich informiert. Du warst ja nicht da.« Es klang vorwurfsvoll, auch wenn Kira es sicher nicht so meinte.

Der Pinsel glitt ihr aus der Hand, und Annie streifte ihre farbbespritzten Finger an dem Malkittel ab. »Ich fahre sofort ins Krankenhaus. Hast du Hardys Schlüssel?«

»Ich fahre.« Kira hielt den Autoschlüssel hoch. In Annies Gehirn war es leer, wie betäubt folgte sie der Freundin nach draußen.

Noch während der Fahrt ins Krankenhaus rief sie Kirsten an, die ihr versicherte, mit Marc sei alles in Ordnung. Trotzdem wollte sie ihn lieber persönlich sprechen. Es knisterte in der Leitung, bevor ihr Bruder sich meldete.

»Hallo, Annie. Stell dir vor, Kirsten wohnt jetzt bei mir.« Marc schien weniger schockiert, als sie erwartet hatte.

»Hey, Großer, wie geht es dir?«

»Mama hat einen Brief bekommen. Sie ist jetzt im Krankenhaus. Und Kirsten schläft bei uns im Haus.«

»Das ist ja lieb von ihr.«

»Wir essen gerade Eis.« Sie hörte ihn schlecken.

»Nur ein paar Tage ist das so, Marc. Wird das gehen?«

»Wenn es tropft, esse ich es nicht mehr.« Er klang so, als sei er in Eile. »Briefe sind doch nichts Schlimmes, oder?«

»Wie meinst du das?«

»Ich muss Schluss machen. Das Eis.«

Kirsten übernahm das Gespräch. »Es ist alles wegen der

Sache mit dem Haus, Annie. Lilo ist panisch geworden, sie fürchtet, das Grundstück zu verlieren. Es ist aber auch wirklich unmöglich, diese extreme Summe aufzutreiben.«

»Danke, Kirsten, dass du dich um Marc kümmerst.« Annie schluckte schwer. Sie war so dankbar für Kirstens Fürsorge.

»Walther und ich haben doch sonst niemanden. Ihr und wir sind eine Familie.«

»Kirsten, wir sind jetzt auf dem Krankenhausparkplatz. Ich sehe nach Mom und melde mich. Danke dir.« Annie legte auf, während Kira bereits auf den Parkplatz des Hillcrest Medical Centers fuhr und Hardy zwischen einem Ford und einem Chevrolet Silverado parkte.

»Ich warte im Auto«, sagte sie, drückte Annie fest an sich und entließ sie ins Krankenhaus. Da Lilo in dem Hospital lag, in dem sie seit zwanzig Jahren arbeitete, kannte Annie viele der Schwestern und Ärzte seit ihrer Kindheit. Bis sie bei Lilos Zimmer angekommen war, hatte sie gefühlte hundert Mal begründen müssen, warum sie nicht erreichbar gewesen war. Sie wusste selbst, dafür gab es keine Entschuldigung, zumindest durfte die Rechtfertigung nicht lauten: *»Ich habe wie eine Besessene gemalt, um mich von einem hinterhältigen, aber attraktiven Typen abzulenken.«*

»Gott sei Dank, da bist du.« Die Gesichtsfarbe ihrer Mutter glich dem grauweiß verwaschenen Bettlaken, das über ihr lag. Neben ihrem standen zwei weitere Betten, die ungenutzt waren. Offenbar hatten Lilos Kolleginnen versucht, ihr die größtmögliche Ruhe zu ermöglichen.

Annie rückte einen der steril aussehenden Metallstühle an das Krankenbett ihrer Mutter. Der Raum war fantasielos in Weiß und Hellblau gehalten, selbst das Gemälde an der Wand bestand aus unterschiedlichen Blautönen.

»Mom, was machst du für Sachen?« Um näher bei ihr zu sein, setzte Annie sich auf die Bettkante statt auf den Stuhl und streichelte den Arm ihrer Mutter. Als sie Lilos schlaffe Muskulatur spürte, fasste sie den Entschluss: Sie würde die Dinge in die Hand nehmen. Sofort.

»Wir sind so gut eingespielt, Marc und ich, Kirsten und Walther. Und was ist mit meinem Garten und der ganzen Arbeit, die wir in dieses Haus gesteckt haben? Ich will es nicht verlieren«, schluchzte Lilo, was Annie tief im Herzen berührte. Noch nie hatte sie ihre Mutter weinen sehen, noch nicht einmal nach der Trennung von Dad. Irgendwie hatte es für Lilo immer eine Lösung gegeben, hatte sich irgendwo eine neue Tür geöffnet. Diesmal wartete Annie umsonst auf einen von Lilos Sprüchen à la »Es wird alles wieder gut. Kopf hoch!« Es kam nichts.

Stattdessen lag die Frau, die zwei Kinder alleine großgezogen hatte, hilflos in einem Metallbett und weinte. Sie hörte gar nicht mehr auf. Nicht mal Blumenabbilder gab es auf dem Stoff der Bettdecke, dabei mochte sie doch so gerne Blumen. Annie blinzelte die aufkommenden Tränen weg.

Wo war die Frau, die Annie motiviert hatte, ihre Abschlussprüfung zu schaffen? Die ihr bei jeder noch so kleinen Spinne gut zugesprochen hatte, obwohl die ekligen Achtbeiner ihr nach dem Leben trachteten? Die Frau, die es hasste, wenn jemand miese Stimmung verbreitete oder aufgab. Obwohl die Frau im Bett so aussah wie Lilo, war sie doch eine andere.

»Mama, wir schaffen das! Ich treibe das Geld auf.« Sie würde es sich nie verzeihen, nicht alles versucht zu haben. Niemals!

Das Gesicht ihrer Mutter erhellte sich. Annie dagegen fühlte sich wie ein erbärmlicher Regenwurm, den Kinder beim Spielen im Sand vergruben. Der Sand reichte ihr bis zum Haaransatz, sie steckte in Problemen fest, welche die gesamte Existenz ihrer Familie infrage stellten.

»Woher willst du so viel Geld nehmen?«

Eine berechtigte Frage.

Sie ging nicht darauf ein. »Versuch dich zu erholen«, sagte sie stattdessen liebevoll. »Kirsten schaut nach Marc und ich kläre das mit dem Haus.« Sie küsste ihrer Mutter die Stirn, so wie Lilo es sonst immer tat.

»Ach, Annie.«

Dann blieb sie auf Lilos Matratze sitzen und hielt deren Hand, bis ihre Mutter eingeschlafen war. Schließlich glitt Annie entkräftet auf den Metallstuhl, stützte beide Ellenbogen auf den Matratzenrand und den Kopf in die Hände. Wie versteinert blieb sie bestimmt zehn Minuten, gefühlte zehn Stunden, in dieser Position.

Manchmal musste man ein Risiko eingehen.

Es war verrückt, aber sie würde es tun.

Das Safe Haven kam ihr heute Abend düsterer vor als sonst, auch wenn Dave sie unerwartet freundlich begrüßte. Er hatte sich von der raschen Kündigung anscheinend bestens erholt und reichte ihr ein Bündel Papierkram sowie die schwarze Strickweste, die sie an dem Abend unter dem Tresen vergessen hatte. »Annie Bunny, du bist schwer zu ersetzen, aber die Neue macht sich super mit den Gästen, sehr verlässlich und – sagen wir mal – offenherzig.« Seine Nikotinfinger malten einen Frauenkörper in die Luft.

Er hatte sie also bereits ausgetauscht.

»Besonders auf Zack ist sie allerdings nicht.« Daves Ähnlichkeit mit einem Frettchen war verblüffend. Zu allem Überfluss bewegte er sich auch noch genauso: Er hopste hinter die Theke und zeigte Annie eine Reihe schwarzer, flacher Kästchen. »Tablets, um die Bestellungen der Gäste aufzunehmen. Wie iPads, verstehst du? Die Mädchen sparen damit einen Weg.« Wichtig beugte er sich vor und flüsterte: »Plus, die Neue bringt mir nichts mehr durcheinander.«

Annie nickte Verständnis heuchelnd. Wenn er für ihre Nachfolgerin sogar ein modernes Bestellsystem anschaffte, musste diese Frau all das besitzen, was Dave sich von einer perfekten Servicekraft wünschte: einen ordentlichen Vorbau und ein knackiges Hinterteil.

»Irgendwann stelle ich nur noch diese Dinger auf den Tisch, dann können die Kunden ihre Bestellungen selbst eingeben.« Er legte einen Finger an die Lippen, als Annie eine Braue hob. »Rationalisierung. Pssst, kein Wort zu der Neuen.«

Wenn man vom Teufel sprach. Ebendiese Neue glitt durch die Kneipentür, und sprengte fast das Safe-Haven-Shirt mit ihren Brüsten. Dafür war ihre Taille schmal wie ein Bindfaden, anatomisch unmöglich. Annie staunte darüber, weshalb sie nicht vorne überkippte. Die hohen Schuhe trug die Doppel-D-Frau so selbstverständlich wie ihre offenen, langen Haare. War ein Pferdeschwanz nicht Pflicht im Service? Fast hätte das Mädchen dem anzugtragenden Jona die Kneipentür ins Gesicht fallen lassen.

»Danke fürs Aufhalten.« Jona schenkte der neuen Bedienung keine Beachtung.

Im Gegensatz zum Vormittag sah er nun nicht mehr aus wie der gedemütigte, degradierte Sohn, sondern wie das, was er war: ein erfolgreicher Geschäftsmann. Aber seit wann trug er eine Brille? Annie trat hinter der Theke hervor.

»Hi!« Er rückte das schwarze Gestell auf seiner Nase zurecht und begrüßte sie mit Küsschen links und Küsschen rechts, mal wieder. Annie atmete flach ein und aus.

»Ich mache es«, sagte sie. Bloß keine kostbare Minute vergeuden. Hoffentlich ließ er sich noch darauf ein, und hoffentlich gab er ihr auch noch den Job, den er ihr angeboten hatte. Sie kam sich vor wie bei einem illegalen Waffengeschäft.

»Du machst es. Okay, das ist ein interessanter Gesprächsansatz.« Jona grinste. »Was jetzt genau?«

»Dein Vorschlag. Ich brauche das Geld. Ich ziehe bei dir ein«, half sie ihm widerstrebend auf die Sprünge.

Jona setzte sich auf den Barhocker neben sie. Die Neue in der engen Lederhose schnappte nach einem der digitalen Tablets, aber er rief Dave bereits »Ein Wasser!« zu. Kurz darauf bekam er sein Getränk von der Lederhose serviert.

Annie wippte nervös auf den Fußballen auf und ab. Wieso reagierte er nicht auf ihre Zusage?

»Jona, sag was.«

Schweigend hob er das Wasserglas an seine Lippen. Gleichzeitig zog er den Pappdeckel darunter hervor. Der Bierdeckel war mehrfach benutzt, fleckig und leicht durchgeweicht. Dave sparte, wo er konnte.

Aus der Tasche seines Sakkos förderte Jona einen Kugelschreiber zutage, auf dem Annie das glänzende Holden-Logo erkannte. In akkuraten Blockbuchstaben schrieb er *»VERTRAG«* auf die eine Seite des Deckels.

»Was machst du da? Und seit wann brauchst du eine Brille? Siehst du schlecht?« Er antwortete immer noch nicht. Annie zupfte sich ungeduldig am Ohrläppchen. »Scheint einiges zu geben, das ich noch nicht von dir weiß«, flüsterte sie und beobachtete die Bewegungen seiner Hand beim Schreiben.

»Na, das wird sich ja bald ändern.« Lächelnd schaute er auf, und schob ihr den Pappuntersetzer sowie den

Kugelschreiber rüber.

»*VERTRAG. Hiermit erkläre ich mich bereit, die nächsten 21 Tage bei Jonathan Holden einzuziehen und seinen Vater davon zu überzeugen, dass Jonathan der richtige Nachfolger für das Unternehmen ist. Ich erhalte am Ende dieser Zeit die vereinbarte Summe von 50.000 Dollar*«, las Annie laut vor, während die Zahlen in ihrem Kopf ratterten. 21 Tage waren ... Sie fühlte, wie sich ein Stein in ihrem Hals festsetzte, während sie versuchte zu schlucken. Die Cola, die Dave ihr hingestellt hatte, rührte sie jedoch nicht an.

»504 Stunden mit dir?« Ungläubig sah sie von dem Bierdeckel auf. »Was genau soll ich denn da machen?«

»Wieso rechnest du das in Stunden um?« Erstaunt blickte er sie an.

»Und überhaupt, *das* soll ein Vertrag sein?« Sie krallte sich dennoch an dem Deckel fest wie ein Raucher an der letzten Zigarette.

»Hat Madame eine bessere Idee? Sollen wir zu einem Anwalt mit unserem Deal?«, sagte er oberlehrerhaft und nahm die Brille lässig von der Nase.

»Ist schon klar.« Zähneknirschend unterschrieb Annie. Ihr Mund verzog sich, als hätte sie gerade in eine Zitrone gebissen. »Was ist mit dem Job?«

»Daran hat sich nichts geändert. Ich brauche eine Assistentin. Lieber heute als morgen.«

Sie ertappte sich bei dem Gedanken, wie sie seine Lippen geküsst hatte und wie die Schmetterlinge in ihrem Bauch Loopings gedreht hatten. Das, obwohl sie glaubte, die bunten Falter seien längst ausgewandert. Nach Schmetterlingen fühlte sich in diesem Moment allerdings nichts mehr an, eher nach einer Planierraupe.

»So schlimm bin ich nun auch wieder nicht. Es gibt sicher Frauen, die froh wären, wenn sie mit mir zusammenleben dürften.«

»Ich muss jetzt nicht noch einmal extra erwähnen, dass du arrogant bist, oder?« Eine rein rhetorische Frage.

»Bin ich nicht.« Er lächelte erneut und schob die Hornbrille zurück auf den Nasenrücken.

»Nein? Wie nennt man das denn in deiner Welt? Maximal eingebildet?« Annie musste sich beherrschen, um nicht zu schreien. Falls ihre Wut Jona beeindruckte, ließ er es sich nicht anmerken.

»Mir ist klar, deine Meinung über mich wird durch unseren Deal nicht gerade besser … aber ich …«

»Also, ich mache das nur wegen des Geldes«, unterbrach sie ihn unwirsch. Ihre Mutter lag schließlich im Krankenhaus, ihr autistischer Bruder musste bei der Nachbarin unterkommen, und Mister Holden hatte nichts Besseres zu tun, als blöde Sprüche zu reißen. Auch wenn er von alldem nichts ahnte, es interessierte sie nicht, was er zu erörtern hatte. 504 Stunden und keine Sekunde länger.

Nachdem er den Barhocker in Position gerückt hatte, nippte Jona gedankenverloren an seinem Wasserglas. »Nicht die beste Zeit gerade für uns beide, schätze ich.«

»Ich gehe packen.« Sie ignorierte seine lichtblauen Augen, so gut es ging, und warf ein paar Münzen auf die Theke, um die Cola zu bezahlen, die sie nicht angerührt hatte. Unter normalen Umständen hätte sie Jona und seinem geistesgestörten Vertrag ihre Rückansicht gezeigt. Sie würde sich doch nie so tief herablassen und zu einem fremden Typen ziehen, den sie nicht mal sympathisch fand.

In dem Moment stand auch Jona auf, schob den Knoten seiner Krawatte enger und trat dicht an sie heran. Er würde sie nicht wieder mit seinen Abschiedsküsschen auf die Wangen nervös machen. Also blieb sie so standhaft mit dem Boden verwurzelt wie ein jahrhundertealter Redwoodbaum. Auf keinen Fall würde sie ihm ausweichen. Zum ersten Mal in ihrem Leben hatte sie sich dazu entschieden, zu kämpfen – 504 Stunden lang.

In geschäftsmäßigem Ton sagte er: »Ich schicke dir morgen früh meinen Wagen. Eine Sache noch.« An ihrem Unterarm zog er sie sanft an sich heran, weshalb sie den Duft seines Parfums riechen konnte. »Behalte unsere kleine Abmachung bitte für dich. Mein Vater besitzt eines der größten Unternehmen Kaliforniens.«

Unwirsch entriss Annie ihm ihren Arm. »Als ob ich das nicht wüsste, Mister Holden!«

5. Kapitel

San Diego, La Jolla | Donnerstag, 8 Uhr | noch 504 Stunden

Wenn man die kiesgesäumte Einfahrt passiert hatte, stand man auf der einen Seite vor den beiden Doppelgaragen und auf der anderen Seite neben der breiten Holzterrasse, in die ein Pool eingelassen war. In Poolnähe gruppierten sich Rattan-Möbel, die zum Verweilen einluden. Ging man weiter, erreichte man eine Treppe in Holzoptik, die zum Hauseingang führte. Die Veranda, ebenfalls aus Holz, zog sich rund um das Gebäude, und sie wusste, dass sie auf der Rückseite einen traumhaften Blick auf das Meer freigab. Ihr neues Zuhause sah aus, als hätte sie einen 6er mit Zusatzzahl im Lotto getippt. Sie wusste nicht so recht, wie sie damit umgehen sollte.

Sophia öffnete ihr mit einem erfreuten Lächeln die Eingangstür. »Mister Holden ist schon im Büro. Sie dürfen sich ganz wie daheim fühlen. Wie geht es Ihnen, Miss Clark? Möchten Sie einen Tee oder sind Sie sogar Kaffeetrinkerin?«

Von ihren Eltern war Annie selten gefragt worden, wie es ihr ging. Ihr Vater interessierte sich grundsätzlich nicht für Befindlichkeiten, wie er es nannte, und ihre Mutter versuchte der halben Welt einzureden, dass es jedem immer gut ging oder zumindest bald wieder. Und Marc brauchte eben mehr Aufmerksamkeit. So war es nun mal.

»Lieb von Ihnen. Danke. Gerne einen Kaffee.« Die Haushälterin gab ein zufriedenes Schnalzen von sich. Sie strich sich über die Schürze und trottete in die Küche. Nicht nur lebte ab sofort eine Frau in diesem gottverlassenen Palast, die gerne Kaffee trank, nein, sie frühstückte auch noch gerne. Annie folgte Sophia versonnen, wobei die Rollen ihres Trolleys hinter ihr über die Fliesen holperten. Sie gesellte sich zu ihr an die Theke.

»Energy Drinks und schwarzer Tee, das ist doch kein Frühstück für einen Mann. Aber so beginnt er immer seinen Tag.« Aufgeregt klapperte die Hausdame mit den Tassen. Ihre Stimme erreichte eine Lautstärke, weshalb von Sprechen eigentlich keine Rede mehr sein konnte. Nebenher dudelte das Radio und sie trällerte immer wieder einzelne Textstellen des aktuellen Lieds mit, irgendetwas Mexikanisches. War sie eigentlich Mexikanerin oder Italienerin?

Annie blickte aus dem bodentiefen Fenster auf ein Stück Bruchsteinmauer hinter dem Haus, die offenbar dazu bestimmt gewesen war, den Villenbereich von dem wilden Garten zu trennen. Nur wenige Steine waren übereinandergeschichtet und die waren vermoost, zwischen den Ritzen wucherte das Unkraut.

»Seit einer Weile kümmert sich niemand mehr um den Garten«, sagte Sophia mit einem merkwürdigen Unterton. »Die Mauer wurde damals noch in Auftrag gegeben, aber nie fertiggestellt.« Sie wandte sich diskret ab.

»Wissen Sie, wo ich mit meinen Sachen hin soll?«, fragte Annie, stupste mit dem Fuß ihren Trolley an und leerte den Kaffee.

»Ich habe Ihr Bett frisch bezogen. Dieses Stockwerk, letzte Tür hinten rechts im Gästetrakt. Mister Holden meinte, Sie schlafen erst mal getrennt.« Sophia stieß Annie mit dem Ellenbogen an und zwinkerte verschwörerisch.

»Alles klar.« Mühsam drehte Annie ihren Koffer und setzte sich wutschnaubend in Bewegung. Sie würden definitiv getrennt schlafen, und zwar nicht nur *erst mal*, sondern drei Wochen lang, so viel stand zumindest für sie schon mal fest.

Eine Frau mit weißblonden Locken, einem Klemmbrett unter dem Arm sowie einer Spiegelreflexkamera um den Hals stellte sich ihr in den Weg. Irgendwie sah sie so aus, als gehöre sie nicht hierher, und irgendwie sah sie lustig aus, ohne lustig zu sein.

»Wer sind Sie denn?«, wollte die Klemmbrett-Frau wissen und gab ein künstliches Lachen von sich, das Annie an das Zischen einer Schlange erinnerte.

»Und Sie?«, setzte sie gekonnt dagegen. Sie tat genau das, was die Wasserstoffblonde tat: überheblich und eingebildet gucken, Hand in die Hüfte stemmen.

»Die Haustür stand sperrangelweit offen. Da war ich natürlich so frei.« Die Frau sah sich neugierig in der Eingangshalle um.

»Natürlich. Also?« Annie setzte ein strenges Gesicht auf und versuchte, den Ausdruck ihrer Grundschullehrerin bei falschen Antworten zu imitieren. Das schwere Parfum der Marilyn-Monroe-Kopie juckte Annie in der Nase. Es fühlte sich nicht richtig an, diese Frau hier anzutreffen.

Sophia kam aus der Küche gelaufen. »Habe ich gerade richtig gehört? Die Tür stand offen?«

Marilyn gab auf. »Journalistin. Carla Belini. California Globe. Angenehm. Ich komme wegen der Reportage über Mister Holden junior, den möglichen Nachfolger der Holden-Gruppe«, spulte sie ihren Text ab. »Ich fotografiere die besprochenen Räumlichkeiten, Sie wissen schon.«

California Globe? Gar nichts wusste sie.

»Das Interview findet nächste Woche statt. Ein herrliches

Blumenbouquet hier unten im Eingang. Wer arrangiert das für Sie?«, lenkte die Dame ab.

»Interview?« Gedankenverloren zog Annie ihren Trolley näher zu sich, was Miss Belini dazu veranlasste, den Koffer von oben bis unten zu scannen. Im nächsten Augenblick verstand Annie, in was sie da hineingeraten war. Das hatte er ihr nicht gesagt!

»Wohnen Sie hier?« Carla Belinis Frage klang beiläufig, war sie aber offensichtlich nicht. Das war kein Kaffeeklatsch mit Marilyn Monroe. Die Frau war Journalistin, und Annie musste aufpassen, was sie sagte. Kurz kam ihr ihre eigene kleine Welt noch kleiner vor: ihr WG-Zimmer, Kira, Lilo, das Haus in der Yellow Bird Road 201, Marc.

»Hallo? Sind Sie eingeschlafen?« Hektisch stieß die Belini ihr den Zeigefinger zwischen die Rippen. »Wie heißen Sie überhaupt?«

Blumenbouquets! Annie fuhr mit einer Hand über die Blüten des Bouquets an der Treppe. Die Blumenarrangements in Jonas Lobby summierten sich ungefähr auf das, was Lilo in einem Monat verdiente. Annie schämte sich, weil sie die Pflanzen trotzdem hübsch fand.

»Also, wenn Sie eh nichts sprechen, kann ich ja knipsen.« Die Spiegelreflexkamera besaß in etwa das Ausmaß von Carla Belinis Kopf. Die Journalistin ließ Annie in der Halle stehen und trippelte auf ihren Absätzen ins Wohn-/Esszimmer. Das Klackern des Kameraauslösers drang in Annies Wahrnehmung.

»Hey, geht es noch? Hatten Sie einen Termin? Ich bitte Sie, auf der Stelle zu gehen!«

Wow! Hatte sie das tatsächlich gesagt? Klang gut, klang selbstbewusst.

Die Dame zückte das etwas übertrieben aussehende

Klemmbrett, nahm eine Visitenkarte aus der Klammer und reichte sie Annie. »Er soll mich anrufen und einen Zeitpunkt vereinbaren, wenn er möchte. Ich dachte halt, ich schneie vorab herein.« Ein affektiertes Gackern erfüllte den Raum. Was für eine falsche Schlange! Oder sollte sie doch besser Huhn sagen?

»Mister Holden meldet sich.« Annie blieb freundlich und schob die Belini inklusive Klemmbrett und Kamera in Richtung Ausgang.

»Selbstverständlich«, zischte die, kein bisschen einverstanden. »Wir wollen uns nicht aufdrängen. Aber die Kampagne steht schon seit über einem Monat an. Wir möchten die Reportage gerne auf dem Titel bringen: *Der begehrteste Unternehmer San Diegos* oder so was in der Art. Sie wissen schon, wegen der Unternehmensnachfolge. Solo ist er ja auch noch.« Sie malte mit ihren Händen ein Rechteck in die Luft, um die Schlagzeile zu veranschaulichen.

»EX-KLU-SIV!«, betonte die Belini wie ein Presslufthammer, weshalb Annie zusammenzuckte. »Mister Holden ist ein viel beschäftigter Mann, wir haben Verständnis. Der California Globe freut sich auf ihn.« Sprachs und drückte sich an Annie vorbei durch die halb offene Villentür. »Ciaociao!«

Mit zwei Fingern winkte sie Annie zu und verschwand schneller, als sie aufgetaucht war. Geschockt sah Annie ihrem federnden Gang in dem dunklen Kleid nach.

O Mann, sie kannte sich mit den Medien doch gar nicht aus. Jona hoffte wohl, sie würde einfach mitspielen – wie an dem Morgen am Frühstückstisch, so wie sie auch jetzt sein Spiel mitspielte. Sie wusste gar nichts über ihn. Hilflos drehte sie sich um, und Sophia warf ihr einen entschuldigenden Blick zu.

Annie hatte gerade ihren Koffer im Gästezimmer abgestellt, als sie bereits den Fahrer rufen hörte. »Miss Clark? Können wir?«

Ohne ihren neuen Wohnbereich genauer zu inspizieren, hastete sie los. Erster Arbeitstag – hinein in die Höhle des Löwen, ins Büro fahren, den Arbeitsvertrag unterschreiben und Jona gegenübertreten, sehr wahrscheinlich auch Ben. Ihre Finger zitterten ein bisschen, aber es ließ sich nicht ändern.

Annie, komm heim. Was soll das alles?, hörte sie Kira in Gedanken flüstern. Sie wusste keine Antwort, außer dass sie unfassbar viel Geld brauchte.

Es gab kein Zurück.

Der Wagen steuerte in Richtung Downtown. Die Zufahrt des Unternehmens war palmengesäumt und der Büropark unterschied sich von den Betonhäusern des Financial Districts. Der wortkarge Fahrer hielt vor einem mediterran anmutenden Komplex und bemühte sich, um das Auto herum zu laufen, doch Annie war schneller. Rechts neben dem Haupteingang blinkte ein Messingschild und der eingravierte Firmenname war nicht zu übersehen: HOLDEN GROUP. Beherzt schlug der Chauffeur die Wagentür hinter ihr zu und Sekunden später drückte er aufs Gas.

Da stand sie nun, alleine, neu. Annie schluckte schwer, dann stieg sie die Stufen zum Eingang hoch. Eins, zwei, drei … sie zählte und es beruhigte sie. Vielleicht sollte sie drinnen die Treppe statt den Aufzug nehmen, dann hätte ihr Kopf wenigstens wieder etwas Gewohntes zu tun, anstatt sich dauernd mit Ungereimtheiten und Veränderungen beschäftigen zu müssen.

Eine riesenhafte Frau mit einem Haardutt, der an ein Vogelnest erinnerte, kam ihr durch die Drehtür entgegen. Es war die Dame, die Jona bereits im Hotel Del begleitet hatte. Sie grüßte höflich und beäugte Annie verwundert. Dabei hatte Kira Annies Haare in aller Frühe professionell hochgesteckt, damit ihr Gesicht besser zur Geltung kam. Sie hatte sich dezent geschminkt und eine weiße Bluse gehörte zum Standard im Business, oder nicht? Und der schwarze knielange Bleistiftrock auch ... der schwarze knielange ...? Sie fühlte an die Hintertaschen ihrer Jeans-Hotpants. Vergessen, argh! Sie hatte nicht mehr an ihr Vorhaben gedacht, sich in der Villa noch einmal umzuziehen. Diese blöde Journalistin hatte sie ganz durcheinandergebracht.

Sie zupfte an ihrer Hose, als ob die dadurch länger würde, und betrat den Bürokomplex. Moment mal, kein Klackern auf den hellen Steinfliesen? War das überhaupt Stein oder doch eher Marmor? Beim Betrachten ihrer Füße erschrak sie. Die blauen Turnschuhe! Mist, die Schuhe hatte sie auch nicht gewechselt. Verunsichert blieb sie in der Mitte der Halle stehen. Wo war die Treppe? Jona hatte ihr mitgeteilt, sie müsse in den einunddreißigsten Stock. Wenn sie heute noch mit Treppenstufenzählen im Guinness-Buch der Weltrekorde landen wollte, sollte sie jetzt die Treppe suchen. Sie ging geradewegs auf den Aufzug zu. Als sie den blau leuchtenden Knopf drückte, öffneten sich die Aufzugtüren mit einem nachhallenden Ping-Ton.

Ein Mann, vielleicht so alt wie sie selbst, blickte ernst von seinen Akten auf. Seine Gesichtszüge waren prägnant, nicht ganz so wie bei Jona, aber die Ähnlichkeit ließ sich nicht leugnen. »Hey, Sie sind sicher Angelina Clark. Wie schön! Jona hat von Ihnen berichtet.« Er lächelte sie freundlich an. Es war merkwürdig, aber im Gegensatz zu seinem Bruder wirkte er irgendwie unbeschwert. »Ich habe mich schon auf Sie gefreut. Ich bin Ed Holden.«

Mit festen Schritten trat er aus dem Aufzug. Entweder sah er ihr unmögliches Outfit nicht, oder er war so professionell, es nicht anzusprechen. Sie tat so, als habe sie ein feines Businesskostüm an. Was blieb ihr anderes übrig? »Genau, die bin ich.«

»In Anbetracht dessen, dass Sie die neue Freundin meines Bruders sind, von der bisher niemand etwas ahnte …« Ed räusperte sich erheitert und betrachtete ihre schlanken Beine in der kurzen Hose. »… sollten wir uns wohl duzen.«

»Sollten wir das?« Ihre Finger zu kneten reichte nicht. Was jetzt? Ihm die Hand geben, ihren Kleidungsfauxpas erwähnen oder weglaufen? Er nahm ihr die Entscheidung ab und küsste sie links und rechts auf die Wangen. Wo hatten die Brüder dieses vertrauliche Gebaren nur her? Sie wurde hoffentlich nicht rot. Doch, ihr Gesicht färbte sich ganz eindeutig, sie spürte die lästige Hitze sogar an ihrem Hals aufsteigen.

»Du bist sicher aufgeregt wegen des Jobs.« Ed streifte ihren Arm und sah ihr tief in die Augen, während er weiterredete, als wäre diese unangenehme Situation das Normalste auf der Welt. »Brauchst du nicht. Du kannst mich jederzeit anrufen, wenn du Probleme hast. Jona kann nämlich ein Tier sein, wenn es um die Arbeit geht.« Er lachte. »Lass dich davon nicht beeindrucken.«

Den würde ich auch nicht von der Bettkante stoßen! … wenn ich Luis nicht hätte, stöhnte Kira in ihrem Kopf. Annie sah ihre Freundin den Daumen heben und all die anderen verrückten Dinge tun, die Kira eben so tat, wenn es um attraktive Männer ging.

»Ich begleite dich in dein Büro, Annie. Ich darf doch Annie sagen? Die paar Minuten nehme ich mir. Allerdings habe ich gleich einen anderen Termin. In meinem Job geht es um das liebe Geld, da darf ich nicht zu spät kommen, schon gar nicht, wenn man die Finanzabteilung leitet.« Resolut drückte er auf den Aufzugknopf und die Türen öffneten sich sofort. Er ließ ihr den Vortritt. »Mein Bruder hat es tatsächlich geschafft, auf den letzten Drücker und ohne sich besonders zu bemühen, eine neue Assistentin zu finden. Respekt. Manchmal ist er wirklich erstaunlich.«

Auf den letzten Drücker?

Seine Miene wirkte mit einem Mal versteinert. Sie merkte, wie er ihre Hose und die Turnschuhe begutachtete. Dann registrierte er sich mittels seiner Chipkarte an der Aufzugtafel und wählte die einunddreißig.

»Der Aufzug fährt sonst nicht«, erklärte er. »Die Chipkarte bekommst du von Miranda. Mit dem Teil kannst du dich hier im Gebäude frei bewegen, deshalb solltest du sie immer überallhin mitnehmen.« Er wedelte mit der Karte, als sei er persönlich der Erfinder des Chipkartensystems.

Einunddreißig Stockwerke dauerten lange, wenn man dicht gedrängt mit einem verflucht attraktiven Mann im Lift stand. Warum musste auch auf fast jeder zweiten Etage jemand einsteigen? Es war unhöflich, nichts zu sagen. »Nett, dass du mich begleitest, Ed. Ich bin schon auf meinen Schreibtisch gespannt.«

Im Betreiben von geistreichem Small-Talk war sie an ihrem ersten Arbeitstag damit offiziell gescheitert. Hoffentlich verbesserte sich ihre Leistung in den nächsten Minuten. Der Aufzug stoppte und Ed dirigierte sie in den Flur der Geschäftsführung. Vor einer angelehnten Bürotür hielt er an und stieß sie auf: geräumig, ein Pult, zwei Regalschränke, ein brauner Ledersessel und ein Glastisch.

»Ist das Jonas Büro?«, wollte Annie wissen.

»Nein, deins. Es liegt direkt neben Jonathans. Du hast eine eigene Tür, aber es gibt auch eine Verbindungstür zu seinen Räumlichkeiten. Jona schätzt es nicht, wenn seine persönliche Assistentin, wie überall sonst üblich, vor seinem Büro und damit quasi im Gang sitzt. Mein Bruder ist speziell. Er wollte es so, und er bekommt in der Regel immer, was er will.« Ed sah sie eindringlich an.

»Was meinst du?« Der lauernde Tonfall in seiner ansonsten so wohlklingenden Stimme gefiel ihr nicht. Andererseits hatte dieser Mann absolut nichts Feindseliges, ganz im Gegenteil. Wie er wohl als Ehemann war? Innerlich verdrehte sie die Augen, sie befahl sich, den Fokus auf den Job zu legen. Was war nur los mit ihr seit diesem Tag im Balboa Park?

»Jona ist der Sohn des Patriarchen. Ich hoffe, du weißt, worauf du dich einlässt.«

»Du bist doch auch Ben Holdens Sohn.« Sie verstand überhaupt nicht, was er damit meinte. Sie liebte diesen Schreibtisch – Mahagoni! Am liebsten hätte sie laut geseufzt, so persönlich war das Holz, als erzähle es eine eigene Geschichte. So etwas hatte sie nur ein einziges Mal bei einem Antiquitätenhändler im Stadtteil Old Town gesehen. Lilo hatte sie in einen dieser Läden mitgeschleppt, obwohl sie sich noch nicht einmal einen Teller dort leisten konnte. Eine masochistische Freizeitbeschäftigung.

»Annie, du scheinst dich nicht auszukennen mit italienischer Tradition.« Ed schmunzelte. »Es ist so ähnlich wie beim englischen Königshaus. William ist Thronfolger, nicht Harry. Wie dem auch sei, ich wünsche dir einen guten Start.«

Annie schenkte Eds Bemerkung keine weitere Aufmerksamkeit. Sie wollte alleine in diesem Büro sein, sich auf den Lederschreibtischstuhl knien und sich darauf im Kreis drehen. Mit den Fingerspitzen tippte sie den Drehstuhl an.

»Nappaleder«, kommentierte Ed und diktierte ihr eine

Handynummer, die sie sich auf einen der gelben Haftnotizzettel schreiben sollte.

Was hatte die Nummer mit dem Leder zu tun?

Er schaute auf seine Armbanduhr. »Ich muss los. Das ist Mirandas Handynummer. Ruf sie am besten direkt an, und triff dich mit ihr, sonst wird es knapp mit der Übergabe. Sie ist nur noch heute im Haus.«

Vor Schreck rutschte ihr der Briefbeschwerer aus Stein, dessen Muschelform sie spannender fand als Eds Vortrag, aus der Hand und schlug auf dem Mahagonischreibtisch auf. Jona hatte doch bei Luigi gesagt, seine Sekretärin sei weitere zehn Tage da, davon waren theoretisch acht übrig. Jetzt sollte es nur heute sein? Ein einziger Tag zur Einarbeitung?

»Warum wundert es mich nicht, dass mein Bruder dir das verschwiegen hat?« Ed amüsierte sich über ihre Reaktion. »Jonas Aufgabe war es, die Stelle so schnell wie möglich neu zu besetzen. Unser Vater war total verärgert, weil Jona sich nicht um einen ordentlichen Ersatz gekümmert hat, wie er eben so ist. Und ein Allround-Talent wie Miranda ist schwer zu finden.« Er zuckte mit den Schultern.

»Aha.« Wow, ein Wort! Das ging glatt als hoch qualifizierte Antwort durch.

»Coole Hose übrigens«, läutete Ed die höfliche Schlussfloskel ein.

Ihre Zeigefinger versuchten, den abgeschnittenen Jeansstoff zu verlängern, und ihre Schlagfertigkeit hatte wegen der neuen Informationen deutlich eingebüßt, falls das überhaupt noch möglich war. Jonas Bruder verschwand fröhlich summend aus dem Bürozimmer. Durch das bodentiefe Fenster erspähte Annie im Innenhof ein längliches Wasserbecken, kleine Wasserfälle bahnten sich von den Treppenabsätzen ihren Weg nach unten. Es sah so friedlich aus wie in einem japanischen Zen-Garten, und trotzdem fühlte Annie sich gestresst, weil sie sich über Jona ärgerte. Wie sollte sie ohne die Unterstützung des angeblichen Sekretärinnen-Supertalents Miranda alles richtig machen? Sie lehnte sich mit ihrem Hinterteil gegen die Schreibtischplatte.

Keine Sekunde später flog die Frau mit dem Haardutt, die wahrscheinlich jeden Mann im Gebäude überragte, dienstbeflissen ins Büro. »Annie Clark? Ich bin Miranda. Wie sind Sie in den Einunddreißigsten gekommen? Ich hatte doch am Empfang unten gesagt, man solle mich informieren, wenn Sie da sind. Sie haben ja gar keinen Chip.« Hastig drückte sie Annie eine glänzende Karte in die Hand.

»Danke. Mit Ed Holden.«

»Hätte ich mir gleich denken können, dass der sich einmischt, sobald hier eine neue Mitarbeiterin auftaucht«, murmelte Miranda ungehalten. Sie sah nicht so aus, als ob sie bald mit ihrem Ehemann in die pulsierende Hollywoodstadt ziehen würde. Bestimmt lebte sie alleine und pflegte außer mit Arbeitskollegen und dem ein oder anderen haarigen Haustier keine sozialen Kontakte. Naserümpfend musterte sie Annie. »Kommen Sie vom Joggen?«

Schwer vorstellbar, dass diese lang gewachsene Endvierzigerin jemals etwas vergaß, deshalb antwortete Annie lieber nicht.

Miranda seufzte. »Sie sind spät dran. Wann kommen Sie morgen früh? Hier kann nicht jeder machen, was er will. Diese Firma ist nur deshalb so erfolgreich, weil wir uns alle an Regeln halten.« Ermahnend hob sie den Zeigefinger. Mit einem unzufriedenen Kopfschütteln klopfte sie dann kurz an die Zwischentür aus dunklem Holz. Sorgsam darauf bedacht, den Raum selbst nicht zu betreten und nur Annie durch die geöffnete Tür zu schieben, sagte sie: »Chef, Ihre neue Assistentin.«

Nahezu geräuschlos fiel die Zimmertür hinter Annie ins Schloss. Jona stand mit dem Rücken zu ihr am Fenster. Ein schiefes Lächeln schlich über sein Gesicht, als er sich langsam zu ihr umdrehte. Nachdenklich betrachtete er sie. »Gedenkst du jetzt jeden Morgen deine männlichen Kollegen mit deinen nackten Beinen in den Wahnsinn zu treiben?«

»Heute keine Brille auf der Nase, Mister Holden?« Schlagfertig! Punkt für sie.

»Wozu? Ich habe keine Sehschwäche.« Er grinste. »Findest du eine Brille bei Männern anziehend, Miss Clark?«

»Kommt drauf an. Bei dir eher nicht.«

»Direkt, wie immer. Also, keine Brille mehr.«

Es fühlte sich wieder so an wie in der einen Nacht: Sie spürte die Funken eines bunten Feuerwerks in ihrem Herzen, und für einen kurzen Moment schien der Vertrag bedeutungslos, so als gäbe es ihn gar nicht.

Den Schnellhefter, den er aufgeschlagen in der Hand hielt, legte er auf dem Fenstersims ab und kam auf sie zu. »Möchtest du Kaffee? Ich habe extra für dich welchen kommen lassen.«

Er schritt zu dem Glastisch in der Sitzecke des Zimmers und goss Kaffee aus der Isolierkanne in eine schlichte Porzellantasse. Die Tasse und der Raum hatten eines gemeinsam: Beides wirkte kühl und zweckbetont. Dann öffnete er einen dicken Ordner, den er aus einem der Glasregale zog, und begann mit einem längeren Monolog über ihr neues Aufgabengebiet. »Bei der Reiseplanung müsstest du mich zudem unterstützen. Es kann vorkommen, dass ich kurzfristig in unser Büro nach San Francisco oder New York muss. San Francisco ist okay, New York ist dagegen grauenhaft, ich komme mit der Zeitverschiebung überhaupt nicht klar. Das Schlimmste an New York sind die Nachtbaustellen. Wenn man Pech hat, wird man seinen Jetlag gar nicht mehr los. Warst du schon einmal in New York?«

Annie schüttelte den Kopf. New York? Sie hatte noch nicht einmal alle Sehenswürdigkeiten in San Diego besucht. Mit Rabatt kostete ein Ticket für Seaworld manchmal 69 Dollar – das überstieg ihr monatliches Freizeitbudget, nur um ein paar Meeresbewohner zu sehen. Von den Preisen der Hotels in New York ganz zu schweigen.

»Vielleicht kommst du nächstes Mal mit, wenn ich nach San Francisco oder New York muss, damit du auch unsere Kollegen vor Ort kennenlernst. So, jetzt habe ich ziemlich viel geredet. Wie fühlst du dich bei uns bisher?«

»Es ist ganz nett.« *Ganz nett?* Wann sollte sie das mit der Marilyn-Monroe-Imitation ansprechen? Das gehörte nicht in den Arbeitsalltag. Und warum war diese Miranda nur noch …

»Ach ja, meine Sekretärin ist nur noch heute da«, fuhr Jona fort, als habe er ihre Gedanken gelesen. »Miranda hat gestern Morgen um eine Verkürzung der Kündigungsfrist gebeten wegen des Umzugs. Mein Vater hielt die Entscheidung für falsch, besonders weil ich noch keinen Ersatz hatte. Aber es fügt sich ja nun alles.« Jona sah sie schräg von der Seite an, so, als warte er auf eine aufbrausende Reaktion. »Sag schon, was du denkst.«

»Ich denke gar nichts.«

»Du schaffst das schon alleine«, wollte er ihr Mut machen.

Sie würde ihm noch zeigen, wie wenig sie seinen Zuspruch nötig hatte. »Ich habe nicht gesagt, dass ich Angst habe, es nicht zu schaffen, Jona.«

»Dann ist ja gut.« Seine Miene blieb undurchdringlich.

»Fällt dir nur früh ein, mir Bescheid zu sagen«, murmelte Annie.

»Ich wusste das bei Luigi noch nicht. Wie ich eben sagte, hat Miranda mich gestern erst danach gefragt. Ehrlich.« Wieder musterte er sie von der Seite, als studiere er ihren Gesichtsausdruck. »Du musst irgendwann anfangen, mir zu vertrauen, Süße.«

»Du hast es mir bisher nicht gerade leicht gemacht.«

»Nein?« Er zog sie an der Hand aus dem Stuhl, weshalb ihre Körper mit einem Mal nur wenige Millimeter Abstand voneinander hatten. Die Nähe zu ihm machte sie verlegen, auch wenn sie sich gerne etwas anderes eingeredet hätte.

»Welche Kollegen hast du heute Morgen denn schon getroffen?«

»Grüne Augen, blonde Haare, sieht dir ziemlich ähnlich.«

»Ed. Der hat bestimmt auf dich gewartet.« Jona schüttelte den Kopf und drehte sich von ihr weg.

»Ich finde ihn sympathisch.« Aus irgendeinem Grund spürte Annie, sie hätte sich diese Bemerkung besser verkniffen.

»Natürlich ist er das«, antwortete Jona knapp. »Frohes Schaffen. Ich sende dir gleich eine Mail mit ein paar Aufgaben, die heute zu erledigen sind.«

Miranda sprach so schnell und monoton wie ein Roboter. »... und im Grunde genommen geben die Holdens nicht gerne Verantwortung ab, musst du wissen. Lass dich von den beiden Brüdern bloß nicht einwickeln.« Annie fühlte sich wie ein Schulmädchen, das versuchte, die Lehrerin zu unterbrechen. Erfolglos. »Und du solltest dich besonders von dem alten Holden fernhalten, so gut es geht. Der ist zwar ein schlauer Kopf, aber er hat Haare auf den Zähnen.« *Ach!* »Er hat die Firma vor gut fünfundzwanzig Jahren aufgebaut, ganz alleine. Mittlerweile arbeiten hier ungefähr 250 Leute. Ben Holden ist ein Workaholic. Obwohl das mit seiner Frau passiert ist.« Sie stockte und wühlte in dem Papierberg, den sie auf Annies Schreibtisch gepackt hatte.

»Mit seiner Frau?« Neugierig sah Annie ihrer Kollegin beim Räumen zu. »Was ist mit Ben Holdens Frau geschehen?«

»Das hier gehört zu meinen persönlichen Sachen, muss ich nachher unbedingt in meine Umzugskiste legen.« Miranda betrachtete liebevoll ein Mousepad mit darauf abgebildeten Katzenbildern. Katzen, natürlich. »Hast du noch irgendwelche Fragen zu den Prozessen innerhalb der Firma, Annie? Sonst gehen wir zum nächsten Themenblock über: der Organisation von Veranstaltungen.«

Wie gerne hätte sie noch einmal nachgehakt, aber das Telefon auf ihrem Schreibtisch klingelte. »Holden Group, Angelina Clark. Was kann ich für Sie tun?«

»Eine ganze Menge, Angel. Deine Ansage klingt super. Du brauchst dringend ein Diensthandy. Miranda soll es dir besorgen. Komm bitte mal rüber, ich möchte dich etwas fragen.« Jonas klare Stimme. Es war knapp eine Stunde her, da hatte sie noch bei ihm im Büro gesessen.

»Jetzt? Warum rufst du mit unterdrückter Nummer an? Und überhaupt, du sitzt nebenan. Es gibt eine Verbindungstür, Jona, fünf Schritte.« Annie schielte zu der Katzenliebhaberin neben sich, die die Augen weit aufriss und hektisch winkte.

»Morgen ist es zu spät.« Er legte auf.

»In diesem Ton kannst du doch nicht mit dem Boss sprechen, Annie«, tadelte Miranda mit einem strengen Blick.

Nicht? Ohne anzuklopfen, ging sie durch die Zwischentür in Jonas Büro.

»Da bin ich. Was kann ich für dich tun?«, fragte sie. Unweit von Jona entfernt stand der Blumenbote, oder besser gesagt sein Trainee Pete, der sie anglotzte, als säße er in einem Horrorfilm. Für einen Trainee war Pete ziemlich schick gekleidet. Seinen schmächtigen Körper hatte er in einen teuren Anzug gehüllt. Heute sah er gar nicht so unterbelichtet aus wie an dem Tag, an dem er sich ängstlich die Blumen vor die Brust gepresst hatte. Womöglich konnte er sogar sinnvolle zusammenhängende Sätze sprechen.

»Pete, das ist Miss Clark, ihr kennt euch«, stellte Jona sie unnötigerweise einander vor.

»Miss Clark ist wieder einmal außergewöhnlich gekleidet, außergewöhnlich speziell«, flachste Pete auf einmal und lugte auf die Hotpants. Seine Nase hatte nicht nur durch den Türspion so ausgesehen, sie ragte weiter als die Norm aus seinem Gesicht.

»So geht man nicht mit schönen Frauen um«, fuhr Jona ihm dazwischen. »Annie, wir bekommen ein neues Logo, und ich möchte gerne deine Meinung dazu hören.«

»Meine? Okay.« Das lag nun wirklich nicht in ihrem Aufgabengebiet und Ahnung hatte sie davon auch nicht.

»Sollen wir das glänzende Silber in ein mattes Silber umwandeln?« Er hielt zwei verschiedene Ausdrucke des Unternehmensemblems hoch. »Was meinst du, Angel?«

Angel? Das hatte er jetzt nicht wirklich gesagt. Doch, er hatte es sogar sehr bewusst gesagt, das wusste sie. Und er registrierte jeden kleinsten Muskel ihres Körpers, der auf diese Aussage reagierte.

»Matt, aber ich bin kein Experte«, antwortete sie und

verhaspelte sich fast dabei. »Ich muss wieder zu Miranda rüber. Sie versucht mir auf den letzten Drücker alles zu zeigen, was wichtig ist.« Eds *letzten Drücker*-Formulierung verwendete sie absichtlich und außerdem fand sie die Redewendung passend.

»Okay, nur kurz: Warum wählst du matt?«, beharrte Jona.

»Findest du, Glitzer passt zu den Holdens und eurer Firmenkultur?«

»Recht hast du. Welcher Trottel hat eigentlich das Glitzersilber zu verantworten?« Während er von ihr abließ und stattdessen das Logo musterte, drehte sie sich auf dem Absatz um und ging zurück zu Miranda.

Glitzersilber? Das waren seine Probleme? Ernsthaft?

Es war schon lange dunkel, als sie die Kieseinfahrt zur Villa hinaufschlenderte. Die unzähligen Kieselsteine glänzten im Schein der orangegelben Abendbeleuchtung. Noch gestern dachte sie, ihr Leben und das ihrer Familie sei zerstört. Jetzt sah es nicht mehr ganz so schlecht aus: Wenn sie es schaffte, diese verflixten einundzwanzig Tage mit Jonathan Holden zu überstehen, und wenn sie seinen Vater davon überzeugen konnte, dass er der richtige Sohn für den Thron war, dann stand dem Hausbesitz ihrer Mutter nichts mehr im Weg. Jona brauchte einen Verbündeten und sie genauso.

Und als Sahnehäubchen gab es diesen unglaublichen Job, der eine feste Einnahmequelle für ihre Miete bedeutete. Nachdem sie heute mit Jona den Arbeitsvertrag abgeschlossen hatte, verdiente sie so viel wie nie zuvor. Bei dem Gehalt, das ihr in Aussicht stand, würde sie sich Dinge leisten können, auf die sie normalerweise verzichtete. Bisher hatte sie sich nicht mal ein Buch oder eine Zeitschrift gegönnt, nur weil sie Lust darauf hatte. Endlich konnte sie ihrem Bruder ein Hawaiihemd schenken oder das Schachspiel mit den ägyptischen Figuren kaufen, in das er sich so verliebt hatte. Warum auch immer Marc darauf abfuhr, es hatte sie berührt, und sie könnte ihm eine Freude machen. Die Schachfiguren vor Augen rüttelte sie an der Villentür, die sich seit Minuten nicht öffnen ließ. Der Schlüssel, den Jona ihr heute Mittag gegeben hatte, passte, aber das Schloss hakte.

Mit einem Mal ging der Griff nach unten, und Jona öffnete ihr die Tür von innen. Er sah verschwitzt aus und seine Hände waren schmutzig. Schnell streifte er sie an seiner Hose, die an einen Blaumann erinnerte, ab.

»Wir haben neun Uhr abends. Du musst nicht so lange arbeiten«, sagte er zur Begrüßung. Dabei schaute er sie entschuldigend an, obwohl es ausnahmsweise einmal nicht sein Fehler war, weder das mit der Tür noch Mirandas Umzugspläne.

»Störe ich dich bei etwas?«

»Du wohnst hier. Wieso solltest du mich stören?« Er nahm ihr den Hausschlüssel aus der Hand und versuchte ihn beherzt im Schloss zu drehen, was nicht funktionierte. »Was stimmt denn mit dem Schlüssel nicht?« Er drehte heftiger, bis …

»Kaputt.« Eine Schlüsselhälfte hielt er zwischen Daumen und Zeigefinger hoch, der Rest steckte in der Tür.

»O Mann, Jona. Jetzt hast du den Schlüssel abgebrochen.«

»Danke für die Info, Miss Schlaumeier. Aber das sehe ich selbst. Ich rufe den Schlüsseldienst.« Während er sprach, zog er seinen Blackberry aus der Tasche seiner Hose und wählte. »Wenn du Hunger hast, in der Küche steht noch etwas von dem mexikanischen Salat, den Sophia heute Abend vorbereitet hat.«

Annie verzog sich in die Küche und klaubte sich mit einer Gabel etwas Tacco-Salat aus der Schüssel. Sie fühlte sich erschlagen und war todmüde.

Die Außenbeleuchtung war eingeschaltet und durch das Fenster sah sie im Garten einen Berg schwerer Bruchsteine neben der unfertigen Steinmauer liegen.

»Der Schlüsselservice kommt erst morgen früh.« Jona gesellte sich zu ihr an den Küchentresen. »Ich habe zwar jemanden bei der Hotline erreicht, habe aber gesagt, dass es okay für uns ist, wenn das Schloss erst morgen repariert wird«, informierte er Annie. »Ich hoffe, du hast keine Angst vor Einbrechern«, fügte er hinzu.

Natürlich hatte sie Angst.

»Ich gehe ins Bett.« Nicht nur schlief sie heute Nacht in einem Haus mit Jona, nur durch ein Stockwerk getrennt, nein, jetzt war auch noch die Eingangstür defekt. Grundgütiger!

»Wenn was ist, kannst du dich gerne melden. Du kannst auch jederzeit zu mir hochkommen.« Er grinste nicht nur weniger breit und überheblich als sonst, sondern fast schon scheu.

Eine Spur Verlegenheit bei einem Mann, der den halben Oberkörper tätowiert hatte, eines der erfolgreichsten Unternehmen in Kalifornien führte und der normalerweise vor Selbstsicherheit strotzte, wirkte verdammt verführerisch auf Annie. Diese lästigen Gefühle! Sie musste doch imstande sein, ihre Gedanken besser zu kontrollieren. »Danke, aber ich habe kein Interesse daran, mich wegen einer defekten Haustür ängstlich in dein Bett zu verkriechen.«

Wenn sie mit den Fingern schnipsen und sich damit einen Wunsch erfüllen könnte, würde sie jetzt mit ihrer Mutter und ihrem Bruder am Küchentisch sitzen und Spaghetti essen. Das war wenigstens ungefährlich. Annie zog sich die Haarnadeln aus der Frisur und die Strähnen fielen nach und nach in sanften Wellen bis knapp übers Kinn. »Ich glaube, ich habe das große Holden-Paket gewonnen. Wir begegnen uns auf der Arbeit und zu Hause, und zusätzlich sehe ich auch noch alle deine Familienmitglieder, und zwar täglich.«

»Ja, es ist ein Traum. Ich kenne das Gefühl.« Er kratzte sich am Hinterkopf. »Hast du Ben heute getroffen?«

»Du meinst, den Mann, der mich so sehr mag wie Zahnschmerzen?« Sie streifte ihre Turnschuhe von den Füßen und war noch ein bisschen kleiner als ohnehin schon. »Ich habe ihn kurz getroffen. Dein Vater war distanziert, aber überraschend zuvorkommend, trotz meines Aufzugs.« In Anbetracht ihrer blanken Beine schmunzelte sie.

»Da hattest du mehr Glück als ich. Bei mir ist mein Vater weder distanziert noch zuvorkommend. Dein Auftritt allerdings hatte etwas Einmaliges.« Er lachte. »Aber mal im Ernst, Ben soll dich mögen und glauben, dass du mich in die Spur bringst. Klingt bescheuert.«

Sie hatten einen Deal, und alles, was sich zwischen ihnen abspielte, diente diesem einen Zweck. Sie wusste, was Ben an seinem Sohn störte: Unzuverlässigkeit, Unpünktlichkeit und seine Frauengeschichten. Außerdem sah es nicht so aus, als würde Jona an einem der Punkte etwas ändern wollen. Passten eine Ehefrau und Kinder zu einem Kerl wie ihm? Wollte er überhaupt das Leben, das sein Vater für ihn vorsah?

Jona zupfte ihr eine vergessene Nadel aus den Haaren und reichte sie ihr. »Gute Nacht, Miss Clark.«

Erschöpft schloss sie die Zimmertür des Gästezimmers hinter sich und lehnte sich mit dem Rücken dagegen. Sie sah sich in ihrer neuen Bleibe um, die minimalistisch eingerichtet war, was ihr wirklich gut gefiel. An einer Seite stand ein Kingsize-Bett, und gegenüber gab es einen Kleiderschrank aus Eichenholz, vermutlich irgendetwas Antikes. Sie schaute aus dem doppelflügeligen Fenster und beobachtete, wie Jona im Licht der Außenbeleuchtung die schweren Steine anhob und übereinander schichtete. Als sie nach einer ganzen Weile immer noch unverrichteter Dinge mit den Fingern über ihren Koffer strich, merkte sie, wie sehr sie ihn anstarrte. Sie riss sich zusammen und begann ihre Hemdblusen aufzuhängen.

Beide Hände voll, schob sie eine der Schranktüren mit dem Ellenbogen auf. Doch was war das? In dem massiven Eichenschrank befand sich ein Tresor, fast so wie in einem Hotel. Dachte Jona, sie wollte ihre Wertsachen wegschließen? Annie begutachtete den Safe, dessen Sicherheitstür offen stand. Schnell ließ sie ihre T-Shirts in eines der Regale fallen und drückte das Türchen mit dem Daumen einen Spalt weiter auf. Es fühlte sich verboten an, und weil sie sich nicht traute, den Safe ganz zu öffnen, erkannte sie kaum etwas. Es sah so aus, als läge eine Schmuckschatulle auf dem Tresorboden. Eine Schatulle und darauf ein Notizbuch. An der Seite ertastete sie ein paar Schriftstücke.

Spannend, aber es ging sie im Grunde nichts an. Mit schlechtem Gewissen klappte sie die Tresortür sachte zu und ging zurück zu ihrem Koffer. Jedes Mal, wenn sie etwas in den Schrank einordnete, glitt das Türchen erneut in ihren Blick. Wer verbot ihr denn, nachzuschauen? Nein, das war privat und vor allem Privatbesitz. Sie war zum Schlafen hier, nicht zum Schnüffeln. Schließlich war sie nicht als Undercover-Detektiv eingezogen. Andererseits kannte sie Jona immer noch kaum, hatte sie nicht nahezu das Recht beziehungsweise sogar die Pflicht, sich über diese Familie zu informieren, so gut es ging? Es war ja quasi zu ihrer eigenen Sicherheit. Außerdem hatte er gesagt, sie solle sich wie zu Hause fühlen. Sie faltete eine rote Bluse auseinander und hängte sie auf einen der Kleiderbügel.

Ach, mein Gott, egal. Annie schob die eiserne Tresortür auf und fasste hinein. Sie zog das Notizbüchlein mit dem Einband aus grünem Paisleymuster heraus. Die Schranktüren des Kleiderschranks verselbstständigten sich und fielen quietschend zu. Bevor sie das Notizbuch aufschlug, sah sie sich um wie eine Diebin. Dann ließ sie sich bäuchlings auf das Bett fallen, klappte den Buchdeckel auf und las auf dem Innenblatt den Namen *Elisabetta Holden*. Die erste Eintragung trug ein Datum, das ziemlich genau fünfzehn Jahre zurücklag. Zu diesem Zeitpunkt, das brauchte sie gar nicht auszurechnen, war Jona vierundzwanzig Jahre alt gewesen, sie selbst war gerade einmal elf Jahre.

Ein Tagebuch von einer Frau mit einem italienischen Vornamen. Jonas Mutter? Warum ließ Jona zu, dass dieses Buch so leicht zugänglich war? Wusste er nicht, dass es hier lag? Annie fühlte sich unbehaglich. Sie wollte unbedingt in diesem geheimnisvollen Büchlein lesen und gleichzeitig durfte sie das nicht. Aber was, wenn es ihr endlich ein paar ihrer Fragen beantwortete?

Zögernd las sie die ersten Zeilen:

›Liebes Tagebuch,
es ist mal wieder Montag. Ein Tag wie jeder andere. Ich bin alleine zu Hause und treffe mich gleich mit den Ladys vom Breakfast Club. Ben arbeitet unglaublich viel. Er ist wahnsinnig fleißig, und er hat das erreicht, was er wollte.

Ich hatte geplant, diesen Sommer in Emilios Eisdiele

mitzuhelfen, aber Ben meint, dass es unserem Image schadet, wenn ich Eis verkaufe. Momentan tue ich also das, was ich immer tue: mich um das Haus und die Probleme der Jungs kümmern.

Jona soll irgendwann Bens Nachfolger werden. Das passt: Er ist genau wie Ben, herzlich und ehrgeizig zugleich. Ich bin wahnsinnig stolz auf ihn, zumal er jetzt den Collegeabschluss in der Tasche hat.

Heute ist mir richtig bewusst geworden, wie klein Ed dagegen noch ist. Er fühlt sich trotzdem wie ein Großer und hat nur Flausen im Kopf. Ich bin froh, dass Jona so vernünftig ist. Ed kann noch viel von ihm lernen.

Wenn ich mir nur nicht so viele Sorgen machen müsste, aber die macht man sich mit Kindern wohl immer. Scarletts Art …‹

Moment mal, Elisabetta hatte Ben, Jona und das Wort *herzlich* in einem Atemzug genannt? Und Scarlett! Endlich erfuhr sie etwas mehr über diese mysteriöse Frau, die Ben an besagtem Tag im Esszimmer erwähnt hatte.

Es klopfte an der Tür. Annies Herz hämmerte in ihrer Brust. Rasch ließ sie das Notizbuch unter der Bettdecke verschwinden und ordnete mit fahrigen Fingern ihre Haare.

»Hey, was treibst du? Ich bringe dir nur kurz eine Flasche Wasser, damit du heute Nacht nicht im Halbdunkel durchs Haus tigern musst.« Jona ließ die Wasserflasche in seiner Hand hin und her pendeln, ehe er sie auf den Nachttisch stellte.

Das war fast schon zu aufmerksam von ihm.

»Möchtest du sonst noch etwas?«

Jetzt bloß nicht aufstehen. Hoffentlich setzte er sich nicht neben sie.

»Wasser ist gut. Sonst brauche ich nichts.« Sie versuchte ihn abzuwimmeln, damit er nicht merkte, was sie unter dem Hintern versteckte. Sie saß quasi auf seiner Mutter oder besser gesagt auf dem Nachlass seiner verstorbenen Mutter. Ah, wie konnte sie nur? Sie würde das Buch gleich sofort zurücklegen und diesen Tresor nie wieder anfassen.

»Okay.« Jona ging zurück in Richtung Tür. Kurz bevor er in den Flur verschwand, hielt er jedoch inne. Ohne sich umzudrehen, sagte er laut: »Ich wollte dich nicht erpressen. Es ist einfach so passiert. Das solltest du wissen.«

»Ich habe meine Gründe, mitzumachen, Jona.« Das schlechte Gewissen drückte schwer auf ihre Brust. Sie musste ganz dringend dieses verdammte Büchlein loswerden.

»Gute Nacht.« Leise ließ er die Zimmertür ins Schloss gleiten.

Annie schwitzte. Sie hielt die Luft an und lauschte, wie seine Schritte im Flur verhallten und wie er sich auf der Treppe nach oben bewegte. Dann zog sie das grüne Ding unter der Decke hervor und lief schnell zum Safe.

Scarlett, wer war nur diese Scarlett? Und was war Jonas Mutter für eine Frau? Woran war sie gestorben? Sie stand vor dem Schrank und las erneut, nur noch eine Zeile und dann nichts mehr. Ganz ehrlich.

›Scarletts Art gefällt mir gar nicht. Sie ist viel zu vorlaut für meinen ruhigen Sohn. Sie wirkt so durchtrieben. Ben findet das natürlich überhaupt nicht. Er ist der Meinung, dass sie die perfekte Frau für unseren Jona ist. Standesgemäß und gebildet. Ich kann nicht glauben, dass die beiden heiraten. Na ja, die Verlobung ist erst ein paar Tage her und …‹

Verlobung?

Widerstrebend klappte Annie das Buch zu und legte es zurück. Sie ärgerte sich über ihre Impulsivität. Hätte sie es bloß nie angefasst. Zur Strafe musste sie nun mit der Angst im Nacken wegen der kaputten Eingangstür, den Gedanken an die verstorbene Elisabetta und ihren Gewissensbissen einschlafen.

Besser hätte ihr erster Tag im Hause Holden kaum enden können.

6. Kapitel

Am nächsten Morgen weckte sie ein Hämmern aus dem Eingangsbereich. Der Schlüsseldienst machte sich um 6.30 Uhr an der Eingangstür zu schaffen und reparierte das defekte Schloss.

Perfekt gestylt mit Rock, Bluse und hohen Schuhen trat sie Jona im Flur gegenüber. Annie hatte sich geschminkt und die Haare frisch geföhnt. Als sie in den Ganzkörperspiegel neben dem Eichenschrank schaute, erkannte sie sich kaum wieder. Vierundzwanzig Stunden im Holden-Imperium hinterließen Spuren.

»Wow, du siehst toll aus.« Jona überreichte ihr einen neuen glänzenden Hausschlüssel. »War mein Fehler. Sorry.«

Fehler. Das Erste, das ihr dazu einfiel, war das Notizbuch, das vielleicht schon seit Jahren unbemerkt im Safe des Gästezimmerschranks ruhte. Aber das konnte sie ihm nicht sagen. Er fände es sicherlich nicht witzig, wenn sie ihm beichtete, in seinen Sachen herumgeschnüffelt zu haben.

Als sähe er sie zum ersten Mal, musterte er sie von oben bis unten, doch Annie lenkte ihre ganze Aufmerksamkeit darauf, den neuen Schlüssel an ihrem überfüllten Schlüsselbund zu befestigen. Ihr war klar, er beobachtete sie.

»Ist das der Schlüsselbund, der Fort Knox öffnet?«

»Zwei Fahrradschlossschlüssel, der WG-Schlüssel, der Kellerschlüssel, Schlüssel zum Haus meiner Mom, diverse Briefkastenschlüssel. Fort Knox? Fast.« Sie lachte.

Im Esszimmer angekommen, setzte Jona sich ihr gegenüber an den Frühstückstisch, während Annie aus dem Fenster schaute.

»Du stellst die Steinmauer zum Garten fertig?«

»Hast du mich gesehen?«, sagte er leise und presste die Lippen aufeinander.

»Nein. Ich meine … ja.«

»Okay.« Mit einem seltsamen Gesichtsausdruck goss er Tee aus der Kanne in seine Tasse und schwieg.

»Als ich gestern hier ankam, hat eine blonde Frau vom California Globe Fotos geschossen. Ich habe sie rausgebeten. Sie sagte etwas von einer Reportage?« Es funktionierte nicht, beiläufig zu klingen, Annie zappelte auf ihrem Stuhl herum. Auf keinen Fall wollte sie ihr Portrait in einer Zeitung sehen, so weit käme es noch.

Irritiert blickte Jona von seinem schwarzen Tee auf. »Miss Belini? Sie kontaktiert uns schon seit Monaten wegen eines Interviews. Dad hat ihr eine Reportage inklusive Bildern versprochen. Das Ganze ist eine Imagekampagne für uns. Dürfte doch sicher kein Problem für dich sein.« Er sprach den Satz so zu Ende, als sei damit das Thema erledigt.

Gehörte es für ihn zum Deal, sie öffentlich als seine Freundin zu präsentieren? Reichte es nicht vor Ben und auf der Arbeit? So hatte sie sich das nicht vorgestellt, was wieder einmal bestätigte, wie sehr dieser Typ an sich selbst dachte.

Der Korb mit den Bagels stand direkt neben ihr. Sie griff hinein und warf Jona mit Schwung einen Vollkornbagel zu, den er auffing, bevor das Gebäck in seinem Gesicht landen konnte. »Natürlich ist das ein Problem für mich!«

»Annie, mach das nicht noch mal!« Er klopfte sich ungehalten die Körner von der Hose. »An der Reportage kann ich nichts ändern, aber ich kann veranlassen, dass sie dich nicht fotografieren. Der Nachfolger des Holden-Imperiums ist kein Single mehr, er führt ein geregeltes Leben. Wir müssen darauf achten, meinem Vater das zu geben, was er verlangt: einen Sohn mit einer vorbildlichen Persönlichkeit.«

»Dein Vater, dein Vater. Und du? Was willst du, Jona?«, fuhr sie ihm dazwischen und deutete auf ihr Herz. Er musste doch wissen, was er vom Leben wollte. Etwas vorsichtiger sagte sie: »Du solltest versuchen, Menschen um dich herum zu haben, die dich so schätzen, wie du wirklich bist.«

»Ich werde den Unternehmensvorsitz nicht an Ed fallen lassen, ich trage die Verantwortung für die Mitarbeiter. Doch ich werde definitiv niemals heiraten, nur weil mein Vater es von mir verlangt, falls dich das beunruhigt.« Mit dieser kryptischen Antwort reichte er ihr die Blaubeermarmelade über den Tisch, die sie so gerne aß. »Ist es okay, wenn wir die Reportage-Sache kommende Woche ansetzen?«, fragte er so, als habe sie tatsächlich eine Wahl.

»Ohne Fotos von mir.«

»Was gewinnst du mit deiner Geheimnistuerei?«, wollte er wissen.

Ihre Mutter würde Fragen stellen. Die Smiths würden Fragen stellen. Es bestand null Kontakt zu ihrem Vater – sollte er aus der Presse von ihr hören?

»Meine Mutter hat andere Sorgen, wie du weißt«, sagte sie knapp.

»Annie, sei nicht albern. Sie wird es ohnehin erfahren. Sie ist deine Mutter.«

Annie schluckte schwer. Da war etwas dran, und sie konnte nicht langfristig so tun, als sei alles wie immer. Ohne die Hintergründe zu kennen, klangen ihre Neuigkeiten eigentlich durchweg positiv, also perfekt für Lilo. Na gut, dann würde sie ihr eben den unverfänglichen Teil erklären – aber nicht heute.

… und es sollte auch die folgenden Tage nicht sein. Kurios schnell zogen sie ins Land. Ben Holden tauchte kein einziges Mal mehr in der Villa auf, genauso wie Jona es von ihm verlangt hatte. An ihrem Job gab es absolut nichts zu meckern, nur das Telefon klingelte zu oft und sie hatte eindeutig zu viel Text zu bearbeiten. Wo waren nur die Zahlen in diesem Unternehmen?

Die Routine eines geregelten Tagesablaufs gefiel Annie. Hatte sie sich ihr Leben nicht exakt so gewünscht? Einen guten Job, ein wunderschönes Haus, einen Mann ... einen Mann? Im Geiste strich sie den Gedanken.

Herzlich und ehrgeizig ... Hin und wieder dachte sie an die Worte, die sie in dem Tagebuch gelesen hatte. Sie bildete sich sogar ein einen Parfumgeruch wahrgenommen zu haben, als sie das Buch öffnete. Auch wenn sie zum Sterben neugierig war, zwang sie sich, es zu vergessen. Andererseits, was wenn es Schicksal war, dass sie das Paisleybuch gefunden hatte? Ihre Mutter würde sich über eine derartige Theorie freuen, denn: *Alles im Leben geschieht aus einem bestimmten Grund.*

Walther erwies sich als unendliche Hilfe: Er war es, der Lilo aus dem Krankenhaus abholte und sie zurück in ihr Haus nach Hillcrest brachte. Kirsten versicherte Annie mehrfach telefonisch, ihre Mutter mache riesige Fortschritte, was daran zu erkennen sei, dass sie endlich wieder positive Kalendersprüche von sich gab und sich hingebungsvoll ihrem Blumengarten widme. Laut Kirsten habe Lilo die Tatsache, den Schuldenbetrag niemals aufbringen zu können, mehr oder weniger akzeptiert. Und Marc verhalte sich ohnehin so, als sei nie etwas passiert.

Eventuell ging es tatsächlich bergauf, bald wäre alles in Ordnung – inklusive heute noch siebzehn Tage. Annie schob sämtliche Grübeleien beiseite und konzentrierte sich voll auf die Arbeit, ihre E-Mails und die bevorstehenden Telefonate und Meetings.

Mit einem Doppelklick öffnete sie ihr E-Mail-Programm, um sich mit dem Hotel in San Francisco in Kontakt zu setzen. Jona hatte sie gebeten, die Buchung seiner Geschäftsreise um eine Nacht zu verlängern, damit er die Vernissage eines befreundeten Fotografen besuchen konnte. Mehr wusste sie nicht, dafür wusste sie genau, wann der San-Francisco-Termin anstand, nämlich kurz nach Jonas Geburtstag und damit nach Beendigung ihres Deals. Er hatte sie nicht gefragt, ob sie mitreisen wollte, obwohl es als Assistentin zu ihren Aufgaben zählte. Na ja. Und er hatte in San Francisco ein Doppelzimmer reservieren lassen, ohne Begründung. Unter ihren Kontakten suchte sie die Mailadresse des Hotels heraus, was nicht unkompliziert war, da ihr der Kontaktname nicht mehr einfiel. Plötzlich bemerkte sie Jona, der breitbeinig vor ihrem Schreibtisch stand. Wie lange wartete er schon da?

»Annie, was immer du da tust, unterbrich es für einen Augenblick. Ich habe gleich einen wichtigen Termin mit einem potenziellen Kunden. Welche Krawatte soll ich anziehen?« Jona hielt sich eine blaue und eine schwarze Krawatte vor das weiße Hemd. Seine Gesichtszüge waren hart und passten überhaupt nicht zu seiner Frage.

Mittlerweile war sie nicht nur seine berufliche Assistentin, sondern auch seine persönliche Beraterin. Sie empfand es nicht als unangenehm, aber aus dem Konzept brachte es sie trotzdem jedes Mal. Sie musterte seinen Oberkörper in dem Hemd und sagte dann: »Blau? Schwarz ist zwar schick, aber es hat einen Touch von Beerdigung.«

»Das ist richtig.« Er begann, sich die Krawatte geschickt um den Hals zu binden. Einen Spiegel brauchte er nicht, diese Fähigkeit schien ihm angeboren zu sein. »Du begleitest mich zu dem Termin. In zehn Minuten.«

Seine herrische Art verstörte sie. Zehn Minuten später trottete sie folgsam hinter ihm ins Besprechungszimmer.

Jona und sein Vater hielten am unteren Tischende die Köpfe zusammengesteckt. Neben Annie saß Pete und daneben saß einer der wichtigsten Mitarbeiter der Firma, Howard Banks.

Pete hatte ihr erzählt, dass Howie, wie ihn die Kollegen nannten, seit ungefähr zehn Jahren für den Multikonzern arbeitete. In dieser Zeit habe er nicht nur alle Abteilungen in leitender Funktion durchlaufen, sondern sei nun auch seit geraumer Zeit die rechte Hand von Ben Holden und hauptverantwortlich für den Investmentberatungszweig der Firma. Trotz seines mittleren Alters von geschätzten fünfundvierzig Jahren, hatte Howard Geheimratsecken und lichtes Haar. Banks war vor Kurzem zum dritten Mal Papa geworden und hatte, wie er scherzhaft behauptete, einen Hühnerstall zu Hause, alles Mädchen. Ein warmherziger Kerl und ein hervorragender Bäcker. Zur Geburt seiner Tochter gab es Törtchen, die er höchstpersönlich kreiert hatte, behauptete er zumindest. Banks´ Frau war, Petes Aussage nach, durch den dritten Kaiserschnitt außer Gefecht gesetzt, und Howard übernahm vorerst alle Aufgaben im Hause Banks. Annie hatte bisher ein paarmal jobtechnisch mit ihm kommuniziert, und er steuerte grundsätzlich hilfreiche Tipps und Tricks bei. Sicher würde er auch heute die Verhandlungen größtenteils führen.

»Meine liebe Annie, wie geht es dir? Ich hoffe, Jonathan bereitet dir nicht zu viele Unannehmlichkeiten als Chef«, witzelte er und strahlte sie an.

»Du weißt doch, wie er ist, Howie«, umschiffte sie die wahrheitsgemäße Antwort und versuchte an das Plastikgefäß mit den Firmenbleistiften heranzureichen, das in der Mitte des Meetingtischs stand. Ihr Rock verschob sich dabei ein bisschen, und sie hielt ihn mit Daumen und Zeigefinger unten, während sie nach dem Bleistift angelte. Sie spürte, wie Jona ihr Rock-festhalten beobachtete, und gleichzeitig mit seinem Vater weitersprach.

»Klar, ich weiß wie Jonathan Holden ist«, wisperte Howie, als Annie sich setzte. »Er ist ein Egomane – kalt und unberechenbar. Meintest du das?« Er ließ zwar die Zähne blitzen, aber es wirkte so, als stehe er voll und ganz hinter seiner Aussage. Pedantisch legte er sich seine Unterlagen und den Block zurecht, bevor er Lemon-Wasser aus der Glaskaraffe in das schmale Trinkglas vor sich eingoss.

»Wenn ihr ab jetzt bitte die Tischgespräche einstellt.« Jona runzelte die Stirn. »Unser Kunde kommt in fünfzehn Minuten, und ich habe noch etwas zu klären: Howard, ich bitte dich, zu gehen.«

Annie, Pete und vor allem Howie klappte die Kinnlade herunter. Howie flutete vor Schreck das Wasserglas, indem er die halbe Karaffe darüber ausgoss. Pete lachte laut auf, was sich anhörte wie ein wieherndes Pferd, das nicht verstanden hatte, dass das Rennen beendet war.

»Sorry, Leute, aber wieso sollte ausgerechnet ich rausgehen?« Howie konnte Jonas Aussage offenbar nicht verstehen, was nicht an seinen Ohren lag. Abwehrend verschränkte er die Arme und sah sich argwöhnisch um.

»Du gehst, weil ich es sage.« Jonathans Miene bewegte sich kaum, sein Gesichtsausdruck wirkte seltsam eingefroren. Was hatte das zu bedeuten? Ben reagierte nicht, verfolgte die Szene jedoch wohlwollend.

»Jonathan, was soll der Unsinn?« Howie machte keinerlei Anstalten, sich von seinem Platz zu erheben.

Dafür stand Jona ganz langsam auf, stützte beide Handflächen auf die Tischplatte und sagte nur ein Wort, laut und deutlich. »Raus!«

Pete war mittlerweile nicht nur verstummt, er war auch noch in eine Schockstarre verfallen. Annie hingegen half Howard, seine Sachen und Blätter zusammenzuräumen. Es war unwürdig. Sie hörte das Klacken von Jonas Businessschuhen und nahm den Geruch seines Dufts bei jedem Schritt, den er näher kam, stärker wahr.

»Was immer heute mit dir los ist, Mann, lass uns in Ruhe reden.« Howard sah aus wie ein Yogameister, der mit Armen und Beinen in Zeitlupe den großen Sonnengruß durchführte. Er versuchte, Jona zu besänftigen, schließlich kannte man sich seit zehn Jahren. Freundschaftlich näherte er sich, um seinem Chef den Arm um die Schulter zu legen, was dieser mit einer abwehrenden Handbewegung sofort im Keim erstickte.

»Die Personalabteilung klärt den Rest mit dir. Du bist entlassen.« Abwartend blieb Jonathan Holden neben dem verwirrten Howie stehen, der die Farbe wechselte: Er sah so blass aus wie die weiße Wand hinter ihm. Und er tat Annie furchtbar leid.

»Jona, findest du nicht, dass du überreagierst? Du kannst Howard doch nicht einfach so rausschmeißen.« Sie fühlte sich verpflichtet, zu vermitteln. Was immer passiert war, es konnte nicht so schlimm sein, dass man einen Familienvater von einer Sekunde auf die andere auf die Straße setzte ohne ein klärendes Gespräch.

»Halt dich da raus.«

Sie hatte vorgehabt, sich schützend vor Howie zu stellen,

aber Jonas harter Tonfall und sein Blick schüchterten sie ein. Howard klemmte sich seine Habseligkeiten unter den Arm und ging mit gesenktem Kopf hinaus. Annie war entsetzt. Wie konnte Jona nur so etwas tun?

»Gut gemacht!«, rief Ben von hinten.

Annie spürte, wie sich eine Zornesfalte auf ihrer Stirn einbrannte, die sich schwer verbergen ließ. Dennoch schwieg sie, sie durfte ihren Job nicht riskieren.

Wirklich toll gemacht, Jona.

Jonathan Holden beachtete weder seinen Vater noch Annie. Er griff zu dem Konferenztelefon auf dem Tisch, tippte eine Nummer ein und sagte laut: »Ed, komm bitte ins Meeting mit AGL dazu. Ich habe Banks gefeuert.«

Kurz darauf klopfte es, und eine Empfangsdame, die in ihrem Chanelkostüm einem Model auf dem Laufsteg gleichkam, stellte die Herren von AGL Management vor. Mit seinen hellblonden Haaren und den strahlenden Augen war Ed der einzige Lichtblick in der Scharade, fand Annie. Ed lächelte alles, was davor passiert war, einfach weg. Er reichte den AGL-Männern gewinnend die Hand, und man konnte regelrecht dabei zusehen, wie er sie mit seinem Charme um den Finger wickelte.

Jona leitete die Verhandlungen, sachlich und so emotionslos, als habe er nicht das Einkommen einer fünfköpfigen Familie auf dem Gewissen. Nach knapp eineinhalb Stunden beschloss er, eine Pause für alle einzulegen, und als er hinter ihrem Rücken vorbeiging, spürte sie, wie ihr Atem ins Stocken geriet. »Ich respektiere dich, aber misch dich nicht in meine Entschlüsse ein«, raunte er ihr zu.

Am liebsten hätte sie ihn geschüttelt und gefragt, ob er sich selbst leiden konnte. Wer war er überhaupt? Das Abziehbild seines Vaters?

Annie hatte keine Lust, mit den Männern nach draußen zu gehen und sich zu unterhalten, obwohl sie wusste, Jona erwartete es. Sie nahm sich einen Keks von der Porzellanetagere und knabberte mürrisch auf dem Schokobiskuit herum. Sie mochte Howie gerne, jeder mochte ihn. Ehrlich gesagt war er, neben Pete, der einzig Normale in dem Laden gewesen.

Als Ed sie ansprach, fuhr sie zusammen. Er nahm sich einen Butterkeks, was ihn ihr noch sympathischer machte, denn eigentlich sah er so aus, als würde er sich ausschließlich vegan oder zumindest low carb ernähren, auf jeden Fall irgendetwas Gesundes. »Hey, ich weiß, wie das eben abgelaufen ist, das mit Banks. Und ich kann mir vorstellen, dass es auf jemanden, der erst kurz in unserer Branche unterwegs ist, seltsam gewirkt haben muss.«

»Unerträglich ist wohl das passendere Wort«, verbesserte Annie ihn.

»Ja, mein Bruder hat eine relativ niedrige Aggressionsschwelle und kann tatsächlich unerträglich werden, wenn es um unser Geschäft geht. Lass dich davon nicht verunsichern. Jona, und vor allem Dad, hatten Banks schon länger im Visier«, versuchte Ed zu erklären, ohne einen sachlichen Grund zu liefern.

»Aber er kann doch nicht jemanden anvisieren und dann feuern. Das ist krank. Was hat dein Bruder nur für ein Problem mit Menschen?«, regte Annie sich auf und griff nach einem weiteren Firmenkeks. »Warum hat er nicht vernünftig mit Howie geredet? Er hätte eine fristlose Kündigung anders verpacken können. Er ist ihm wenigstens eine Erklärung schuldig, findest du nicht?«

»Weiß nicht. Jona wollte es lieber so tun. Fertig.« Dieser Satz, mit dem er seinen Bruder charakterisierte, schien Ed zu gefallen. »Ich würde dir raten, ihn nicht mehr auf seine heutige Entscheidung anzusprechen.«

»Ed, ich werde mit ihm reden müssen, ich lebe mit ihm zusammen. Er ist oft so verschlossen, es gibt viele Dinge, die ich an ihm nicht verstehe.« Annie fegte mit einer Hand die feinen Kekskrümel vom Tisch, genauso wie sie ihre Worte gerne wieder wegfegen würde. Sie hätte sich Ed nicht anvertrauen sollen.

Der sah sie nachdenklich an, dann sagte er: »Lass ihn in Ruhe. Wenn ich dir noch mehr raten dürfte, würde ich dir sagen, dass er nicht der Richtige für dich ist. Du wirkst nämlich wie ein wirklich nettes Mädchen.« Ed schloss kurz die Augen und schüttelte den Kopf. »Übrigens du siehst heute total anders aus. Der Rock steht dir besser als die abgeschnittene Ripped-Jeans vom ersten Tag. Wobei du natürlich alles tragen kannst.« Er schmunzelte, nahm sich noch zwei Kekse und wanderte hinaus, um sich in der Männerrunde zu zeigen.

Eigentlich schade, wie wenig die Familie Ed respektierte. Immerhin sorgte er sich wenigstens um das Wohl anderer, auch wenn sie es nicht besonders loyal fand, ihr nahezulegen, sich von seinem eigenen Bruder fernzuhalten. Es wunderte sie überhaupt nicht, dass Ed schon verheiratet war. Jona hingegen hatte diese Scarlett sicherlich kurz vor der Hochzeit betrogen oder so. Ziemlich sicher hatte er sich wie ein Arsch verhalten, sonst wäre er vermutlich heute im ruhigen Ehehafen und nicht auf hoher See in einem 504-Stunden-Deal.

Annie hob die Nase und legte die Beine übereinander. Elisabetta hatte ihre Söhne total falsch eingeschätzt: Ed war der Nette, und Jona konnte von ihm noch einiges lernen.

Die Männer von AGL unterschrieben nach der letzten

Gesprächsrunde bereitwillig die ausgearbeiteten Verträge. Die Veranstaltung war also trotz des schalen Beigeschmacks ein Erfolg gewesen, und Jonas zufriedenes Händeschütteln empfand Annie als Provokation. Auf dem Rückweg zu ihrem Büro kam sie an Howards ehemaligem Arbeitsplatz vorbei. Der Schreibtisch sah aus, als habe dort nie jemand gesessen. Der blühende Kaktus, für den Howard laut eigener Aussage einen grünen Daumen hatte, und die gerahmten Familienfotos standen nicht mehr da.

Zurück auf ihrem Drehstuhl machte sich Annie an die Überarbeitung des monatlichen Reportings für die Finanzabteilung. Immer wieder war sie kurz davor durch die Zwischentür in Jonas Büro zu stürmen und mit ihm zu reden. Doch nach der Szene im Besprechungsraum konnte sie nicht mehr einschätzen, wie er reagieren würde. Jedenfalls ließ er sich nicht mehr sehen, rief sie nicht an und schickte keine E-Mails, offenbar brauchte er auch keinen Ratschlag von ihr. Im Flur des einunddreißigsten Stocks lief sie ihm am Nachmittag ein einziges Mal über den Weg, aber er schenkte ihr nur einen kurzen Blick. Weder benahm er sich so, als täte ihm etwas leid, noch so als sei er in irgendeiner Form verunsichert – unfassbar. Zwischendurch meldete ihr Handy eine Nachricht von Kira:

›Vier Tage nichts gehört. Ich habe Verständnis dafür, dass ihr Turteltauben ungestört sein wollt, aber ich vermisse meine beste Freundin! Heute Abend, Safe Haven. Kommst du? Kuss, Ki‹

Annie vermisste Kira auch, doch ihr Gerechtigkeitssinn

schrie nach einer Erklärung. Warum verhielt Jona sich so grausam?

In seinem Schlafzimmer war es kühl. Die Klimaanlage funktionierte tadellos, allerdings hatte Jona sie hier kälter eingestellt als im Rest des Hauses. Annie war bisher ein einziges Mal in diesem riesigen, sterilen Zimmer gewesen. Ihr Blick streifte den Nachttisch, auf dem sein Wecker stand und fünf vor acht anzeigte. Sie setzte sich auf das Bett und wartete, schließlich wollte sie keinen Streit vor Sophia provozieren, die noch im Erdgeschoss herumschwirrte. Die liebenswerte Hausdame brauchte nicht alles mitzubekommen.

Lediglich die Außenbeleuchtung vor dem Fenster erhellte den Raum in einem warmgelben Licht, weshalb sie genug erkennen konnte. Während sie die glatte Bettwäsche unter ihrer Hand spürte, erinnerte sie sich bildhaft daran, wie ihre Fingerspitzen an seinem Rücken entlangglitten und wie er seine Lippen auf ihre legte. Sie wusste nicht, wie viele Frauen er in seinem Leben gehabt hatte, aber zehn Finger reichten wohl nicht aus, um sie abzuzählen.

So wenig Zeit war vergangen, es fühlte sich an, als lägen nur wenige Stunden zwischen besagter Nacht und heute. Wie hatte sie nur eine Sekunde glauben können, dieser faszinierende Mann ließe sich aus ihrem Kopf verdrängen? Stattdessen verspürte sie ein Verlangen nach ihm, so groß, dass sie es niemandem hätte erklären können, noch nicht einmal Kira. Immer wieder empfand sie dieses Prickeln, wie das Anzünden einer Wunderkerze tief in ihrem Innern: wenn er sich meldete, wenn er neben ihr saß, wenn er sie unter seinen langen Wimpern mit seinen lichtblauen Augen fixierte.

Doch vielleicht endete ihre gemeinsame Zeit mit allen

Konsequenzen heute, weil sie seine eiskalte Empfindungslosigkeit nicht ertrug.

Jona ließ seine Aktentasche so hart auf den Boden fallen, weshalb sie erschrak.

»Was tust du hier?« Er knipste das Licht an.

»Warum hast du Howard rausgeschmissen? Er hat Familie. Gibt es dafür einen betrieblichen Grund?« Hier konnte er sie nicht ignorieren oder sich mit Zeitmangel herausreden. »Warum hast du nicht ein Gespräch unter vier Augen mit ihm geführt?«

»Ich muss mich nicht vor dir rechtfertigen.« Er ließ das Sakko von seinem Oberkörper gleiten und hängte es auf einen Bügel in der begehbaren Ankleide. Dann löste er die Krawatte und zog sie unter dem Hemdkragen hervor. Er faltete sie, öffnete eine Schublade und legte die Krawatte ordentlich in eines der dafür vorgesehenen Fächer.

»Howard hat gesagt, du bist ein Egomane – kalt und unberechenbar. Liegt er damit richtig?« Sie riss sich zusammen, um nicht zu sehr um die Wahrheit zu betteln und sich vor allem nicht so anzuhören.

»Möchtest du ihm nicht glauben, Annie? Das ist doch genau das, was du von mir denkst.« Er gab der Krawattenschublade einen heftigen Stoß.

»Ich weiß, dass du anders bist.«

»Ach ja?« Jona drehte sich zu ihr um, knöpfte sich das Businesshemd auf und zog es über die Schultern.

Annie schaffte es nicht, wegzusehen, obwohl er sich schamlos weiter entkleidete. »Selbst dein Bruder versteht nicht, warum du Banks gefeuert und so unangebracht reagiert hast.« Verflucht! Könnte sie den Satz eventuell noch einmal zurücknehmen?

Mit dem Hemd in der Hand hielt Jona inne und sah sie missbilligend an. »Du hast mit Ed über mich gesprochen?« Pause. »Du sprichst mit ihm, bevor du zu mir kommst?«

»Das ist doch völlig egal. Kalt und unberechenbar. Warum sagt Howard so etwas über dich?«

»Vielleicht, weil es stimmt.« Jonas Tonfall klang extrem gereizt, gleichzeitig schien er Gefallen an der Situation und ihrer Aufgebrachtheit zu finden. Er ging durch den Rundbogen ins Bad. Ihre Augen folgten dem auf seiner Schulter tätowierten Engel.

Es war nicht die Antwort gewesen, die sie sich erhofft hatte, und sie dachte darüber nach, die Farce zu beenden – sofort, hier und für immer. Aber sie konnte nicht. Es ging verdammt noch mal nicht.

Mit einem Handtuch im Nacken und nacktem Oberkörper kam Jona zurück. Ihr Rock war durch das Sitzen auf dem Bett leicht hochgerutscht. Dieser dämliche enge Stofffetzen. Vor ihren bloßen Knien blieb er stehen und sein Gesicht verhärtete sich. Wenn er frontal vor ihr stand, konnte man von der Tätowierung nichts mehr erkennen, selbst die zwei Sterne blieben von dem Gürtel in seinem Hosenbund verdeckt.

»Wirst du die Kündigung zurücknehmen?«, fragte sie fast tonlos.

»Nein, Annie. Das werde ich nicht.«

Wie konnte er so ruhig bleiben? Sie wollte wenigstens eine Erklärung. Ihre Stimme vibrierte. »Was hat er dir denn getan?«

Jona setzte sich neben sie auf das Bett. Seine trainierten Bauchmuskeln spannten sich an, als er sich mit dem Arm aufstützte und sich zu ihr beugte. Sie widerstand dem Drang, ihn zu berühren, und verkrampfte die Hände im Schoß.

»Er hat der Firma geschadet. Das möchte ich mit dir nicht diskutieren. Du schätzt ihn mehr als mich, genauso wie dir Eds Meinung mehr wert ist als meine.«

»So ist es nicht.« Abwehrend hob sie die Hände. Seine körperliche Nähe machte sie unfähig zu sprechen, weshalb ihre Antwort kleinlaut klang. Gleichzeitig fühlte sie das Blut durch ihre Adern schießen.

Die ganze Zeit über war er gefährlich gelassen geblieben. Jetzt zog er sich zurück und ging wieder ins Badezimmer. Sie wusste nicht, was sie noch sagen sollte. Dass sie ihn damals bei Luigi als Idioten bezeichnet hatte, tat ihr leid – aber gerade heute hatte er sie nicht vom Gegenteil überzeugt.

Ganz sicher war keine weitere Unterhaltung mit ihm möglich. Sie verließ den unterkühlten Raum. Was sie jetzt brauchte, war Abstand von ihm, um zur Besinnung zu kommen. Zurück im Gästezimmer zog sie sich um und nahm dann ausnahmsweise die Dienste von Jonas Fahrer in Anspruch.

»Anniiiiiiie!« Kira umarmte sie stürmisch und gab ihr ein Küsschen auf den Mund. »Ich hatte schon Angst, du vergisst uns, jetzt, wo du mit dem schwerreichen Kronprinzen zusammenwohnst. Wann lernen wir ihn kennen?« Sie wirbelte um Annie herum. Luis kam dazu und drückte Annie ebenfalls einen Kuss auf die Wange.

»Hey, Ann. Ja, wann lernen wir ihn kennen?«, hakte er nach.

»Ihr spinnt. Als ob ich euch jemals vergessen würde. Kennenlernen, also, Jona ist sehr beschäftigt und …«

»Du siehst nicht wirklich glücklich aus«, argwöhnte Kira und hielt ihre Freundin an beiden Armen ein Stückchen von sich weg, um sie zu begutachten. »Ist alles okay mit euch beiden?«

»Bestimmt nur ein bisschen Ärger im Paradies. Was du immer denkst!«, zog Luis seine Freundin auf, und Annie war ihm ausnahmsweise einmal dankbar für seine freche Art, die von dem Offensichtlichen ablenkte. »Was wollen die Damen trinken? Sekt?«

»Wir machen uns einen richtig schönen Abend, Ann, und morgen sieht die Welt mit deinem Prinzen wieder besser aus, versprochen. Luis und ich haben das auch manchmal. Nicht wahr, Schatz?« Aber Luis hörte ihre Antwort nicht mehr, er befand sich auf dem Weg zur Bar.

Annie trank Sekt und Tequila durcheinander und fühlte sich nach einer Weile schwerelos genug, um zu tanzen. Endlich ein befreiter Abend, auch wenn es nur an dem Alkohol lag, der ihr direkt in den Kopf stieg. Es war so, als stünde sie neben sich, so als wäre sie gar nicht sie selbst, ein bisschen beängstigend für jemanden, der selten Hochprozentiges trank.

»Du hast echt einen scharfen Rock an ... und sogar hohe Schuhe«, schrie Kira über die halbe Tanzfläche. »Deinem Klamottenstil tut Mister Holden sehr gut.« Kira kicherte und trank das Sektglas in einem Zug aus, hatte aber in der anderen Hand bereits eine geöffnete, noch volle Flasche. Heute Abend feierten sie das Leben. Einfach so.

»Lass uns nicht mehr über Mister Holden sprechen. Mister ...«, gab Annie zurück und lachte sich schlapp. Sie ließ sich gegen Luis fallen, der hinter ihr stand.

Dessen Kumpel, der auf den Spitznamen Jay hörte, tanzte sie daraufhin an. »Hey, Angelina. Luis ist vergeben, weißt du doch. Aber du kannst mich haben«, flirtete er.

Eigentlich stand sie so gar nicht auf jüngere Typen, und Jay war mit Sicherheit ungefähr fünf Jahre jünger als sie. Und unnatürlich weiße Zähne mochte sie auch nicht, aber dank des Alkohols fand sie, sie passten sehr gut zu seinem olivfarbenen Teint. Warum hatte der keine Freundin?

»Ich glaube, ich muss mal an die frische Luft, Jay.« Es waren zu viele Menschen in der Bar, und die Kneipenluft stand förmlich, man hätte sie wie Brot schneiden können. Ihr Magen rebellierte. Normalerweise kam es maximal einmal in zehn Jahren vor, dass sie so viel Alkohol trank, wenn überhaupt.

»Ich bringe dich raus«, bot sich Jay an, und Annie war froh, nicht alleine wanken zu müssen.

»Okay, ich hole meine Jacke, draußen ist es soooo kalt«, trällerte sie, obwohl sie nicht am Nordpol lebten. Sie ließ Jay im Gang stehen und ging dicht an der Wand entlang zur Garderobe. Nachdem sie ihre Jeansjacke und ihre Tasche entgegengenommen hatte, überprüfte sie ihr Handy. Verflucht, schon 1 Uhr, wenn sie das verschwommene Display richtig deutete. Morgen stand die Bestätigung der Verlängerungsnacht für Jonas Hotel in San Francisco auf dem Plan und das Reporting für die Finanzabteilung, das dringend abgeschlossen werden musste und, und, und. Dann noch der dicke Fehler, den sie in der Kalkulation für AGL entdeckt hatte, bei der ihre Kollegin Elena sie zu Hilfe gerufen hatte. Aber vor allem musste sie gleich noch irgendwie nach La Jolla kommen. Ob sie besser in der WG schlafen sollte? Und der Einundzwanzig-Tage-Deal? Sie wischte sich den imaginären Schweiß von der Stirn. Vielleicht könnte der nette Luis-Kumpel sie fahren, wobei der auch nicht wirklich fahrtauglich aussah. Sie schob sich ein paar Ponyhaare hinters Ohr und atmete tief aus. O Mann, viel zu viel getrunken.

Die Nachrichtenanzeige auf ihrem Handy blinkte. Zwei Nachrichten von Jona. In der ersten, gegen 22 Uhr, stand:

›Annie, wo bist du? Unser Gespräch ist noch nicht beendet. Melde dich.‹

Danach hatte er zweimal versucht, sie anzurufen. Die zweite Nachricht, die er eben erst geschickt hatte, war kürzer.

›Ist alles in Ordnung?‹

Jetzt gab er den Besorgten. Vorher hatte er sie ignoriert: Über nichts, was relevant oder persönlich war, wollte er mit ihr reden – nicht über Howard, nicht über seine Familie und schon gar nicht über sich oder irgendetwas, was ihn wirklich beschäftigte. Sein Heiß-Kalt-Spiel langweilte sie. Umständlich tippte sie mit dem Zeigefinger auf dem Touchscreen ihres Handys herum.

›Feiern, Mister Ich-spreche-nicht-über-meine-Gefühle.‹

Ha! Gerade als sie das Handy wegstecken wollte, vibrierte es wieder.

›Viel Spaß.‹

Jonas Reaktion. Schnell wie immer.

Sie hatte Spaß, und wie sie Spaß hatte!

Betont ernsthaft räusperte sie sich, um sich möglichst nüchtern zu fühlen, und schrieb: *›Danke, Mister Eiskalt.‹*

›Hör auf mit dem Mister-Quatsch‹, wies er sie prompt per Nachricht zurecht.

Sie trat zurück in den Gang, wo sich ihr Jay mit feucht-fröhlicher Miene entgegenstellte. »Annie, was ist? Kommst du?«

Schnell kniff sie die Lippen aufeinander, aber es war zu spät. Abgeschickt:

›Ich muss los, Jona. Mein neuer Freund wartet auf mich.‹

So, das hatte er nun davon. Jay war schließlich ein netter Kerl. Gleichzeitig bekam sie ein flaues Gefühl in der Bauchgegend. Unbeholfen kramte sie ihr restliches Geld aus den Jackentaschen zusammen. Sie brauchte es nicht zu zählen, das reichte nicht für ein Taxi nach La Jolla. Also, noch einmal zurück auf die Tanzfläche und Kira anpumpen.

»Wo sind die anderen?«, fragte sie ihren neuen Freund, der noch nichts von seinem unverhofften Liebesglück wusste. Mittlerweile drehte sich ihr Magen und sie spürte einen Druck verbunden mit einem säuerlichen Aufstoßgefühl im Hals.

»Kira und Luis hatten Besseres vor. Ich soll dir Bescheid sagen, dass sie gegangen sind. Wenn was ist, sollst du dich bei Kira melden.« Jay zwinkerte ihr zu. »Die beiden halten echt kaum einen Abend aus, ohne sich anzufassen.« Er schnalzte anzüglich.

Dieser Jay ging ihr mit einem Mal auf die Nerven, und sie wollte, dass er wegging. Andererseits war er der Einzige, der ihr ein paar Dollar leihen konnte, oder sie müsste Kira anrufen. Der Handyakku zeigte 1% an, könnte knapp werden mit einem Telefonat. Eine nie da gewesene Übelkeit überkam sie auf dem Weg nach draußen, dennoch ließ sie sich nichts anmerken, so gut es eben ging. Jay fasste sie etwas zu grob um die Hüfte und schob sie vor sich her. Vor der Kneipentür winkte er sofort ein Taxi heran.

»Steig ein, wir fahren zu mir. Zu Kira und Luis in eure WG kannst du so jedenfalls nicht.« Er drückte sie gegen das Taxi und strich ihr die Haare aus dem Gesicht. »Ich kümmere mich um dich.«

Was wollte der denn von ihr?

Er kam ihr gar nicht so betrunken vor. Allerdings konnte sie kaum den Blick auf ihn fokussieren, so schwindelig fühlte sie sich. Ermattet senkte sie ihren Kopf an seine Schulter und registrierte dennoch, wie er sie am Hals küsste.

»Du solltest dich ausruhen. Danach haben wir alle Zeit der Welt«, raunte er ihr ins Ohr.

»Auf keinen Fall, Jay.« Immerhin war sie nüchtern genug, zu wissen, was sie wollte und was nicht. Sie stieß ihn mit all ihrer verbleibenden Kraft von sich, was nicht leicht war. »Lass mich in Ruhe! Mein Freund findet das sicher gar nicht lustig.«

»Dein Freund?« Jay sah sie verdutzt an.

Im selben Augenblick nahm sie den bekannten mattschwarzen Wagen mit den getönten Scheiben wahr, der zwei Autos vor dem Taxi parkte. Jonas Fahrer war wieder da – oder war er nie weg gewesen? Sie wankte eilig zu dem Mercedes, riss die Hintertür auf und ließ sich auf die vertraut-kühle Lederrückbank fallen, fürs Erste gerettet. Aber nur fürs Erste.

Jona trug immer noch seine Anzughose. Sein Oberkörper war allerdings nicht mehr nackt, wie sie ihn in Erinnerung hatte. Stattdessen schmiegte sich ein schwarzes Shirt an seine Brust, als er im Flur auf sie wartete. Augenblicklich hatte sie das Gefühl, ohnmächtig zu werden, und wusste nicht, ob es am Alkohol lag oder daran, dass sie so beschämt war. Jedenfalls war es peinlich. Jona hielt sie dennoch fest im Arm.

»Ich muss auf die Toilette«, stieß sie hervor. Um sie herum schwankte die Erde. Schemenhaft erkannte sie den Fahrer, dem Jona offenbar ein großzügiges Trinkgeld in die Hand drückte, dann war der Mann mit der Chauffeursmütze verschwunden. Hatte er ihr einen Aufpasser mitgeschickt? Oder hatte der Chauffeur ihn angerufen, nachdem er sie am Safe Haven abgesetzt hatte? Igitt, jetzt war ihr wieder schlecht.

»Verdammt, Annie.« Jona legte seinen Arm um ihre Taille und ging mit ihr in das Gästebad. Sie setzte sich auf die Toilettenschüssel. Jona drehte sich von ihr weg, wollte sie aber anscheinend nicht alleine lassen.

Noch tiefer konnte sie nicht mehr sinken.

Annie konnte sich nicht mehr an alles erinnern, als sie am nächsten Morgen aufwachte. Aber sie wusste, sie hatte sich blamiert, und zwar höllisch. Er hatte sie dazu genötigt jede Menge stilles Wasser zu trinken, um dem Kater vorzubeugen. Jedes Mal, wenn das Wasserglas endlich leer war, schenkte er ihr wieder nach. Schließlich hatte er sie ins Gästezimmer begleitet, ihr beim Ausziehen geholfen und ihr eins seiner Baumwollshirts gegeben. Dann hatte sie sich rückwärts auf das Bett fallen lassen und war ziemlich direkt eingeschlafen oder ohnmächtig geworden. Hoffentlich hatte sie nicht geschnarcht. Sie wusste es nicht mehr.

Das Klingeln von Jonas Blackberry klopfte in ihrem Ohr wie ein Specht, der einen Baumstamm bearbeitete. Bäuchlings und mit geschlossenen Augen hörte sie, wie er den Lautsprecher einschaltete. Er musste in der Nähe des Eichenschranks stehen. Die alarmierende Stimme einer der Empfangsdamen schrillte zu ihr herüber. »Mister Holden, Sie haben ein Meeting. Jetzt.«

»Sagen Sie es ab!«, antwortete er kurz angebunden und legte sofort wieder auf. Annie hielt den Atem an. Er hatte einen Geschäftstermin sausen lassen, was sein Vater sicher nicht billigte, und sie trug die Verantwortung dafür. Sie setzte sich aufrecht hin und sah ihn kleinlaut an. Jona war geschäftsmäßig bekleidet und stand genau dort, wo sie ihn vermutet hatte.

»Wie geht es dir?« Seine Stimme klang deutlich sanfter als eben. Er setzte sich auf die Bettkante neben sie und zupfte an dem viel zu großen Shirt, das an ihr herunterhing wie ein blauer Kleidersack. »Mein Fahrer hat mir erzählt, du wärst fast von irgendeinem Typen abgeschleppt worden. Kannst du dich daran noch erinnern?«

Sie nickte wortlos.

»Dem Freak würde ich gerne eine reinhauen. Warum betrinkst du dich so, Annie?«

Die Frage war leicht zu beantworten.

Sie schaute ihn an, sagte jedoch nichts.

Er reichte ihr kopfschüttelnd ein Wasserglas.

»Kein Wasser mehr«, wehrte sie ab.

»Tequila bekommst du von mir jedenfalls nicht.« Seine Augenbrauen schnellten nach oben, und er sah sie scharf an. »Entschuldige, dass ich dir gestern Nacht dauernd Wasser nachgeschenkt habe, wie dumm von mir. Besser wäre es natürlich gewesen, wenn du heute einen richtig dicken Kopf hättest. Hier ist übrigens eine Aspirin drin.« Er ließ die Flüssigkeit im Glas hin und her schwappen. »Diesmal solltest du es wirklich austrinken, Sturkopf.«

Sie nahm ihm das Glas ab und stürzte den Inhalt hinunter.

»Übrigens ist deine Aktion nicht besonders hilfreich für mein Image und unseren Plan. Vielen Dank noch dafür.«

»Tut mir leid«, murmelte sie unverständlich.

»Sophia soll dir Rührei und einen Bagel bringen und dann fahre ich ins Büro. Nimm dir einen Tag Urlaub. Es ist besser, wenn dich keiner so sieht.«

Das war allerdings wirklich besser. Sie zog das Shirt glatt und die Bettdecke bis zur Nase hoch. Ihr Danke tönte dumpf unter der Decke hervor.

Jona schloss den Knopf seines schwarzen Sakkos. »Du solltest mehr auf dich aufpassen. Vielleicht rufst du deine

Freundin an, damit die Bescheid weiß. Du hast letzte Nacht etwas von einer Kira gestammelt. Tschüss, Angel.«

Als er weg war, stöhnte Annie laut auf und zog sich die Bettdecke ganz über den Kopf.

Sollte die Welt da draußen sich doch heute von alleine regeln.

Lilo würde Fragen stellen, viele Fragen: *Wie willst du das Geld besorgen? Wieso hast du gesagt, du rettest unser Haus? Wer ist dieser Jonathan Holden? Bist du verliebt?* Sie war schließlich Lilo und mit einer Handvoll Wahrheit würde sie sich bestimmt nicht zufriedengeben. Im Kopf lotete Annie aus, was sie ihrer Mutter genau zumuten konnte: den Job, Jona, die Villa – alles positiv. Außer dem Vertrag.

Die Idee, zu ihrer Mutter zu fahren, wenn sie schon einmal einen freien Tag hatte, war ihr spontan unter der Dusche gekommen. Telefonieren und sich sehen war eben nicht das Gleiche. Sie freute sich sogar darauf, Lilo mit ihren durchweg guten Neuigkeiten, wenn man hier und da ein bisschen was wegließ oder ummodelte, zu überraschen. Sie lächelte, als sie sich vorstellte, wie Jona ihre Mutter kennenlernte. Lilo würde ihn an sich drücken, glücklich, Annie endlich an der Seite eines festen Freundes zu wissen. Wie eine Psychologin würde sie jede seiner Charaktereigenschaften zerpflücken. Marc hingegen würde ihm vermutlich Dinge erzählen, die nur Marc verstand, aber das wäre absolut okay.

Trotzdem sah sie Jona nicht an dem Holztisch mit dem gehäkelten Tischläufer und dem frischen Blumenstrauß sitzen. Sie konnte ihrer Familie keinen Mann zumuten, bei dem die Gefahr bestand, dass er sich nicht einfühlsam genug verhielt. Lilo und Marc waren einfach anders als die drei Holdens, bei denen die Kalendertage nicht hart genug sein konnten.

Sie lehnte den Kopf an das kühle Busfenster und überlegte. Niemals würde Jona mit seinem Vater und Ed zum Nachmittagskaffeeklatsch zusammensitzen. Maximal ging es bei einem Glas Wasser ums Geschäft, Immobilien oder vielleicht sogar Autos. Jona hatte noch nie von Eds Frau erzählt. Warum eigentlich nicht? Es war beinahe so, als existiere sie gar nicht. Annie wusste, dass Jess einen Klamottenladen in Downtown betrieb, den Ed finanziell unterstützte, der aber nicht wirklich gut lief. Sie war hauptberuflich Gattin, Kinder gab es noch keine, aber so wie sie Ben verstanden hatte, gab es eine Familienplanung. Dabei war Ed erst 26 Jahre, so alt wie sie selbst, und das Kinderthema war für Annie so weit entfernt wie der Mars.

Sie rutschte in dem schäbigen Bussitz etwas tiefer nach unten und lehnte die Knie gegen den freien Vordersitz. Sie spürte einen Stich in der Schläfe. Die Schmerztablette wirkte, aber ihr Kopf wollte nicht so recht funktionieren. Wenigstens hatte sie sich heute nicht in die enge Businesskleidung zwängen müssen, obwohl sie zugeben musste, sie vermisste das Büro und die Kollegen. Pete war ihr ans Herz gewachsen. Ja, sie hatte sich eingelebt und sie mochte ihre Arbeit. Trotz oder gerade wegen Jona?

Dieser Mann war wie eine Rechenaufgabe ohne Ergebnis. Ob sie erneut das Tagebuch seiner Mutter befragen sollte? Sie schalt sich für diesen abwegigen Gedanken. Noch mehr Stress mit Jona wollte sie vermeiden. Vielleicht sollte sie aufgeben. Sie würde es ohnehin nicht schaffen, Jonas Vater zu überzeugen. Obwohl sie mittlerweile fand, Jona war seinem Vater sehr ähnlich, weshalb es an der Nachfolge eigentlich keinen Zweifel gab.

50.000 Dollar. Als sie Lilo im Vorgarten arbeiten und

Marc auf der Veranda vor dem Haus sitzen sah, wusste sie, wofür sie das alles tat.

Aufgeben war keine Option.

Annie saß im Schaukelstuhl neben Marc und beobachtete ihre Mutter. Gewissenhaft schnitt Lilo die Salbeisträucher zurück und summte dabei. Es versetzte Annie zurück in ihre Kindheit und wirkte fast wie eine Meditation auf sie.

Mittendrin stockte ihre Mutter, richtete sich auf und trug den Grünabfall in einen Sack auf der Veranda. »Mir geht es viel besser, Herzchen«, sagte sie, und ihre Armreife klimperten zu ihren Worten. »Es war nur für einen Moment zu viel geworden. Hilflosigkeit ist ein schreckliches Gefühl.« Sie seufzte.

Für einen Augenblick beschlich Annie ein merkwürdiges Gefühl. Lilo wirkte gedämpft, nicht strahlend und energievoll, wie sie es sonst von ihr gewohnt war. »Hat man dir im Krankenhaus was zur Beruhigung verschrieben, Mom?«, fragte Annie vorsichtig, wobei sie sich die Antwort hätte selbst geben können.

»Sehe ich aus, als bräuchte ich so was? Du weißt, was ich von chemischen Medikamenten halte. Nichts ist so gut wie Mutter Natur. Ich nehme Johanniskraut, rein pflanzlich«, antwortete Lilo und nestelte dabei wie eine Kräuterfee in den Gerbera herum. Oder waren es Calendula? Wann immer sie früher behauptete, jedes Wehwehchen mit hauseigener Calendulasalbe kurieren zu können, hatte Annie ihr geglaubt, obwohl die Salbe nach altem Fett gestunken hatte. Ein herzlicher Spruch, ein liebevoller Kuss und ein bisschen Heilsalbe – so funktionierte Lilos Welt.

»Sag mal, warum hast du gesagt, dass du das Haus retten kannst? Das ist doch utopisch. Wie geht es dir überhaupt, Kind?« Da waren sie, die Fragen.

»Ich habe einen neuen Job und … einen neuen Freund.«

Begeistert klatschte Lilo in die Hände, was sich wegen der Plastikhandschuhe anhörte, als würde man einen nassen Lappen an die Wand werfen. »Das ist ja großartig, Schatz. Ich hatte schon Angst, du würdest in Daves Bier- und Tanzschuppen versauern. Was arbeitest du denn jetzt und wer ist er?«

»Ich bin persönliche Assistentin in einem großen Unternehmen. Finanz- und Immobilienbranche. Stell dir vor, ich verdiene richtig viel, Mom. Also nicht außergewöhnlich, aber genug.«

»Ich freue mich wahnsinnig für dich, Schätzchen. Aber musste es unbedingt der Finanzbereich sein? Dann auch noch Immobilien? Das sind doch alles Gangster.« Die Gartenhandschuhe wollten ihr nicht von den Fingern rutschen, weshalb Lilo mit der einen Hand feste an den Plastikfingern der anderen Hand zog. »Kleben wie Kaugummi, die Dinger.«

»Das hier ist anders, Mom. Mein Freund arbeitet auch in dem Unternehmen, genauer gesagt ist er mein Chef.« Endlich konnte Annie ein bisschen Wahrheit erzählen. Sie würde sich gleich so viel besser fühlen. »Er heißt …«

Lilo war es gelungen, einen Handschuh abzustreifen. Sie warf ihn auf den Verandatisch und mühte sich mit dem verbliebenen ab. »Wo wir gerade von Immobiliengesellschaft reden. Ich habe heute Morgen noch einen Brief bekommen. Von einer Firma, die mir Geld anbietet, wenn ich das Haus und das Grundstück direkt an sie verkaufe. Woher wissen die überhaupt von meinen Schwierigkeiten? Noch dazu bieten sie mir so wenig an … die Summe würde nicht mal ausreichen, um meine Schulden bei der Bank zu begleichen. Als ob ich erwägen würde, unser Haus freiwillig abzugeben.

Die sind doch verrückt. Gewissenlose Schweine.«

Annie erkannte das mattsilber gedruckte Holden-Logo sofort. Das Logo, das sie selbst an ihrem ersten Arbeitstag ausgesucht hatte. Es leuchtete ganz oben auf dem Briefpapier, das Lilo aus ihrer Gartenschürze zog.

»Die planen, hier eine Mall zu bauen. Ein Einkaufszentrum mit angeschlossenem Bürokomplex. Das umliegende freie Land scheint der Firma schon zu gehören. Zwei Grundstücke weiter steht seit gestern Morgen ein Schild. HOLDEN-Gruppe.« Die Tränen stiegen Charlotte Clark in die Augen. »Hab den Namen noch nie gehört. Walther sagt, die sitzen sicher auch der Bank im Nacken, um unser Eigentum zu erwerben, sobald die Frist abgelaufen ist. Solche Firmen kalkulieren von langer Hand, meint Walther.« Lilo raschelte nervös mit dem Briefpapier. »Die wollen mein Haus, meine Existenz.«

Annie konnte nur stumm auf das Logo starren.

»Schätzchen, entschuldige, ich rede wieder nur von mir. Was wolltest du sagen wegen deinem Job und deinem neuen Freund? Ich beruhige mich jetzt wieder, und du musst mir alles erzählen.« Lilo umarmte ihre Tochter, hielt dabei aber den Brief nach wie vor fest.

Annie überlegte krampfhaft, wie sie möglichst unbeschadet aus der Nummer raus kam. *Ich arbeite für die Firma, die dein Haus kaufen will, Mom. Mein Freund ist einer der Firmeninhaber. Nein, nicht gut.*

»Hat jemand mein Wasserglas gesehen?«, platzte Marc plötzlich in das Gespräch. Er saß immer noch auf dem Gartenstuhl neben Annie, und seine Augen waren weit aufgerissen. Annie ahnte, was das bedeutete.

»Ich dachte, du trinkst nichts mehr davon. Als du eben kurz ins Haus gegangen bist, habe ich die Getränke abgeräumt. Das war, bevor Annie kam«, sagte Lilo ruhig.

»Aber mein Glas war doch noch gar nicht leer.« Marc fing vor Aufregung an, zu zappeln.

»Fast.«

»Unnötige Verschwendung«, rief er empört und zugleich besorgt aus. »Das darf man nicht! Die Erde leidet darunter.« Seine Stimme begann zu vibrieren.

»Die Erde leidet nicht wegen der drei Tropfen Wasser, die noch in deinem Glas waren, Marc. Außerdem habe ich es in die Blumen geschüttet, die brauchen auch Flüssigkeit. Und es war total abgestanden«, gab Lilo sachlich zurück.

»Doch!«, kreischte Marc, und Annie spürte die Gefühle aus der Zeit aufkeimen, in der sie noch in diesem Haus gewohnt hatte. Jetzt lebte sie mit Jonathan Holden zusammen, zumindest vorübergehend. Schwierig zu sagen, was mehr Kraft kostete.

Das Firmenlogo, das Haus. Er hatte sie angelogen. Die Yellow Bird Road. Er musste es gewusst haben. Sogar die Straße hatte sie ihm genannt, und sie erinnerte sich an seine merkwürdige Reaktion. Er hatte sich gekratzt, als habe er einen juckenden Hautausschlag. Marc stritt weiter wegen des entsorgten Wassers. Bei dem Geräuschpegel konnte sie sich nicht richtig auf ihre Überlegungen konzentrieren. Doch wenn Jona das mit dem Immobilienkauf und dem geplanten Einkaufszentrum gewusst hatte, hätte er doch nicht diesen Deal mit ihr geschlossen. Oder wollte er seinen Teil der Abmachung gar nicht einhalten und ihr das Geld am Ende der vereinbarten Zeit nicht auszahlen? Was sagte ein Pappdeckel schon aus? War dieser Vertrag überhaupt rechtsgültig?

»Marc, wir gehen jetzt auf der Stelle alle zusammen rein. Sonst stehen wir nächste Woche noch hier und diskutieren.« Lilo machte eine beschwichtigende Geste mit den Händen. Annie bewunderte ihre Mutter für ihre Geduld.

»Dann stehen wir eben nächste Woche noch hier«, gab Marc mit tränenerstickter Stimme zurück.

»Nein, Großer, das ergibt überhaupt keinen Sinn«, versuchte Lilo ihren aufgebrachten Sohn zu beruhigen. Sie steckte die gepunkteten Handschuhe nebst dem Schreiben der Holden-Gruppe in ihre Schürzentasche. Dann ging sie ins Haus, und Marc folgte ihr, weiter über das Wasser referierend.

Annie blieb verwirrt und nachdenklich auf der Veranda zurück. Vielleicht hatte Marc recht. Man sollte auf die existentiellen Dinge viel mehr Wert legen: Essen und Trinken, Familie, Freunde, Haus, Job, die Liebe.

Waren es nicht genau diese Dinge, die dem Leben einen Sinn gaben?

7. Kapitel

Gestern Abend und den ganzen Morgen in der Villa hatte sie sich zusammenreißen müssen, um nicht zu explodieren. Sie hatte sich vorgenommen, nicht impulsiv wie ein kleines Kind zu reagieren, sondern den richtigen Zeitpunkt abzupassen, um in Ruhe mit Jona zu sprechen. Noch 359 Stunden und fünfundzwanzig Minuten oder, wenn man ungenau war, noch fünfzehn Tage – so oder so, immer noch Hunderte Stunden vom Ziel entfernt.

Als Annie und Jona an diesem Morgen das Firmengebäude betraten, schlug ihnen Lärm entgegen. In der Eingangshalle herrschte Tumult.

»Was ist denn hier los?«, rief Jona in die Personalansammlung, woraufhin die Stimmen verstummten.

»Der San Francisco Chronicle hat einen Artikel herausgebracht: Lexman ist über Nacht quasi pleitegegangen«, berichtete Pete aufgeregt, und nippte an seinem Coffee-to-go-Becher, den er sich auf dem Weg zur Arbeit gekauft hatte.

Das war wirklich heftig! Lexman galt zumindest in Kalifornien als eine ernstzunehmende Konkurrenz für die Holden-Gruppe. Sie wusste exakt, wie viele Mitarbeiter die Firma beschäftigte und wie viel Vermögen diese aktuell verwaltete, sogar die Telefonnummer der Zentrale hätte sie fehlerfrei aufsagen können, inklusive ihrer Quersumme. Diese ganzen Zahlen turnten von ihrem einzigen Besuch auf der Website immer noch in ihrem Kopf herum.

»Verdammt, wieso weiß ich nichts davon?« Jona funkelte Annie an, die mit den Schultern zuckte. Sie wusste genau warum. Er hatte heute Morgen das Piepsen und die

Nachrichten auf seinem Handy ignoriert und sich um ein Gespräch mit ihr bemüht – wenn auch vergeblich.

Der verdutzte Pete hatte Mühe, seinen Kaffeebecher festzuhalten, als Jona ihm den San Francisco Chronicle aus der Hand riss. Dann schritt er wortlos mit der Zeitung in den bereitstehenden Aufzug. Annie folgte ihm.

»Mach mich nicht für deine schlechte Laune verantwortlich«, sagte sie, noch immer den armen Pete vor Augen, der ziemlich betroffen aus der Wäsche geschaut hatte. »Und auch niemanden sonst.«

»Stimmt, du bist ja grundsätzlich für gar nichts verantwortlich, nicht wahr, Annie? Noch nicht einmal für dich selbst!«, herrschte Jona sie an. Die Aufzugtüren glitten geschmeidig auseinander. Einunddreißigster Stock. »Ich muss telefonieren. Wir sehen uns.« Damit ließ er sie im Flur zurück, so als stünde sie ohne Schirm im Platzregen.

Dieser Morgen stand unter keinem guten Stern. Noch dazu musste Annie dringend das Reporting für die Finanzabteilung fertigstellen, und die Ablage der letzten zwei Tage stapelte sich auf ihrem Schreibtisch so hoch wie der Computer-Flatscreen. Sie schob alle hinderlichen Gedanken beiseite und wühlte sich durch ihre Arbeit. Als Pete gegen Mittag den Raum betrat und weitere Post auf dem Stapel platzierte, kaute sie auf dem Ende ihres Firmenbleistifts herum. »Du, Pete, was genau bedeutet diese Lexman-Sache für uns?«

Pete sah sie mit großen Augen an, was sein Gesicht noch länger wirken ließ. Dann sagte er ein wenig gönnerhaft: »Ich erkläre es dir.«

Der Nerd, der in jeder freien Minute auf Bloomberg Börsenkurse checkte und die tagesaktuellen Schlagzeilen aller wichtigen Finanzfachzeitschriften auswendig wusste, platzierte seine schmale Gestalt dicht neben Annies

Schreibtisch und kam sich sichtlich überlegen und wichtig vor. Für gewöhnlich war es Annie, die bei Reportings und anderen mathematischen Fragestellungen eindeutig fähiger war, die wirtschaftlichen Zusammenhänge waren jedoch sein Territorium. Pete rückte den Kragen seines Karohemds ein wenig nach oben und begann mit seinem Vortrag.

»Bei Lexman gibt oder besser gab es mehrere Mitarbeiter in gehobenen Positionen, die Firmengelder veruntreut haben. Du musst dir das so vorstellen: Die Manager erhalten Geld von ihren Großkunden zur Anlage in diverse Finanzinstrumente, Fonds, Devisen, Aktien und so ein Zeug. So weit klar?«

Annie nickte.

»Wie bei einem Schneeballsystem haben sie zwar die Dollar oder Euro oder welche Währung auch immer von den Kunden entgegengenommen, aber nicht exakt diesen Betrag investiert, sondern einen Teilbetrag in die eigene Tasche gewirtschaftet. Das genauer zu erklären ginge jetzt zu weit. Der Chronicle hat es jedenfalls aufgedeckt und die Noch-Kunden von Lexman haben wohl gestern schon Wind davon bekommen.«

»Und jetzt?«

»Jetzt hat Lexman unzählige Klagen am Hals und die Kunden wandern ab, sicherlich teilweise auch zu uns. Aber es ist trotzdem eine Katastrophe für die Branche, mal abgesehen von dem guten Ruf, den Lexman selbst verliert. Die können den Laden dichtmachen. Mit ihrem beschmutzten Namen brauchen sie sich nie wieder im Business blicken zu lassen.« Pete kratzte sich an der Nase und faltete dann wie ein Geistlicher die Hände im Schoß.

»Sch … eibenkleister.«

»Das kannst du laut sagen«, bestätigte er.

»Für Lexman«, fügte Annie hinzu. »Aber für Holden ist es doch gut, oder nicht? Warum ist Jona dann so gereizt? Er kann doch froh sein, einen Konkurrenten weniger zu haben«, überlegte sie.

»Annie, du hast zwar heute keine Pyjamahose an, aber du wirkst so, als ob du gerade erst aufgestanden wärst. Erstens ist der CEO bei Lexman ein langjähriger Freund von Jonathan Holden, Konkurrenz hin oder her. Die beiden haben sich am College ein Apartment im Studentenwohnheim geteilt. Zweitens sind wir mit der Holden- Gruppe haarscharf an einer ähnlichen Katastrophe vorbeigerauscht. Zum Glück war der Chef so umsichtig, Howard Banks sofort zu feuern.« Pete klopfte einen nicht vorhandenen Fussel von seiner Leinenhose.

»Wie bitte? Was hat Howie denn jetzt damit zu tun?« Eine ungute Ahnung stieg in Annie auf.

»Ach, du warst ja gestern gar nicht da. Du weißt es also noch nicht.« Wieder zupfte er an seiner Hose.

»Spuck es aus, Pete, ich sehe dir an, dass du fast daran erstickst. Was genau war denn gestern?« Die blöde PC-Maus funktionierte mal wieder nicht richtig, und Annie hob sie ein paarmal hoch und setzte sie wieder ab. Dann klickte sie auf Speichern, da sie die Excel-Eingaben nicht verlieren und sich voll auf Petes Ausführungen konzentrieren wollte.

Pete beobachtete sie dabei, so wie er vermutlich eine Geistesgestörte beobachten würde. »Howie hat sich bei den Lexman-Leuten wohl etwas abgeschaut. Die Klage einer unserer Kunden konnte Holden Senior gerade noch so abwenden. Unser guter Howie hat die Firma beklaut. Punkt.«

»Niemals!« Annie ließ sich geplättet gegen die hohe Rückenlehne ihres Drehstuhls sinken. Sie schlug die Beine übereinander, was Pete mit einem nervösen Blick verfolgte.

»Annie, ich schwöre es dir. Wir haben Beweise. Ed hat gestern eine Sondersitzung einberufen. Es wird gemunkelt, ein enger Vertrauter des Big Boss habe Unstimmigkeiten festgestellt. Jonathan hat daraufhin Gott sei Dank sofort reagiert. Nicht auszudenken! Seit gestern läuft hier alles auf Prüfung. Die Investmentabteilung, die in Eds Bereich fällt, wird geprüft. Ed hat allerdings nichts von Howies Geschäften mitbekommen. Er hat ihm vertraut wie wir alle.« Pete holte bedeutungsschwanger Luft, als sei er selbst Chef des Holden-Imperiums.

Während Annie ihren Atem mit einem Stöhnen entweichen ließ, hielt sie sich die Hände vor die Augen. »Weißt du eigentlich, was das für mich bedeutet, Pete?«

»Das Gleiche wie für uns alle. Ordentlicher arbeiten und die Ohren offen halten«, antwortete Jonathans Trainee wie ein Kandidat bei einer Fernsehquizshow.

»Ernsthaft, ich habe Jona riesige Vorwürfe gemacht, weil er einen frischgebackenen Papa fristlos rausgeschmissen hat. So ein Mist!« Sie klappte ihre Beine zurück unter den Schreibtisch und fuhr unbeholfen auf der Desktop-Arbeitsfläche mit ihrem Mauszeiger herum, der nur unwillig ihren Richtungsanweisungen nachkam. »Was mache ich denn jetzt, Pete?«

»Wegen deiner kaputten Maus?«

»Wegen Jona.«

»Das fragst du mich? Also, Miss Pyjamahose, Regel Nummer eins: zuerst genau informieren, was überhaupt passiert ist, bevor man ausflippt. Abgesehen davon, du solltest wissen, dass Jonathan Holden normalerweise nicht so ist. Gut, er ist sicher nicht immer der Einfachste, aber ihr seid doch ein Paar.«

Wie viele Tage noch mal kannte sie diesen Mann?

Jetzt hatte Pete Dreck an seinen Schuhen entdeckt und machte sich mit einem Taschentuch an den schwarzen Lackschuhen zu schaffen. Hoffentlich kam er nicht auf die Idee, ins Taschentuch zu spucken wie eine Mama, die einen Fleck auf der Backe ihres zweijährigen Kindes entfernen wollte. Er kam auf die Idee.

Annie sah weg. Wo war Kiras dämliche Ratgeberstimme, wenn man sie mal brauchte? Der Streit mit Jona und ihr betrunkener Auftritt erschienen in einem ganz neuen Licht. So gesehen hatte sich Jona ihr gegenüber fast schon wie ein Gentleman verhalten, auch wenn er etwas herrisch aufgetreten war. Obwohl sie ihn verbal angegriffen hatte, war er für sie da gewesen, als sie ihn gebraucht hatte. Sie drehte verschämt an ihrem Kleeblattarmband.

Nun mach ihn mal nicht direkt zum Heiligen, erklang Kiras genervte Stimme aus dem Off. *Was ist mit dem Brief, den Lilo von der Holden-Gruppe erhalten hat? Na, was ist damit? Es ist ja nicht gesagt, dass er davon nichts gewusst hat. Und überhaupt seine ganze Geheimniskrämerei. Ich sage nur Scarlett. Stört dich das nicht?*

Immerhin gäbe es noch die Möglichkeit sich in Ruhe mit Jona zusammenzusetzen – bei einem Dinner vielleicht. Falls Jona nichts von dem geplanten Einkaufszentrum in Hillcrest wusste, könnte sie versuchen, ihm klarzumachen, warum diese Pläne Unsinn waren. Ohnehin mussten sie sich gemeinsam eine bessere Strategie in Bezug auf Ben überlegen. Sie würde jetzt genau das tun, was Pete, der schlaue Fuchs, ihr empfohlen hatte: nicht ausflippen, sondern sachlich an das Thema herangehen. Doch wenn eines ganz sicher nicht zu ihren Stärken gehörte, dann war das rational zu handeln. Egal, ein Abendessen hatte noch niemandem geschadet.

Sie realisierte, dass Pete sich verdünnisiert hatte, er hatte wohl auch genug zu tun, wie jeder in diesem Gebäude. Über den Tag verteilt, fanden in Jonas Büro mehrere Meetings statt, sein Vater tigerte permanent auf dem kahlen Flur des einunddreißigsten Stockwerks umher, was Annie ein mulmiges Gefühl bescherte. Einfach in Jonas Büro zu platzen, wäre also dumm gewesen. Bliebe, ihm eine E-Mail zu schreiben oder ihn anzurufen. Erst hüstelte sie, dann räusperte sie sich, als wolle sie telefonieren. Letztendlich tippte sie eine Mail.

VON: angelina.clark@holden.com
AN: jonathan.elia.holden@holden.com
Hi Jona,
vielleicht habe ich vorgestern leicht überreagiert wegen der Sache mit Howard. Eventuell hast du doch richtig gehandelt.
Ich möchte mich gerne für den schrecklichen Abend, den ich dir zugemutet habe, entschuldigen und lade dich heute zum Dinner ein.
Sophia schicke ich nach Hause, stattdessen koche ich. Du brauchst aber keine Angst vor meinen Kochkünsten zu haben – es gibt: Lasagne à la Lilo. Und die kann ich richtig gut.
Bis nachher
Annie
PS: Ich bin mir bewusst, dass du als dreiviertel Italiener große Ansprüche an italienisches Essen stellst, aber ich garantiere dir, diese Lasagne wird dich nicht enttäuschen.

Auch nach zehn Minuten kam irritierenderweise keine Antwort. Seine tiefe Stimme drang durch die Zwischentür – sie verstand nicht, was er sagte, aber er saß zweifelsohne an seinem Schreibtisch. Schlagartig tauchte der Brief der Immobiliengruppe vor ihrem geistigen Auge auf, doch sie verbot sich, wütend auf Jona zu werden. Wut war keine gute Ausgangsbasis für das, was sie beabsichtigte.

Es blieben noch zwei Stunden bis zum Feierabend. Bis Jona um 9 Uhr abends nach Hause kam, wäre das tatsächlich einzige Gericht, das sie unfallfrei kochen konnte, fertig. Auf ihre Einladung geantwortet hatte er allerdings immer noch nicht. Das Klingeln des Telefons riss sie aus ihren Gedanken. Unterdrückte Nummer. Er wollte also lieber reden statt mailen. Auch gut.

»Ich verstehe nicht, warum du immer mit unterdrückter Nummer anrufst. Komm doch rüber, wenn du mit mir sprechen möchtest.« Sie lächelte gewinnend in den Hörer. Irgendwo hatte sie einmal gelesen, dass dies dem Gesprächspartner ein gutes Gefühl vermittelte.

»Hallo?«, fragte eine pikierte Frauenstimme am anderen Ende der Leitung.

O Mist, das war eindeutig ein paar Oktaven zu hoch für Jonathan Holden. Schnell spulte Annie ihre übliche Begrüßungsfloskel ab und fragte am Ende übertrieben höflich: »Was kann ich für Sie tun?«

»Wenn Sie mich bitte mit meinem Freund verbinden könnten?« Dabei betonte die Dame das Wort *Freund* und klang wie eine Prinzessin, die zu einer Bediensteten sprach.

»Gerne. Der wäre?« Gab ja genug Männer im Gebäude. Die Gute hatte sich sicher verwählt. Annies Zunge fühlte sich pelzig an.

»Ihr Chef natürlich. Wer sonst? Ich nehme doch an, dass ich mit der Sekretärin von Jonathan Holden spreche. Mein Name ist Scarlett Winestein.« Da war sie, Scarlett.

»Sie sprechen mit seiner Assistentin, nicht mit seiner Sekretärin. Man verwechselt das ganz gerne.« Annie spürte eine innere Hitze aufsteigen, weil diese Frau am anderen Ende der Leitung war und sie etwas sehr Intimes über Scarlett wusste – schließlich hatte Jonas Mutter sie vor fünfzehn Jahren nicht gemocht. Ha!

»Gehüpft wie gesprungen. Also, ist Jona da?«

Scarlett nannte ihn Jona, wie jeder, der ihn näher kannte. Es schnürte Annie die Kehle zu. Was wollte die von ihm? Das Wort *Freund* von vorhin hallte in ihrem Kopf nach. Nachdenken, Annie, nachdenken.

»In welcher Angelegenheit darf ich Sie denn zu Mister Holden durchstellen?« Das war ein geschickter Schachzug, so würde sie zumindest erfahren, was diese Scarlett von Jona wollte.

»Ich möchte wissen, wann genau er in San Francisco eintrifft und wie lange er zu bleiben gedenkt. Schließlich möchte ich planen … aber ich weiß wirklich nicht, was Sie das angeht«, gab die Frauenstimme schnippisch zurück.

»Nun, ich stelle Sie jetzt durch, Miss Winestein.« Annies Finger zitterten, als sie Jonas Durchwahl wählte. Er flog nach San Francisco, sobald ihr Deal vorbei war. Er flog zu Scarlett, natürlich. Und er hatte ein Doppelzimmer reserviert.

Es tutete endlos in der Leitung, dann hob Jonathan ab. »Annie, ich kam noch nicht dazu, dir zu antworten. Später.« Er klang so, als sei er im Begriff, direkt wieder aufzulegen.

»Scarlett für dich in der Leitung.« Annie schmetterte die Worte durchs Telefon, als wolle sie ihm eine Ohrfeige verpassen. Deutlich hörte sie, wie Jona scharf die Luft einsog und sah vor ihrem inneren Auge, wie er sich über den Dreitagebart strich, wie immer, wenn ihm etwas unangenehm war.

»Stell sie durch«, wies er knapp an. »Danke.«

Zu gerne wäre Annie in der Leitung geblieben. War Scarlett Winestein überhaupt die Scarlett? Eine Frage war es wert: »Jona, bevor ich sie durchstelle, wer ist …«

»Stell sie durch!«, unterbrach er sie barsch.

Wutschnaubend knallte Annie den Hörer auf und verschränkte die Arme über der Brust. Wollte sie wirklich für *den* Lasagne kochen? Er hätte wenigstens etwas netter sein können.

Ihre Lippen schürzten sich automatisch zu einem Schmollmund. Nicht vorschnell urteilen, das hatte sie doch heute erst von Pete gelernt. Also betete sie sich vor: *Scarlett heißen viele Frauen, es musste nicht die Scarlett sein. Vielleicht ist sie eine geschäftliche Freundin, die er in San Francisco treffen möchte.* Sie konnte es drehen und wenden, wie sie wollte, es hinterließ einen fiesen Fußabdruck in ihrem Gedächtnis, noch einen. Jonathan Holden hatte so viele Geheimnisse, ein einziger Lasagneabend würde nicht reichen, um diesen mysteriösen Mann zu verstehen. Es pingte mitten in ihre Überlegungen hinein.

VON: jonathan.elia.holden@holden.com
AN: angelina.clark@holden.com

Gibst du etwa zu, einen Fehler gemacht zu haben?
Bin ich vielleicht doch kein so furchtbarer Kerl, wie du es gerne hättest?

Lasagne klingt toll. Ich freue mich.
Bis nachher
Jona

In Ralphs Supermarkt war so viel los gewesen wie am Tag vor Thanksgiving. Ging morgen die Welt unter, und Annie wusste als Einzige nichts davon? Mit den Zutaten bewaffnet, machte sie sich in der Küche zu schaffen. Die letzten beiden Becher Crème fraîche aus dem Kühlregal hatte sie einer älteren Lady mit grauer Flechtfrisur vor der Nase weggeschnappt.

Lilo bezeichnete ihr Lasagnerezept als *Todsichere Lasagne*, da man wirklich nichts falsch machen konnte, selbst Annie mit ihren zwei linken Kochhänden nicht.

So stand sie am Küchenblock und schnippelte Zwiebeln, während ihr die Tränen über die Wangen kullerten. Zwiebelschneiden gehörte nicht zu den Dingen, die sie gerne tat, aber in diesem hochfunktionalen Arbeitsbereich machte selbst das irgendwie Spaß. Beherzt stellte sie das Küchenradio an, und es ertönte Sophias mexikanischer Lieblingssender, der aktuelle Charts und traditionelle mexikanische Musik spielte. Beschwingt ließ sie ihre Hüften in dem schwarzen Maxirock kreisen und bekam ein Gefühl dafür, wie die kleine Teekanne Sophia sich vermutlich in dieser Küche fühlte.

»Du hättest auch die Küchenmaschine nehmen können, um die Zwiebeln zu zerkleinern«, hörte sie Jonas Stimme vom Türrahmen aus sagen.

Die Haare an ihren Armen stellten sich auf. Erschrocken drehte sie sich um und war sich sofort im Klaren darüber, er stand nicht erst seit einer Sekunde dort. Viel eher machte er den Eindruck, sie beim Tanzen beobachtet zu haben. Seine

Lippen zogen sich zu dem lausbübischen Grinsen auseinander, das sie schon lange nicht mehr bei ihm gesehen hatte. Er hatte sich umgezogen und trug eine Jeanshose und ein türkisblaues T-Shirt, das die Farbe seiner Augen und seines leicht gebräunten Teints noch mehr in den Vordergrund rückte. Annie wusch sich die Hände und heizte den Backofen vor.

»Wie kann ich dir helfen?«, erkundigte er sich freundlich und kam auf sie zu.

»Ich brate kurz das Hackfleisch mit den Tomaten an. Dann schichte ich alles. Du kannst danach die Crème fraîche und den Raspelkäse darauf verteilen.« Nur zu gerne gab sie ihm eine Aufgabe, damit er sie nicht weiter taxierte.

»Craime fraîche?« Als Italiener musste er das wohl fragen. »Keine Béchamelsoße?«

»Es schmeckt ganz großartig. Verlass dich drauf.« Sie schichtete die Teigplatten und die Tomatensoße übereinander. Schweigend griff er über sie hinweg nach den Bechern mit dem Sauerrahmzeug und dann noch einmal nach der Plastiktüte mit dem geraspelten Mozzarellakäse. Hatte er Parfum aufgetragen? Versehentlich berührte er ihr Handgelenk und sie bekam eine leichte Gänsehaut.

Ohne sie aus den Augen zu lassen, leckte er den Löffel mit der Crème fraîche ab. »Lecker«, sagte er und ließ auf seinen Wangen Grübchen entstehen. Sie würde auf der Stelle mit ihm schlafen. Hier und jetzt. Verdammt.

Anschließend schnitt er die Käsetüte auf und verstreute die Mozzarellaraspeln auf der Crème fraîche. Fast kam Annie das gemeinsame Kochen romantisch vor, wären da nicht die drängenden Fragen gewesen.

Jona nahm zwei Pastateller aus einem der Schubladenschränke. »Essen wir in der Küche?«, fragte er, wobei er die Teller auf dem Küchenblock platzierte. »Als Kind habe ich das sehr oft getan und dabei Sophia zugeschaut. Ich weiß nicht, wann ich das letzte Mal hier gesessen habe.«

»Du isst in der Regel ja ohnehin kaum, und wenn, dann nicht zu Hause.« Annie beförderte die Lasagne in den Ofen.

»Was heißt schon zu Hause?« Geschäftig suchte er in den Schubladen und fand Servietten. »Hast du das mit Howard Banks übrigens mittlerweile verdaut? Denn wenn diese Sache immer noch zwischen uns steht, dann ...«

»Ich habe es verstanden.« Annie nickte betrübt. »Das hätte ich niemals von ihm gedacht.« Tatsächlich konnte sie es immer noch kaum glauben, dass Familienvater Howie zu so etwas fähig war. Trotzdem war sie nicht bereit, Jona seine Rohheit so schnell zu verzeihen. »Aber du hättest es mir doch in einem Satz erklären können.«

»Hättest du mir geglaubt?«

»Es wäre auf einen Versuch angekommen, findest du nicht?«

»Die Finanzbranche hat einige schräge Vögel und noch mehr Lügner und Betrüger zu bieten«, sagte Jona trocken. Einen Moment schwiegen sie sich an.

»Und in welche Kategorie fällst du? Schräger Vogel passt auf jeden Fall.« Dabei tippte Annie gegen seine Stirn, woraufhin er einen Schritt auf sie zu machte. Sie versuchte zurückzuweichen, was nicht funktionierte, da sie soeben mit der Hüfte an die Spüle gestoßen war.

»Du fällst jedenfalls in keine Kategorie, Süße ... wobei, einen Vogel hast du auch. Einen ziemlich großen, bunten sogar.«

»Sehr witzig, Mister Holden. Ich glaube ohnehin nicht, dass ich in eure Branche passe. Sieh mich doch mal genauer an: Ich bin das Mädchen, das du am Lily Pond kennengelernt hast, die Frau ohne Job und ohne Schuhe an den Füßen.«

»Das weiß ich, Annie«, raunte er und bedachte sie mit einem vielsagenden Blick.

»Du warst so abschreckend an dem Tag, an dem du Howie gefeuert hast. So kalt.« Es fühlte sich seltsam an, ihm das zu sagen, und sie hoffte, er würde sich nicht gleich wieder in sein Schneckenhaus ohne Gefühle verkriechen.

»Ich habe mich sehr über Howard geärgert. Wir haben ihm vertraut.« Er legte eine Hand an seine Schläfe, als habe er Kopfschmerzen. »Ich musste ihn rausschmeißen, und zwar schnell. Und ich habe nichts dazu gesagt, weil ich keinen Sinn darin sehe, Howie vor Publikum durch den Dreck zu ziehen.«

Sie war sprachlos. Immerhin hatte sie ihm unterstellt, er habe Howard aus reiner Boshaftigkeit gefeuert. Im Erdboden zu versinken wäre jetzt ausgezeichnet.

»Möchtest du dazu sonst noch etwas wissen? Oder vielleicht etwas sagen?« Jona legte den Kopf schief.

»Ich hätte dich nicht vorschnell verurteilen sollen«, presste sie hervor. »Tut mir leid.«

»Aber das tust du doch die ganze Zeit. Ich habe mich schon daran gewöhnt.« Mit den Fingern betastete er die Narbe in seinem Gesicht, was ihr wie eine Angewohnheit vorkam, insbesondere, wenn er versuchte, seine Verlegenheit zu überspielen. Sie konnte nicht anders, als ihn dabei zu beobachten.

»Woher hast du die eigentlich?«, fragte sie schließlich.

Statt sofort zu antworten, kaute er kurz auf seiner Unterlippe. »Hast du noch mehr Fragen?«, sagte er desinteressiert und kramte aus der Abstellkammer die zwei Barhocker hervor, die Sophia offensichtlich weggestellt hatte.

»Ich hätte wirklich ein paar Fragen«, gestand Annie und drehte an dem Stoff ihres Rocks.

Er schüttelte den Kopf. »Du traust mir immer noch nicht, oder?«

Sie zuckte mit den Schultern.

»Ich beantworte dir gerne, was du wissen möchtest, aber verurteile mich nicht, ohne dass ich mich verteidigen kann. Das ist meine einzige Bedingung.« Mit diesen Worten schob Jona seinen Hocker näher an Annies Sitzplatz heran. »Also?«

»Es könnte ein kleines Verhör werden«, warnte sie ihn.

»In dem Fall: Was hältst du von einer Runde Wahrheit oder Pflicht, während wir auf die Lasagne warten? Das wäre nur fair, finde ich.«

»Jonathan Holden möchte also etwas spielen?«, fragte Annie mit einem koketten Lächeln.

»Warum nicht? Dann habe ich wenigstens auch etwas davon«, sagte er und grinste.

Warum sah dieser Kerl eigentlich so verdammt gut aus?

»Ich fange an, Miss Clark. Wahrheit oder Pflicht?« Jona hob die Brust und schien richtig Lust auf ein Spiel mit dem Feuer zu haben.

»Wahrheit. Ich habe keine Geheimnisse.« Sie schielte zur Backofenuhr. Der Countdown lief. Scarlett und das Einkaufszentrum geisterten durch ihren Kopf.

Jona rieb sich die Hände und schaute, wie sie fand, ein bisschen dämonisch. »Wahrheit also. Wie findest du meinen Bruder Ed? Wie schätzt du ihn ein? In drei Worten.«

»Attraktiv …« Es war leider das Erste, das ihr einfiel.

»Habe ich nicht anders erwartet.« Jona rollte mit den Augen.

»Sympathisch. Klug.« Nach dem letzten Wort machte Annie mit den Händen eine Bewegung, die signalisierte, sie würde nichts weiter dazu sagen.

Jona ließ ihre Antwort im Raum stehen. »Pflicht.«

»Pflicht, Jona? Kannst du nicht Wahrheit nehmen?«, forderte sie ihn auf.

»Machst du hier die Regeln? Ich nehme, was ich will.« Mit den Fingern schob er sich etwas übrig gebliebenen Käse aus der Plastiktüte in den Mund.

»Also gut.« Sie ärgerte sich, weil sie sich eine Pflichtaufgabe überlegen musste und nicht fragen konnte, wer Scarlett war. »Zwanzig Liegestütze.«

Mist, das war zu harmlos. Er grinste so breit wie noch nie, ließ sich direkt vor ihr langsam auf die Küchenfliesen nieder, und sie konnte sehr deutlich seine angespannten Oberarmmuskeln erkennen. Immerhin konnte sie auch sehen, dass das T-Shirt einen Rückenprint hatte – ein Krokodil oder was das war. Es war ziemlich breit, sein Rücken auch. Ihn so dicht vor sich auf dem Boden liegen zu sehen, verschaffte ihr für einen kurzen Moment ein ungewohntes Gefühl der Überlegenheit.

Wie eine Raubkatze sprang er mit einem Satz zurück auf die Füße, die winzige Sportübung hatte ihn nicht sonderlich angestrengt. Ihr Hochgefühl war wie weggeblasen.

»Miss Clark, ich bin dran.« Er fuhr sich durch die Haare und lachte, als er sich wieder auf dem Hocker niederließ.

»Pflicht.« Einfach nur, weil sie nicht als Weichei dastehen wollte.

»Pflicht?«, wiederholte er und zog mit dem Finger gelassen eine unsichtbare Linie auf der Holzarbeitsfläche. Dann lehnte er sich genüsslich zurück und kreuzte die Arme. Dabei sah er sie prüfend an. »Gib deinem Mitspieler einen Kuss auf die Wange.«

Annie schnappte nach Luft, dann prustete sie los. »Mister Holden, wie alt bist du? Das ist doch albern.«

»Na ja, es ist für dich doch sicher eine ziemliche

Überwindung, mich zu küssen. Das ist doch der Sinn des Spiels, oder nicht? Wenn du nicht mitmachst, erkläre ich das Spiel für beendet.« Seine verführerischen Augen blitzten auf.

Weichei oder kein Weichei?

Schon wieder dieser Wackelpudding im Kopf.

Schnell beugte sie sich vor, fasste mit einer Hand an seine Schulter, um sich festzuhalten, und drückte ihm einen Kuss auf die Wange. Anschließend schaute sie auf ihre Rockfalten, als müsse sie die dringend glatt streichen. Ihre Lippen brannten wie Feuer trotz des keuschen Wangenkusses. Sie wollte ihn, jetzt sofort.

Für einen Augenblick fixierte er sie, ernst, ohne ein Wort. Dann rutschte er von dem Barhocker herunter und stellte sich direkt vor sie. Sanft fasste er ihr mit einer Hand in die Haare. Einen kurzen Moment lang, als sein Gesicht sich ihrem langsam näherte, wünschte sie, er würde sie jetzt auf den Mund küssen. Stattdessen hauchte er ihr auch einen Kuss auf die Wange. Sie vermied es, darüber nachzudenken, ob sie wieder einmal rot wurde, und schob ihn leicht von sich weg. Ein feines Lächeln huschte über ihr Gesicht. Auch wenn es ihr gefallen hatte, er hatte gerade ihren Plan durchkreuzt.

Sie schaute an ihm vorbei auf die Uhr, nur noch drei Minuten. Ihre Knie fühlten sich ganz weich an. Trotzdem, jetzt oder nie.

»Das Haus meiner Mutter. In der Yellow Bird Road 201.« Sie machte eine Pause, um ihm die Gelegenheit zu geben, darauf zu reagieren. Aber Jona fuhr sich nur stumm über das Shirt. Es war zugegeben keine perfekte Überleitung.

»Was ist mit der 201?«

»Eure Immobiliensparte plant in der Yellow Bird den

Bau eines Einkaufszentrums mit einem angeschlossenen Bürokomplex. Auf dem Grundstück meiner Mutter. Jona, die Immo Group macht Lilo Druck, das Haus zu verkaufen. Und sicherlich auch der Bank, um das Bauland so schnell wie möglich erwerben zu können.« Sie beobachtete, wie er hart schluckte.

»Annie, ich habe keine Ahnung, wovon du sprichst. Immobilien sind Bens Resort. Wie dem auch sei, deine Mutter konnte die Raten nicht zahlen, deshalb steht euer Haus auf der Kippe. Das ist nicht die Schuld meines Vaters oder unserer Firma.«

Sie starrte ihn an. Auch wenn er recht hatte, war das ganz sicher nicht das, was sie hören wollte. Er hätte wenigstens sagen können, er kümmere sich darum. Er hätte lachen und ihr zustimmen können, was für eine Schnapsidee das mit dem Einkaufszentrum in Hillcrest war. Ihr versprechen, alles Menschenmögliche zu tun, um das Haus der alleinerziehenden Lilo und ihres autistischen Sohnes zu retten.

»Wenn du unsere Vereinbarung einhältst, ist das ja ohnehin kein Thema mehr. Du bekommst von mir das Geld und kannst das Haus auslösen«, sagte er etwas zu schroff.

»Heißt das, ich bekomme das Geld auch wirklich?«, hakte Annie trotzdem nach.

»Ich habe dir schon einmal gesagt, ich stehe zu dem, was ich verspreche.« Jona sah ihr fest in die Augen.

»Dann ist ja gut.« Sie konnte nur hoffen, er meinte es ernst.

Mitten in die Unterhaltung hinein piepte die Backofenuhr.

»Die Lasagne ist fertig.« Annie streifte die Backofenhandschuhe über. Zumindest vorläufig war das Frage-Antwort-Spiel beendet. Ohne Antworten.

Während sie aßen, spielte Jona mit der Gabel und der Serviette herum, was einen beunruhigenden Eindruck auf sie machte. »Carla Belini kommt morgen wegen des Interviews«, sagte er dann.

»Morgen? Also weiß bald die ganze Welt von uns.« Sie ließ fast die Gabel in ihren Schoß fallen.

»Die Zeitung heißt California Globe und nicht World Globe.« Sein Blick tastete den Tisch offensichtlich nach Getränken ab. Er stand auf, griff zwei Gläser aus einem der Oberschränke und goss stilles Wasser ein.

»Wir könnten auch Wein trinken«, warf Annie ein. »Vielleicht wird es dadurch etwas entspannter.«

»Könnten wir«, sagte er knapp. »Mit dem Artikel im Globe wollen wir jedenfalls Vertrauen wecken. In unseren Konzern und in mich als Führungskraft.«

»Vertrauen?« Sie sah ihn streng von der Seite an, während er die Gabel zum Mund führte. »Wie soll ich meiner Mutter erklären, dass ich ausgerechnet mit dir zusammen bin? Dem Kerl, dessen Firma versucht, ihr das Haus abzuluchsen.«

»Annie, wie oft noch? Das Haus steht auf einem völlig anderen Blatt. Wenn du das Geld von mir bekommst, hat sich das mit dem Haus erledigt.« Angestrengt winkte er ab und verzog ein bisschen das Gesicht. »Wirklich interessant, die Lasagne.«

Annie hob die Augenbrauen.

»Schmeckt irgendwie speziell ... vielleicht wegen der fehlenden Béchamelsoße«, sagte er und verstummte kurz. »Nein, sie schmeckt wirklich großartig!«

»Und wie wird dein Vater es finden, wenn du dafür verantwortlich bist, dass er keine Mall in der Yelllow Bird Road bauen kann?« Nur zu gut konnte sie sich Ben Holden vorstellen, der auf den Gängen des Holden-Gebäudes umherstreifte wie ein schnaubender Stier in einer Stierkampfarena. Oder aber er würde Annie direkt auf die Hörner nehmen.

»Wir können in alles Mögliche investieren. Wenn alles gut läuft, hat mein Vater bis dahin die Klausel ohnehin streichen lassen, und ich bin der rechtmäßige Nachfolger. Baut Ben eben woanders seine Mall, wenn er das unbedingt will.« Demonstrativ trank Jona einen Schluck Wasser.

»Dann sag ihm das bitte genau so«, beharrte sie ungehalten. »Er soll seinen Blödsinn woanders bauen und meine Mutter in Ruhe lassen.«

»Momentan sehe ich keine Veranlassung dazu mich ausgerechnet vor meinem Vierzigsten mit meinem Vater anzulegen«, konterte er nüchtern. »Du weißt doch, worum es für mich geht.«

Das lief ja prima.

Sie war sauer auf Jona, aber vor allem war sie sauer auf Ben. »Manchmal frage ich mich wirklich, was deine Mutter an deinem Vater gefunden hat«, rutschte es Annie heraus, und sie hätte es am liebsten zurückgenommen, spätestens in dem Moment, als Jona sein Besteck geräuschvoll auf den Tellerrand knallte und nicht so aussah, als würde er einen weiteren Bissen Lasagne anrühren.

Eine dicke Zornesfalte war auf seiner Stirn erschienen. »Meine Mutter ist tot. Und sie hat ihn geliebt.«

Natürlich hatte sie das, warum auch immer. Der alte Griesgram war kein Traumtyp, gewiss nie gewesen. »Ich wollte nicht …« Annie rang nach Worten. »… über deine Mutter urteilen. Also … eigentlich. Eigentlich wollte ich gar nichts«, versuchte sie es wieder mal gutzumachen, indem sie es schlimmer machte. Jona sah sie an, als würde er ihre Gedanken erraten. Ruckartig stand sie auf und begann mit schwitzigen Händen abzuräumen.

Nachdem sie die Teller und das Besteck in die Spüle gestellt und die Auflaufform im Kühlschrank verstaut hatte, hielt sie die Stille nicht mehr aus. Vielleicht war es das Beste, ihn alleine zu lassen. Stumm stellte Jona sein Wasserglas neben ihres in das Waschbecken. Mit beiden Armen auf den Marmorrand des Spülbeckens abgestützt, stand er in gebückter Haltung da. Gerade als sie hinter seinem Rücken aus dem Raum gehen wollte, brach er sein Schweigen. »Du willst wissen, was mit meiner Mutter passiert ist?«

»Ja«, sagte sie leise. Und ob sie das wissen wollte.

»Meine Mutter ist bei einem Unfall ums Leben gekommen.« Seine Armbeuge knickte etwas ein, weil er sich so stark auf die Arme stützte, als habe ihm jemand zwanzig Säcke Sand auf den Rücken geladen. Er atmete tief ein, und es war Annie unmöglich, zu sagen, ob er nicht weitersprechen konnte oder es nicht wollte.

»Wie lange ist das her?«

»Zehn Jahre.«

Jona war also neunundzwanzig, Ed sechzehn Jahre alt gewesen. Fünf Jahre nachdem sie das Tagebuch geschrieben hatte, war Elisabetta Holden tot. Annie schluckte. Jona war im Gegensatz zu seinem Bruder zu diesem Zeitpunkt erwachsen, kein pubertierender Teenager mehr. »Zehn Jahre ist eine lange Zeit«, sagte sie, was total unpassend klang.

»Ich war schuld.« Seine Stimme brach, und seine Worte hallten im Raum, als stünden sie in einer leeren Lagerhalle. Noch immer drehte er sich nicht um.

»Was ist denn genau passiert?«, stammelte sie. »Warum solltest ausgerechnet du schuld am Tod deiner Mutter sein? Es war ein Unfall, das hast du doch gesagt.« Vorsichtig trat sie näher; ohne ihn zu berühren, spürte sie die

Wärme seines Körpers.

Langsam ließ er die Granitbrüstung des Spülbeckens los und drehte sich zu ihr um. Er senkte den Kopf. »Wenn ich dir das sage, wirst du mich mit anderen Augen sehen. So wie mein Vater, so wie alle. Das möchte ich nicht.«

»Erzähl es mir.« Die angedeutete Umarmung hätte sie sich sparen können, denn er wich vor ihr zurück, als ob er sich an ihr verbrennen könnte. Sie atmete aus und musterte den Nachtisch, der vergessen auf der Arbeitsplatte wartete. »Möchtest du Tiramisu?«, fragte sie steif und fühlte sich unsäglich hilflos, weil ihr nichts Besseres einfiel. »Das Rezept habe ich aus Sophias Kochbuch, und ich glaube, es ...«

»Ich möchte kein Tiramisu, und ich möchte nicht mehr reden.« Er schloss kurz die Lider und wandte sich ab. »Ich gehe duschen. War viel los im Büro.«

Mit diesen Worten verließ er den Raum, und sie konnte hören, wie er in das Badezimmer im Erdgeschoss ging und die Tür abschloss. Kurz darauf hörte sie das Wasser in die Duschwanne plätschern. Sie gab sich einen Ruck, hastete den Flur entlang bis zur Badezimmertür und hämmerte mit aller Kraft dagegen.

»Annie, lass das. Du ruinierst das Holz.« Er hatte sich ein Frotteehandtuch um die Hüfte geschlungen, als er die Tür aufriss. Es machte ihr nichts aus, wie unterkühlt er sich vor ihr aufbaute. Das würde sie nicht aufhalten – im Gegenteil.

»Jona, du kannst nicht immer davor weglaufen.« Annie drängte sich in den Türspalt, den er unwillig offen hielt. In ihrem Faltenrock, der ihr bis an die Knöchel reichte, stand sie barfuß vor ihm. Die Flipflops hatte sie während des Essens von den Füßen gestreift und unter dem Tisch vergessen.

»Hör auf«, sagte er verstört und schob sie sanft in

den Flur zurück.

»Das kann ich nicht.« Annie wand sich aus seinem Griff und machte einen entschlossenen Schritt auf ihn zu. Er ließ erst die Tür los, als sie ihm ihre Arme um den Nacken legte und sich an ihn drückte, so als dürfe er sie nie wieder alleine lassen.

»Ich bin nicht gut für dich, glaub mir«, sagte er. Doch nichts konnte sie jetzt davon überzeugen, sich von ihm fernzuhalten. Seine Hände befanden sich auf ihrer Taille, und er hätte ihren Körper nur energisch wegschieben müssen, wenn er das gewollt hätte. Sie merkte, wie sich sein Atem beschleunigte und wie er versuchte, dies zu kontrollieren.

Die Anspannung erfasste jeden Zentimeter ihrer Haut. »Es gibt Momente, in denen man schwach sein darf, Jona.« Sie drängte sich noch näher an ihn und fühlte seine Zerrissenheit. Dann hob sie das Kinn und zog sein Gesicht zu sich heran, um ihre Lippen auf seine zu pressen. Was auch immer danach passieren würde, es war ihr in diesem Augenblick vollkommen egal.

Erst hob er abwehrend die Hände bei ihrem Kuss, dann gab er nach und umschlang ihre Taille; küsste sie wie ein Ertrinkender, was ihr beinahe den Atem und den Verstand raubte. Ihre Gefühle übermannten sie, und sie wusste nicht mehr, ob sie weglaufen oder von ihm geküsst werden wollte, immer und immer wieder. Seine Hand glitt unter ihre Bluse und sie schnappte nach Luft. Das Verlangen schoss in einer unsäglichen Hitzewelle durch ihren Unterleib.

Er schob ihren Rock hoch und hob sie auf seine Hüften. Begierig drängte sich seine Zunge in ihren Mund, er stöhnte auf. Mit sanfter Gewalt drückte er ihren Rücken so heftig gegen die Badezimmertür, dass diese metallisch ins Schloss knallte. Sie wünschte, er würde nie mehr damit aufhören, sie zu berühren.

»Du solltest immer bei mir sein, Angelina Clark. Immer«, stieß er atemlos hervor.

Ihr Körper bebte unter seinen zärtlichen Berührungen und sie schlang ihre Arme um ihn, in der blinden Hoffnung, nichts könne sich jemals zwischen sie drängen.

Kaffeeduft stieg ihr in die Nase, aber sie wollte ihre Augenlider noch nicht öffnen. Auf keinen Fall sollte es schon vorbei sein. Sie träumte sich zurück in die vergangene Nacht … wie sie eng ineinander verschmolzen versuchten, diese Nacht nie enden zu lassen … wie seine Muskeln auf ihre Berührungen reagierten … sie presste die Schenkel aneinander und spürte seine Bewegungen nach, hörte sein Stöhnen an ihrem Ohr, die geflüsterten Worte … sah den Schweißfilm glitzern, der sich auf seiner Haut gebildet hatte.

Schließlich musste sie mehrfach blinzeln und sich die Augen reiben, um wenigstens halbwegs wach zu sein. Das Gefühl in ihrer Mitte und die beiden tätowierten Sterne, die auf seiner Hüfte im Halbdunkel verblichen ausgesehen hatten, blieben in ihrem Gedächtnis hängen, als sich seine Worte langsam in ihre Wahrnehmung vorarbeiteten.

»Guten Morgen«, flüsterte er und küsste sie auf die Stirn. Sie wickelte die Bettwäsche eng um ihren Körper und nahm die Kaffeetasse entgegen. Noch bevor sie ihre Emotionen richtig sortieren konnte, ertönte die Hausklingel, und kurz darauf hörte sie Carla Belinis aufgedrehte Piepsstimme unten im Flur. Was wollte denn ausgerechnet die jetzt hier? Leise lächelte Annie in sich hinein, als sie den barschen Tonfall von Sophia erkannte, die genau dieselbe Frage stellte.

»Hat Mister Holden mich vergessen oder Ihnen unter

Umständen nichts gesagt? Das ist ja eine tolle Begrüßung.« Annie konnte sich bildlich vorstellen, wie Miss Belini ihre Lockenbobfrisur in Form schob.

»Sophia ist nicht besonders einfühlsam heute Morgen. Geh ruhig noch duschen. Ich halte Carla so lange in Schach«, sagte Jona und verschwand nach unten.

Die Reportage. Das hatte sie völlig vergessen. Als Annie aus dem Bett in Richtung Badezimmer tapste, vernahm sie Jonas sachliche Stimme durch den Türspalt. »Carla, kommen Sie herein. Es tut mir leid, dass ich die frühe Terminierung heute Morgen allem Anschein nach vergessen habe.«

»Ach, das ist doch kein Problem. So schön haben Sie es hier. Es ist wahnsinnig beeindruckend«, übertrieb die Belini. »Das wird besonders die Leserinnen des Magazins interessieren. Wie lebt er denn, unser begehrtester Junggeselle?«

Junggeselle?

Annie spitzte die Ohren. Der Kameraauslöser klackerte, als Jona sagte: »Ich möchte jedes einzelne Bild sehen, Miss Belini. Nichts geht ohne mein Einverständnis an die Öffentlichkeit. Ich denke, das ist klar.«

Da war er wieder, der geschäftsmäßige Unterton. Es war jedes Mal wie eine Verwandlung, fand sie.

Zwanzig Minuten später schritt Annie frisch geduscht und in einem eleganten Top ins Wohnzimmer, wo Miss Belini bei Kaffee und Keksen auf der Couch thronte, wie gewohnt mit Klemmbrett und Kamera bewaffnet. Was wollte sie von hier aus fotografieren, wofür sie dieses überdimensionale Objektiv benötigte? Sandkörner auf der Strandpromenade?

»Aha, das junge Fräulein wieder. Wie nett«, flötete die Belini. »Wohnen Sie in der Villa? Seit wann?« Überschwänglich streckte sie ihre manikürte Hand aus und musterte Annies Outfit.

Glücklicherweise rettete Jona die Situation mit einem Lachen, das sich mit einem Räuspern vermischte. »Sehr direkt, wie immer, meine liebe Carla. Noch Kaffee? Miss Clark ist meine Lebenspartnerin. Der Erfolg eines Familienunternehmens ist eine solide Basis, und das auch im privaten Bereich. Nicht wahr?«

Es war seltsam, ihm zuzuhören, wie er über sie sprach, so als habe sie lediglich eine Funktion. Trotzdem hob Annie das Kinn und streckte sich wie eine Marionette an ihren Fäden gen Zimmerdecke. Sie steckte die Hände in die Stoffhosentaschen und setzte sich gegenüber in den Ohrensessel. Die Beine überschlug sie gekonnt und legte sie leicht seitwärts, wobei sie sich ziemlich observiert vorkam.

»Lebenspartnerin, das ist ja interessant.« Ehe Annie blinzeln konnte, hatte die Journalistin auf den Auslöser gedrückt. »Sie sind ein schönes Paar. Mit der hübschen Dame hatte ich ja bereits das Vergnügen. Wie war noch gleich Ihr Name?«

»Annie. Angelina Clark«, stellte Annie sich vor und nickte Miss Belini zu, die sie mit einem Blick bedachte, der so viel aussagte wie *Wie kann es sein, dass dieser gutaussehende Geschäftsmann der A-Liga mit diesem jungen, unerfahrenen Ding zusammen ist?* Die Belini klimperte mit ihren falschen Wimpern.

Blöde Kuh.

»Wenn Sie sonst nichts mehr von Miss Clark wissen wollen, können wir ja fortfahren. Ich sprach eben über das soziale Engagement, dem wir uns in diesem und auch im nächsten Jahr verschrieben haben«, fuhr Jona unbeeindruckt fort und warf Annie einen schnellen *Du machst das prima*-Blick zu.

»Es ist wichtig für uns, Menschen, die nicht die gleichen Chancen haben wie wir, zu integrieren und zu unterstützen.«

Annie kniff die Augen zusammen. Das war ihm also wichtig?

»Wie sieht diese Art Sponsorship denn konkret aus? Sind Sie auch in anderen Bereichen engagiert?«, wollte Carla Belini wissen. Der Reporterkugelschreiber huschte über das Papier von Carlas Klemmbrett, und Annie fragte sich, wozu ein Aufnahmegerät auf dem Couchtisch postiert war.

»Zunächst unterstützen wir das Zentrum für Autismus in San Diego«, begann er trocken.

Wie bitte? Es traf sie wie ein Blitzschlag. Wie konnte es sein, dass sie das nicht wusste? Zugegebenermaßen hatte sie mit Jona noch nicht wirklich über ihren Bruder gesprochen, genauso wenig wie sie über Ed und seine Frau geredet hatten. Zu viele andere Dinge dominierten ihre gemeinsamen Unterhaltungen. Vom sozialen Engagement der Holden-Gruppe, ausgerechnet an Marcs Zentrum, war ihr jedenfalls nichts zu Ohren gekommen.

»Es ist lediglich eine finanzielle Hilfe, mehr können wir in diesem Moment nicht tun. Ich war natürlich selbst dort und werde nächste Woche den Scheck überreichen. Einige Renovierungsmaßnahmen sind nötig und die Projekte sind wirklich toll, absolut unterstützenswert. Natürlich sind wir auch sportlich engagiert und sponsern unseren lokalen Baseballverein San Diego Padres. Die vergangene Saison …« Jona fuhr fort, aber Annie hörte nicht mehr zu. Er war an dem Ort gewesen, an dem ihr Bruder einen Großteil seiner Zeit verbrachte. Sie erinnerte sich noch gut daran, wie Lilo für Marc um einen Platz dort gekämpft hatte.

Mister Holden, in welcher Beziehung stehen Sie zu einer

gewissen Scarlett Winestein?, hörte Annie in Gedanken die Frau mit der Marilyn-Frisur fragen. Doch leider interessierten Miss Belini die wirklich prekären Dinge nicht. Stattdessen wollte sie neben den geschäftlichen Themen wissen, was Jona morgens zum Frühstück aß.

»Mister Holden, genau das beschäftigt unsere Leserinnen, und ich sage bewusst Leserinnen«, spuckte Miss Belini aus. »Das bringt Auflage, und Auflage bringt Gerede, und Gerede bringt Erfolg.« Beifallheischend sah sie sich um. »Ist es nicht so, Miss Clark?«

Ganz offensichtlich erwartete sie keine Reaktion von Annie. Wenn Annie gekonnt hätte, dann hätte sie mit den Augen gerollt, aber sie wollte sich nicht kindisch verhalten.

Jona faselte irgendetwas von Rührei und Bagels und Tee. Warum diese Information die Leserinnen des Globes flatterig machen sollte, verstand Annie allerdings nicht. Ob Miss Belini noch nicht kapiert hatte, dass Jona kein Junggeselle mehr war?

Abrupt stand er auf, kam zu ihr herüber, zog sie sanft aus dem Ohrensessel und legte den Arm um ihre Taille. Spätestens jetzt würde Miss California Globe es verstehen.

»Wir, Annie und ich, zeigen Ihnen gerne das Haus, und ich erinnere Sie noch einmal daran, dass ich jedes Foto, das abgebildet wird, vorher sehen will«, konstatierte Jona, während er Annie eng an sich drückte.

»Darf ich ein Foto von Ihnen und Ihrer Verlobten in den Artikel setzen?«, fragte die Journalistenschlange hinterhältig.

Verlobte? Die verdrehte einem das Wort im Mund.

»Nein.« Zum ersten Mal hatte Jona etwas energischer geantwortet. »Eine kleine Führung und maximal noch zwei Fotos von den Räumlichkeiten, dann ist unsere Zeit um.« Diesmal sah er ungeduldig auf die Standuhr in der

Ecke des Esszimmers. Was er nur immer mit der Zeit hatte.

Wie viele Stunden waren es noch?

Am liebsten hätte Annie sich selbst für ihre schauspielerische Leistung auf die Schulter geklopft. Ein klein wenig hatte sie es sogar genossen, die Frau an Jonas Seite zu sein. Trotzdem war sie stark beunruhigt, ihre Mutter könne diese Neuigkeiten eventuell lesen, dabei las sie den Globe gar nicht und Walther und Kirsten normalerweise auch nicht. Es bestand also kaum Gefahr. Fast hätte sie im Auto auf dem Weg zur Arbeit angefangen, fröhlich zu pfeifen, aber dieser Enthusiasmus kam ihr dann doch übertrieben vor.

Als sie nach einem langen Tag im Büro zurück in ihr Gästezimmer kam, fragte sie sich, ob sie tatsächlich mit Jonathan Holden zusammen war oder ob es nur um eine vertragliche Vereinbarung ging. Empfand sie etwas für ihn? Hatte er Gefühle für sie? Mist, verdammter. Das hatte doch ohnehin keine Zukunft. Ein beängstigendes Gefühl beschlich sie. Was, wenn die einundzwanzig Tage vorbei waren und ihr nicht mehr blieb als eine Erinnerung? Gedankenversunken hängte sie ihre Chiffonbluse in den Schrank und streifte dabei den mysteriösen Tresor mit einem Seitenblick. Noch mal: Was, wenn die einundzwanzig Tage vorbei waren?

Es kam ihr vor, als würde der Safe zu ihr sprechen. Vorsichtig ließ sie ihre Fingerkuppen über das Sicherheitstürchen gleiten. Nur gucken, nicht lesen. Schon hielt sie das grüne Büchlein in der Hand. Gucken war schließlich nicht so schlimm, belog sie sich selbst. Als sei es ein Versehen, schlug sie die Papierseiten auseinander und blätterte darin. Ungefähr in der Mitte überflog sie einen Textabschnitt:

›Wenn wir es nicht so nötig hätten, gerade im Moment, würde ich Jonathan dringend von dieser Heirat abraten. Aber der Imageverlust, den wir durch den Absprung von Bens wichtigstem Kunden erleiden, könnte uns das Genick brechen. Scarletts Familie mit ihren Charity-Veranstaltungen und ihrem alteingesessenen Status hier in Kalifornien ist wichtig für uns. Obwohl ich die aufgesetzte Art dieser Leute hasse.
Ich frage mich andauernd, ob er Scarlett überhaupt liebt?‹

Hatte er sie mittlerweile tatsächlich geheiratet? Annie linste auf das Datum. Elisabetta schien nicht täglich Eintragungen vorgenommen zu haben, vielmehr in Abständen von mehreren Monaten. Das Datum lag sechs Monate hinter dem ersten Eintrag. Handelte es sich um eine Zweckehe zwischen Jona und Scarlett, wenn überhaupt? Annie würde ihn fragen müssen, wenn sie das wissen wollte. Oder mehr lesen. Sie schielte auf die Seite, neben der, die sie gerade quergelesen hatte, und ein Satz sprang ihr ins Auge:

›Natürlich liebt er sie nicht. Wie könnte er?‹

Ihr Herz tat einen Hüpfer, und das, obwohl das Geschriebene fünfzehn Jahre alt war. Sie klappte das Buch zu und legte es zurück. Die bis heute bestehende Verbindung zu Scarlett verstand sie trotzdem nicht. Genauso wenig wie das, was sie bisher über den Unfalltod von Jonas Mutter wusste. Warum gab er sich die Schuld daran?

Es war wie ein mathematisches Gleichungssystem mit jeder Menge unbekannter Variablen.

Würde sie es lösen können?

8. Kapitel

Noch 13 Tage. Am darauffolgenden Morgen platzte Ed in Annies Büro und blieb breitbeinig vor ihrem mit Akten beladenen Schreibtisch stehen. »Deine Reportings, alles, was du bei mir ablieferst, macht dir das eigentlich Spaß?«

Sie war sich nicht sicher, ob er das als Frage oder als Anschuldigung meinte. Gab es einen Fehler in ihren Kalkulationen?

»Ehrlich gesagt, mag ich Zahlen«, gab sie zu und spielte an ihrem Kleeblatt-Armband. »Jetzt hältst du mich wahrscheinlich für verrückt.« Kira jedenfalls hielt sie für einen wild gewordenen Zahlenfreak, und das schon seit der Grundschule.

»Ich halte dich höchstens für verrückt, weil du mit meinem Bruder zusammen bist, ansonsten sehe ich dazu keine Veranlassung«, sagte Ed lachend. »Deine Arbeit ist fehlerfrei, und mir ist zu Ohren gekommen, dass du Elena bei den Kalkulationen für AGL Management unter die Arme gegriffen hast. Ich glaube, du wärst in meiner Abteilung deutlich besser aufgehoben. Pete findet das übrigens auch, und der bekommt ja eine ganze Menge mit.« Eds Gesichtsausdruck verriet, wie er den neurotischen Pete einstufte, und zwar als Klatschtante, was Pete zweifelsohne war. »Oder willst du wirklich weiterhin Reise- und Meetingpläne für Mister Holden junior machen?«

Nein, das wollte sie nicht. Was für eine blöde Frage.

Insgeheim interessierte Annie sich tatsächlich mehr für Eds Finanzabteilung. Nicht jeder liebte Datenverarbeitungs- und Zahlenprogramme so sehr wie sie. Schon immer fühlte sie sich in Gegenwart eines Tabellenkalkulationsprogramms mit komplizierten Formeln deutlich wohler als bei der Arbeit mit Textprogrammen. Sie wusste, Jona hatte genau das auch schon bemerkt. Sogar Dave war ihre Zahlenaffinität im Safe Haven nicht verborgen geblieben.

»Was genau willst du mir sagen, Ed?«

»Ich biete dir einen Job in meiner Abteilung an. Etwas mehr Gehalt, und du tust das, was dir Spaß macht. Gut, du würdest nicht mehr im einunddreißigsten Stock sitzen, sondern im dreißigsten. Ich wäre dein direkter Chef, aber ansonsten ändert sich nicht viel.« Seine klaren grünen Augen ruhten erwartungsvoll auf ihr. »Elena würde, ohne zu zögern, für Jona arbeiten. Sie hatte sich, kurz bevor du kamst, um Mirandas Stelle beworben. Elena ist eine hervorragende Mitarbeiterin, nur eben nicht in meinem Bereich. Ich bin überzeugt davon, sie wäre Jonas erste Wahl gewesen, wenn du ihm nicht begegnet wärst.«

O mein Gott, wie gerne würde sie zusagen. Ein bisschen mehr Abstand zu Jona, zumindest auf der Arbeit, täte ihnen beiden gut. Es fiel ihr schwer, zu verheimlichen, wie sehr sie sich über dieses Angebot freute.

Ed wertete Annies Gesichtsausdruck offenbar als Zustimmung. »Soll ich mit Jona reden?«, bot er sich an. »Ist doch Quatsch, jemanden wie dich hier oben versauern zu lassen, während wir unten mit Zahlenproblemen kämpfen.«

»Denkst du, ein Wechsel wäre eine gute Idee? Jona und du, ihr seid wie Schwarzpulver in einem Feuerwerkskörper. Vielleicht belassen wir besser alles so, wie es ist.« Jona wäre sicher alles andere als begeistert, wenn er von diesem Gespräch wüsste.

»Wie du meinst. War nur so eine Idee«, sagte der jüngste Holden. Er zwinkerte ihr zu und erreichte das, was er wollte: Es gefiel ihr nicht, eine Chance zu verpassen.

Nachdem Ed gegangen war, spazierte Annie ein paarmal um ihren Schreibtisch herum, um den Kopf frei zu bekommen. Jona hatte ihr eine Datei zugesandt, die einen Überblick über die Verbuchungen und die Bilanz einer ihrer Kunden darlegte. Sie sollte eine spezifische Fragestellung mit Ed und seinem Team klären. Es ging um eine Niederlassung in Korea, mal abgesehen von der Produktionsstätte in Europa. Annie war zwar kein Experte auf dem Buchhaltungsgebiet, aber sie erkannte auf einen Blick, wenn Zahlen sich nicht schlüssig darstellten. Manche Rechnungen ergaben keinen Sinn. Anscheinend war der Firma außerdem nicht klar, wie sie die Posten in Korea geltend machen sollte. Nachdem Annie sich eine Stunde intensiv mit der Materie beschäftigt hatte, fand sie gravierende Fehler.

Kurzerhand ging sie durch die Zwischentür in Jonas Büro. Ohne ihn zu Wort kommen zu lassen, legte sie ihm die Einzelheiten des Falls dar. Während ihres Monologs unterbrach er sie kein einziges Mal. Im Gegenteil, er folgte ihr aufmerksam und machte nur hin und wieder zustimmende *Hm*-Geräusche. Annie merkte, wie ihre Finger kribbelten, als hätte sie in einen Ameisenhaufen gefasst. Es handelte sich um mehr als einen übersehenen Zahlendreher in der Aufstellung. Jona lehnte sich neugierig über die Tabellenausdrucke und sah ihr etwas zu lange auf die komplexe Dezimalzahl, die sie sich kurzerhand mit Kugelschreiber auf ihren Handrücken notiert hatte. »Was ist das?«

»Was meinst du?«

»Er hat recht«, äußerte er statt einer Erklärung und musterte sie.

»Exakt. Ich habe recht«, bestätigte sie und stemmte die Arme in die Taille.

»Auch. Aber ich meinte eigentlich Ed. Du bist verrückt

nach Zahlen. Er hat behauptet, du würdest dich mit Kusshand darauf stürzen, und ich müsste anerkennen, wie viel besser du bei ihm als bei mir aufgehoben seist.« Erschöpft lehnte er sich in seinem Stuhl zurück und achtete auf ihre Reaktion. »Das war verdammt gut. Wie lange hast du dafür gebraucht?«

Ein Funke Stolz kroch in ihr hoch und huschte über ihr Gesicht. »Ed übertreibt.«

»Wünschst du dir, in seinem Team zu arbeiten?« Man konnte Jona wirklich nicht vorwerfen, warum er das wissen wollte, nur sein Tonfall hätte weniger anklagend sein können. »Möchtest du lieber bei ihm beschäftigt sein als bei mir? Sag schon! Ich sehe dich ehrlich gesagt ungerne in seiner Nähe.«

»Was hast du nur immer mit deinem Bruder?«, fragte Annie verständnislos.

»Die Frage ist eher, was Ed mit mir hat, und warum er sich immer überall dazwischendrängen muss«, schimpfte Jona und seine Augen blitzten düsterer als zuvor. »Aber wenn du unbedingt möchtest, tauschen wir ab morgen mit Elena. Sie hat in meinem Team ein paarmal ausgeholfen und sollte die Thematiken zügig beherrschen. Ich möchte aber, dass du vorerst oben sitzen bleibst und nicht in den dreißigsten ziehst.«

»Warum? Damit ich nicht neben Ed sitze?« Sein kleiner Eifersuchtsanfall gefiel ihr. »Alles klar, ab morgen dann.« Wenn sie könnte, würde sie jetzt die Faust in die Luft recken vor Freude. Stattdessen schluckte sie kurz.

»Annie, vermutlich sollte ich als Bruder so etwas nicht ausplaudern, aber Ed ist ein …« Jonas Handy unterbrach seinen Satz und er griff zum Telefon.

Ein was? Ein Hundenarr? Ein Diätfreak? Ein Spinner? Was wollte er ihr sagen?

»Ed, wenn man vom Teufel spricht. Ich habe keine Zeit. Was gibt es?« Jona drückte auf den Lautsprecherknopf, damit Annie mithören konnte. Wozu auch immer das gut sein sollte.

»Hi, Bruderherz. Ich habe mich ausgesperrt. Hab gerade gemerkt, dass ich keinen Haustürschlüssel habe. Kannst du mir nachher meinen Ersatzschlüssel vorbeibringen?«, hörte sie Ed sagen.

»Kannst du ihn dir nicht selbst abholen? Ich habe ihn an meinem Schlüsselbund und werde ihn bei Annie im Büro hinterlassen. Ich bin gleich in einem Termin mit AGL Management und muss mich dringend vorbereiten.« Jona stellte den Lautsprecher aus und verzog sich mit dem Handy ein paar Meter von Annie weg.

»Und noch was: Reiß dich in Zukunft zusammen«, raunte er. Angespannt rieb Jonathan sich mit der Handinnenfläche über die Augen. »Elena kann zu mir in die Abteilung wechseln.« Dann beendete er das Telefonat, und Annie tat so, als habe sie nicht gelauscht.

»Sorry, ich muss los, Süße. Ich schicke Ed eine E-Mail, dass der Wechsel schon ab morgen klargeht. Hab ich eben vergessen, ihm zu sagen. Ich bin wirklich nicht glücklich darüber, aber wenn es das ist, was du willst, freue ich mich für dich.« Er berührte sie sacht am Arm, als er an sie herantrat. Küsste er sie gleich? Er ging an ihr vorbei. Annie sah Jona nach, wie er in dem langen Unternehmensflur verschwand.

Ein paar Stunden später, kurz nach Mittag, stand Ed zum zweiten Mal an diesem Tag im Türrahmen von Annies Büro. In einer Hand hielt er ein breites Plastiktablett mit Sushi.

»Hi, ich wollte meinen Schlüssel abholen. Meine Frau ist ein paar Tage bei ihren Eltern zu Besuch.« Leiser fügte er hinzu: »Besonders viel Lust zu arbeiten hat die ja ohnehin nicht.« Es klang verärgert. »Jedenfalls habe ich mich heute Morgen ausgesperrt. Und eben kam mir der Gedanke, dass du sicher noch nichts gegessen hast. Hab ich recht?« Er ließ sich in den Ledersessel fallen und stellte das Tablett auf dem runden Glastisch ab. »Was meinst du, essen wir zusammen?« Er strahlte wie die Sonne am Coronado Beach.

»O, Ed. Du bist wirklich der Hammer.« Seit ungefähr zwei Stunden ignorierte Annie das Loch in ihrem Magen schon. Jetzt schob sie dankbar ihren Drehstuhl zu ihm hinüber und ergriff vergnügt die Essstäbchen, die Ed ihr direkt vor die Nase hielt. Geschickt nahm er ein Sushi-Röllchen zwischen seine Stäbchen und führte es in den Mund.

Annie fummelte weitaus weniger glamourös mit den Stäbchen herum, wobei sie stumm vor sich hin fluchte. Stäbchenessen hatte sie noch nie sonderlich gut gekonnt, geschweige denn gemocht. Schließlich schaffte sie es, ein Sushi-Röllchen zu erwischen, allerdings versenkte sie es anschließend komplett in der Sojasoße.

»Super, dass der Wechsel so schnell geklappt hat. Ich gebe dir nachher ein paar Sachen, die du morgen abwickeln kannst. Bei dir habe ich das Gefühl, ich brauche nicht viel zu erklären.« Er musterte sie ein bisschen stolz. »Du begreifst es blind.« Mittlerweile hatte Ed gut gelaunt drei California Rolls verspeist.

»Ed, du bist ein Charmeur.« Sie lehnte sich zurück, als habe sie keinen Hunger, dabei bekam sie nur das in der Soße ertrunkene Roll mit den Holzdingern nicht mehr zu fassen. Wenn das so weiterging, musste sie heute Mittag verhungern.

»Ich verstehe meinen Bruder total. Du bist echt eine Hübsche und dazu noch erschreckend talentiert.« Ed kaute auf seinem Reisröllchen. »Außer vielleicht beim Sushiessen.« Seine Essstäbchen angelten das verloren gegangene Sushi aus dem Sojaschälchen, während sein sanfter Blick ihr Gesicht taxierte. Es passte nicht recht zu ihm, verheiratet zu sein. Er hätte eher ein Kumpel von Luis, Kiras Freund, sein können, braun gebrannt und mit einem sehnigen Körper, an dem man den Surfer vom Nichtsurfer unterschied. »Magst du das Soßen-Roll noch?«, fragte er verschmitzt und platzierte es auf der Plastikunterlage.

»Klar.« Unbeholfen hantierte Annie mit den Stäbchen herum – erfolglos.

»Oder hast du gar keinen Hunger?« Seine Mundwinkel schnellten nach oben und er stand auf, um sich dicht hinter Annie zu stellen. Entweder konnte er ihr nicht mehr dabei zusehen, wie sie sich blamierte, oder er hatte Mitleid – mit dem Essen, nicht mit ihr. Sie spürte seinen warmen Atem im Nacken, als er sich zu ihr herunterbeugte. Er roch nach teurem Parfum und Seife.

»Darf ich?« Sachte legte er seine Hände auf ihre. Sie waren gepflegt und weich, so als würde er täglich Handcreme verwenden. »Also, den ersten Chopstick musst du zwischen Mittelfinger und Zeigefinger halten, gestützt vom Daumen. Du musst den Stick so bewegen können, als würdest du etwas mit Kreide auf eine Tafel schreiben.« Er legte ihr das Essstäbchen behutsam zwischen die Finger.

»Den zweiten Stick schiebst du hier in die Kuhle zwischen Daumen und Zeigefinger.« Mit seinem Finger fuhr er über die sensible Stelle an Annies Hand. Eine Gänsehaut kroch ihren Arm entlang und sie war froh über die langen Ärmel der Bluse. Ed schob den Chopstick ganz langsam in ihre Fingerkuhle, und sie hörte sich selbst dabei tief einatmen. »Das zweite Holzstäbchen lässt du jetzt auf deinem Ringfinger pausieren. Völlig unaufgeregt.«

Völlig unaufgeregt. Alles klar.

Die aufgeladene Stimmung verpuffte, als er sich wie ein Cowboy zurück in den Ledersessel fallen ließ. »Probier es mal alleine«, ermunterte er sie. Nahezu fassungslos starrte sie ihn an. Immerhin klappte es nun mit dem Stäbchenessen.

»Die Chopsticks dürfen ihren Weg nicht kreuzen. Das ist eigentlich der einzige Trick, Annie. Den einen von dem anderen Chopstick fernzuhalten und doch beide zu benutzen.«

Für einen kurzen Moment wusste sie nicht mehr genau, wovon er sprach.

»Anderes Thema. Mein Dad hat mir von einer Klausel erzählt, die bei unserem Notar hinterlegt ist: Jona soll nur dann der rechtmäßige Nachfolger werden, wenn er meinem Dad bis zu seinem vierzigsten Geburtstag beweisen kann, sich geändert zu haben.« Er kräuselte die Stirn.

Annie ahnte, worauf er hinauswollte und versuchte, nicht aus Reflex zu antworten. »Jona soll sich ändern? Wozu das denn? Apropos Jona: dein Hausschlüssel, ich schaue, wo er den hingelegt hat.« Sie wühlte durch die Unterlagen auf ihrem Schreibtisch, obwohl sie genau wusste, wo der Schlüssel lag – unter dem Rechnungsordner.

»Momentan muss er sich wohl nicht mehr ändern. Er verbringt ja seine Zeit nur noch mit dir. Du arbeitest in unserer Firma, du lebst in seiner Villa. Fast ist es so, als wärst du sein Garant für die Nachfolge.« Er lachte. »Jonathan hat gar keine Möglichkeit, abzuschweifen, so wie früher«, sagte er abwartend.

»Da ist er ja!« Triumphierend hielt Annie Eds

Haustürschlüssel hoch. »Wer sucht, der findet. Was sagtest du eben?«

Entweder verstand Ed, oder er hatte das Interesse verloren, ihr Informationen zu entlocken. Dankend nahm er den Schlüssel und widmete sich wieder seinem Essen, gut gelaunt wie immer.

Die Stäbchen rutschten übereinander. Wie war das noch mal mit dem Voneinander fernhalten?

Hätte sie doch nur eine Gabel!

Die kommende Zeit ließ keinen Zweifel daran, in welcher Abteilung Annie ihr volles Potenzial ausschöpfte und wo sie sich am wohlsten fühlte. Sie arbeitete sich sogar in ihrer Freizeit durch Stapel von Rechnungen, Ordner und Zahlentabellen und machte sich begeistert mit der Software vertraut. Ihre Motivation kannte keine Grenzen, Energie und Ehrgeiz sprudelten aus ihr heraus.

Die wenigen Versuche, mit Jonathan den Status ihrer Beziehung zu besprechen, scheiterten aus ihr unbegreiflichen Gründen. Er wollte nicht reden und ließ sie im Unklaren darüber, was die letzte gemeinsame Nacht für ihn bedeutete. Obwohl Annie seine Sehnsucht nach ihr zu spüren glaubte, küsste er sie kein einziges Mal mehr. Ihr neues Arbeitsumfeld kam also genau zum richtigen Zeitpunkt. Sie hatte keine Lust, sich weiter über Jonas unentschlossenes Verhalten Gedanken zu machen.

Carla Belinis Presseartikel war im California Globe erschienen, und zum Glück konnte man keine direkten Rückschlüsse auf Annie ziehen. Denn wer war *Andrea Clarke*? Wie auch immer es zu diesem Fehler bei der Namensnennung gekommen war, sie war froh drum. Außerdem hatte die blasse Marilyn Monroe sich an Jonas Anweisungen gehalten und jedes Foto mit ihm abgestimmt. Lilo erwähnte die Reportage nicht und die Smiths ebenso wenig. Der Artikel verpuffte von ihrem Umfeld unbeachtet in der Luft. Es gab wenige in Hillcrest, denen Annie zutraute, den Globe überhaupt zu lesen. Es war ein Blatt für Leute in Downtown, La Jolla oder Torrey Pines, die anderen fanden die Geschehnisse auf dem kalifornischen Unternehmerparkett uninteressant. Ben Holden hingegen nahm den Artikel mit großem Wohlwollen auf und versicherte Annie höchstpersönlich, wie froh er darüber sei. Gut, er sagte auch, er habe Annie am ersten Tag für eine Vogelscheuche gehalten und sei nicht davon ausgegangen, sie würde mehr als ein Betthäschen für seinen Sohn darstellen. Annie ging wortlos darüber hinweg.

Zwischenzeitlich telefonierte sie mit Kira. Sie vermisste ihre beste Freundin, die ziemlich erleichtert war, weil Annie einer geregelten Arbeit nachging. Kira berichtete, wie glücklich sie mit Luis sei und wie sehr sie sich auf eine Zukunft mit ihm freute. Ob Luis inzwischen bereit für Hochzeit und Kinder war, ließ ihre Freundin jedoch im Dunkeln. Annie nahm sich fest vor, sich nach dem Deal genauer danach zu erkundigen.

Natürlich sprach sie auch mit ihrer Mutter, die mit der Bank in Kontakt stand. Leider erwiesen sich die Bankfritzen als unerbittlich. Sie wollten bis zum Stichtag das Geld sehen, vollständig und am besten abgezählt. Eine von Lilo vorgeschlagene erste Teilzahlung lehnten sie kategorisch ab. Kirsten und Walther zeigten sich extrem betroffen und boten Lilo einen Teil ihrer Alterserspamisse an, was die selbstverständlich ausschlug. Es wäre ohnehin nur ein kleines Stück in einem großen Mosaikbild gewesen, viel zu wenig.

Es gab nur einen einzigen Ausweg: Annie musste ihr Spiel zu Ende spielen. Momentan standen fast alle ihre Schachfiguren noch auf dem Brett, lediglich die Dame fehlte. Die war kurzfristig dem gegnerischen König zum Opfer gefallen.

Konnte man ohne die Dame eine Partie Schach gewinnen?

In Gedanken versunken trat Annie gegen 23.45 Uhr in den Flur der Villa – endlich zu Hause, wenn man es so nennen konnte. Über der Schulter baumelte ihre neue Arbeitstasche, die Ed ihr über die Personalabteilung besorgt hatte. Das vertraute Geräusch ihrer Absätze beruhigte sie. Sie könnte beim In-die-Küche-gehen die Fliesen zählen, wenn sie nicht so müde wäre.

»Du bist spät«, empfing Jona sie. Was tat er hier? Lediglich mit einer lässigen Jogginghose bekleidet, schritt er die Steintreppe herunter. Man konnte ihm nicht vorwerfen, dass er bei der Sommerhitze kein Shirt trug.

»Spät? Findest du?« Sie legte ihre Aktentasche auf den Küchenblock und strich sich über die Bluse.

Es war nicht nur spät, sondern Nacht, und die Dunkelheit war ihr erst aufgefallen, als sie das Holden-Gebäude verlassen hatte. Dieser komplizierte Fall, den Ed gegen 20 Uhr aufgeworfen hatte und dessen Lösung unauffindbar war, beschäftigte sie wie eine Walnuss, die sich auch mit Nussknacker kaum öffnen ließ. Aber sie liebte, was sie tat, und Ed schätzte ihre Arbeit.

Mittlerweile nahm Annie sogar bereitwillig die Dienste von Jonas Fahrer in Anspruch, denn zu den Uhrzeiten, zu denen sie das Bürogebäude verließ, war die Verbindung mit den öffentlichen Verkehrsmitteln schwierig. Ohne Auto in

San Diego zu leben, kam einer Zumutung gleich. Das Streckennetz war schlecht ausgebaut und die Wege lang.

»Heute ist übrigens mehr als die Hälfte unseres Deals geschafft. Bergfest. Es sind nur noch zehn Tage, und wir sind auf einem guten Weg. Das freut dich doch sicher.« Er öffnete den Kühlschrank und nahm eine Flasche Milch heraus. »Wir könnten feiern«, schlug er lächelnd vor und deutete auf einen Kuchen, den Sophia zur Kühlung dort deponiert hatte.

»Es sind noch 249 Stunden. Wollen wir mal nicht zu euphorisch sein, Mister Holden«, bremste Annie ihn, selbst überrascht von dem Gefühl, plötzlich Oberwasser zu haben. »Und seit wann zählst du eigentlich mit?« Sie beobachtete ihn dabei, wie er die Kühlschranktür wieder schloss.

»Mein Vater hat mich heute in sein Büro gerufen, mir gesagt, er findet, dass ich mich überaus positiv entwickle. Das ist größtenteils auch dein Verdienst.«

Aha, daher wehte der Wind.

»Kein Kuchen für mich«, antwortete sie schmallippig. Nicht über die Beziehung sprechen, aber zu einem völlig unsinnigen Anlass mit ihr feiern wollen. »Ich bin müde. Der Tag war echt anstrengend und lang. Ich und Ed … also Ed und ich haben da dieses Problem mit einem Kunden …«

»Und was habt ihr drei so lange gemacht? Du, Ed und das Kundenproblem?« Sein Ton klang vorwurfsvoll, und er wirkte leicht nervös, was sie an der Art erkannte, mit der er sich durch die dunkelblonden Haare fuhr.

Ein Mann wie Jona wurde nicht nervös, das konnte er sich gar nicht leisten. Aus irgendeinem Grund ritt sie der Teufel. Sie trat an ihn heran und strich ihm provozierend mit den Fingern über die nackte Brust. »Was denkst du denn, was wir gemacht haben?«

Es kam so selbstbewusst aus ihrem Mund, dass sie überlegen musste, warum sie bisher immer so unsicher durch ihr Leben getapst war. Ständig hatte sie versucht, keinen Schaden anzurichten, sich möglichst unauffällig zu verhalten. Ganz so, wie ihr Vater es ihr gepredigt hatte. Etwas hatte sich in den letzten 255 Stunden verändert.

Sie hatte sich verändert.

Jona stellte die Milchflasche mit einem dumpfen Schlag auf der Arbeitsplatte ab. »Okay, ich muss dir etwas über Ed sagen«, begann er langsam. »Mein Bruder ist nicht so unfehlbar, wie du denkst. Es geschieht alles unter dem Deckmantel der Firma, meistens hat er eine Affäre mit seinen Assistentinnen laufen, ein Jahr lang, zwei Jahre. Oft kündigen die Frauen, wenn es vorbei ist. Ich war auch kein Unschuldslamm, das gebe ich zu, aber ich bin nicht derjenige, der verheiratet ist.«

»Elena?« Sie war sprachlos. »Woher weißt du das?«

»Ich bin sein Bruder.«

Ihre Kiefermuskulatur funktionierte wieder. Abwegig schien ihr das nicht, was Jona ihr da gerade offenbart hatte. War Ed wirklich so dumm, seine Ehe aufs Spiel zu setzen? Es verstimmte sie, dass Elena ihr gegenüber nicht das Geringste erwähnt oder sie vorgewarnt hatte.

»Das mit Elena ist vorbei. Wäre sie nicht zu mir gewechselt, hätte sie vermutlich gekündigt. Er ist also wieder auf der Suche.«

Annie lachte trocken auf. »Jetzt denkst du, Ed und ich ...«

»Verflucht, ich bin eifersüchtig bis zum Hals. Für jede Minute, die er alleine mit dir verbringt, würde ich ihn am liebsten umbringen.« Er atmete schwer ein.

»Du bist eifersüchtig?«, sagte sie ungläubig. Eds Annäherungsversuche konnte man nicht übersehen, das stimmte zwar. Die Art, wie er sie ansah und versuchte, ihr näherzukommen. Vielleicht war sie zu naiv, aber sie hatte seine Freundlichkeit bisher als freundschaftlich und harmlos eingestuft. Natürlich war Ed ein interessanter und attraktiver Mann, aber es gab eine Frau dazu. Jona schloss kurz die Augen und sie merkte, wie ernst es ihm war, auch wenn es ihr immer noch irgendwie abwegig erschien. »Du bist echt eifersüchtig auf deinen Bruder?«, fragte sie noch einmal und musste ein kleines bisschen lachen.

»Treib es nicht zu weit, Annie«, sagte er grimmig. »Ich bin wirklich sehr angespannt deswegen.« Sein Brustkorb hob sich, und sie hörte die Verletzlichkeit aus seiner Stimme heraus.

Sie machte einen Schritt auf ihn zu, wollte ihn berühren, aber er hielt sie fest. So standen sie sich regungslos gegenüber – ihr Handgelenk in seiner Hand. Das Kleeblatt an dem Kordelband pendelte leicht hin und her.

Beinahe zärtlich fasste Jona dann nach ihrem Becken. »Übertreibe ich?«

»Er ist verheiratet, Jona.«

»Das hat die anderen Frauen auch nicht gestört.«

»Ich bin aber nicht wie die anderen.«

»Das weiß ich. Es stresst mich trotzdem, weil ich ihm einfach nicht vertrauen kann.« Sanft drückte er ihr einen Kuss auf die Lippen. Sie wollte ihn fragen, was dieser Kuss zu bedeuten hatte und ihm gleichzeitig sagen, dass er sich auf sie verlassen konnte, aber aus ihrem Mund kam kein Laut. Sein Unterleib presste sich an ihren, und sie war wie elektrisiert.

Leicht zog er mit seinen Fingern an dem Stoff ihrer Bluse. »Bleib bei mir heute Nacht.«

Annie hatte das leise *»Mail«* vernommen, weshalb sie sich

zur Seite drehte und das Handy aus der Tasche ihrer Hose, die auf dem Fußboden lag, fummelte. Seit dem Krankenhausaufenthalt ihrer Mutter war sie förmlich besessen davon, überall erreichbar zu sein, obwohl ihr Lilo momentan und trotz der aussichtslosen Lage stabil vorkam. Das Smartphone zeigte tatsächlich blinkend eine Nachricht an.

»Wie kannst du *jetzt* auf dein Handy schauen?« Jona lugte ihr über die Schulter und lachte.

»Da kommt es doch wieder durch, dein maximales Selbstbewusstsein.« Sie lachte auch. »Wieso sollte ich jetzt nicht auf mein Handy gucken?« In Gedanken beantwortete sie sich diese Frage selbst.

Weil sie sich ohnehin auf nichts anderes konzentrieren konnte als auf ihn. Weil sie einfach nicht genug von ihm bekommen konnte … weil …

»Miss Clark, erstens: Mein Selbstbewusstsein hat stark gelitten, seit ich dich kenne.« Dabei fuhr er sich über den Bauch und grinste. »Und zweitens glaube ich, wir bieten demnächst im Unternehmen mal einen Vortrag zum Thema Mediensucht für unsere Mitarbeiter an. Du hängst echt viel am Handy.«

»Es ist wegen meiner Mutter.«

Er nickte verständnisvoll. »Ich wollte dich nur ein bisschen aufziehen. Und jetzt? Hast du auch Hunger?« Zärtlich ließ er seine Finger ihren nackten Rücken entlang nach unten bis zu ihrem Steiß gleiten. Sie hielt noch immer das Mobiltelefon in der Hand, ohne die Nachricht zu lesen. Fast hätte sie die sogar komplett vergessen, dann warf sie doch einen Blick drauf. Die Digitalanzeige zeigte 2.50 Uhr an. Was wollte Jona denn um diese Uhrzeit noch essen? Vielleicht doch etwas von Sophias Kuchen? Sie schmunzelte und überflog kurz:

›Hey. Ich hoffe, du hast keinen Ärger bekommen, weil es gestern Abend so spät mit uns beiden geworden ist. Ich fand es sehr schön mit dir, trotz der Arbeit. Zur Entschädigung hast du ein Mittagessen gut bei mir. Ich freue mich drauf! Liebe Grüße Ed.‹

Was? Ihr Blick verharrte einen Moment zu lange erschrocken auf dem Display.

»Von wem ist das?« Jonas Augen funkelten wachsam im Licht der Handyanzeige.

»Von niemandem.«

»Annie, das ist so ungefähr das Falscheste, was du sagen konntest.«

Sie merkte, wie sein Atem sich beschleunigte.

»Ist es von Ed?«

Geräuschlos legte sie das Telefon auf ihrer Hose ab, die nach wie vor auf dem Fußboden lag. Ein harmloser Flirtversuch von Ed, wahrscheinlich noch nicht einmal das, unwichtig. Das Satinlaken glitt über ihre Brüste, als sie sich zurückfallen ließ.

»Jona, es ist nichts.« Sie stützte sich auf ihren Unterarm und beugte sich vor, um ihn zu küssen.

»Dann zeig es mir doch.« Er wich ihr aus und sah sie herausfordernd an. »Vertrauen und so.«

»Spinnst du?« Schützend legte sie eine Hand in die Luft, direkt über der Stelle, an der ihr Telefon auf dem Boden lag. Niemals würde sie ihr Handy jemandem geben. Wozu?

»Ich wusste es.« Jona griff nach einem Shirt, das auf dem Holzstuhl neben seinem Bett hing.

»Was soll das denn jetzt werden?« Was hatte er vor? Sein Gesicht wirkte entschlossen.

»Ich habe Ed gesagt, dass er seine Finger bei sich behalten soll. Das schafft er anscheinend nicht. Vielleicht muss ich es ihm anders erklären.« Er stieg in seine Jeans und zog den Autoschlüssel aus seiner Hosentasche.

»Jona, es ist kurz vor drei, mitten in der Nacht.« Annie sprang aus dem Bett und stellte sich ihm in den Weg. Als hätte er sie noch nie nackt gesehen, zog sie an dem Bettlaken und wickelte es schützend um ihren Körper. »Das ist total übertrieben. Nur wegen einer Nachricht.«

»Dann frag ihn doch mal, warum er dir nachts Nachrichten schickt? Warum er dir überhaupt privat schreibt, der Freundin seines Bruders. Annie, er ist dein Chef.«

»Vielleicht konnte er nicht schlafen.«

»Und dann denkt er an dich? Er betrügt seine Frau, er hat jede einzelne Assistentin oder Praktikantin, die in den letzten Jahren bei ihm gearbeitet hat, flachgelegt. Er wickelt sie alle um den Finger.« Jona kochte vor Wut. »Mein Vater hat meine Mutter einmal betrogen, angeblich nur ein einziges Mal. Ed ist schlimmer, er hat kein Gewissen.«

Die Zimmertür war geschlossen und Annie stellte sich direkt davor. »Jona, du musst mir vertrauen.«

»Wenn hier jemand etwas muss, dann du. Du musst dich entscheiden. Ed wird ständig lange Arbeitsnächte für dich einplanen, bei denen er zugegen ist. Er wird dir immer wieder schreiben. Du kannst nicht alles haben. Entweder du bist mit mir zusammen und arbeitest ausschließlich für mich in unserem Unternehmen. Oder du nimmst Ed und machst mit ihm, was du für richtig hältst.«

Verblüfft fiel ihr die Kinnlade herunter. »Das ist doch Unsinn. Und ich mache meinen Job bei Ed wirklich gerne. Finanzen sind genau mein Ding.«

»Komm wieder zurück in meine Abteilung, Annie.«

»Das ist nicht so einfach.«

»Doch. Ist es.«

»Nein.« Warum verstand er sie denn nicht? Nun war sie es, die den Raum verlassen wollte, aber er stützte eine Hand neben ihrem Kopf gegen die Tür, weshalb sie die Zimmertür gegen seinen Widerstand nicht mehr aufziehen konnte.

»Lass mich sofort raus!«, schrie sie aufgebracht, während sie an dem Türgriff zog.

»Was willst du – Ed oder mich? Ich will nicht dabei zusehen, wie er dich täglich umwirbt.«

Verzweifelt stand sie vor ihm. Innerlich schämte sie sich kurz, weil sie Ed tatsächlich attraktiv und sympathisch fand, was Jona offenbar ahnte. Sie zwirbelte an dem Bettlaken. Nichtsdestotrotz verletzte sie sein Verhalten. Dachte er, sie würde sofort mit dem erstbesten, noch dazu verheirateten Typen in die Kiste steigen? Oder sich einfach so verlieben? »Ich weiß nicht, woran ich glauben soll, Jona. Sieh uns doch an. Wir streiten schon wieder.«

»Manchmal entsteht Streit eben aus Ehrlichkeit. Gib den Job bei Ed auf«, befahl er.

»Nein.« Auch sie wollte Ehrlichkeit – vor allem wollte sie keine Geheimnisse.

»Gib den Job auf.«

»Nein.«

Für einen gefährlich langen Moment sagte Jona nichts mehr. Dann gab er wortlos die Tür frei. Annie verließ das Schlafzimmer und ging auf blanken Sohlen die Steintreppe hinunter. Eine Betttuchschleppe hinter sich herziehend, öffnete sie im Wohnbereich die Terrassentür und atmete die salzige Meeresluft ein.

Sie bekam eine Gänsehaut, als Jona ein paar Minuten

später von hinten den Arm um sie legte. »Es tut mir leid. Du bist nicht für Ed verantwortlich.«

»Jeder ist für sich selbst verantwortlich«, erwiderte sie und zog das Betttuch enger.

»Nein, ich bin noch für etwas anderes verantwortlich.« Langsam löste Jona seinen Arm. »Für meine Mutter.«

»Sag mir doch endlich, was damals passiert ist.« Mit großen Augen sah sie ihn an, erwartete aber nicht wirklich, dass er antwortete.

Eine Zeit lang sagte er tatsächlich nichts. Er biss sich auf die Lippe und vergrub die Hände in seinen Jeanstaschen. Dann holte er Luft. »Die Narbe in meinem Gesicht ... ich war 29 Jahre alt. Meine Mutter saß auf der Beifahrerseite. Da war diese Kreuzung, die Ampel war grün.«

»Und dann?«

»Es ging alles ganz schnell. Ich habe Gas gegeben und ein Fahrzeug ist förmlich in die Beifahrerseite meines Alfa Spiders geflogen. Ich erinnere mich genau an die Scheinwerferlichter dieses Wagens in meiner Beifahrerseite. Irgendwann bin ich ausgestiegen und habe geschrien. Meine Mutter hat mich die ganze Zeit angesehen, konnte sich aber nicht vom Sitz bewegen. Sie war eingeklemmt. Dann hörte ich die Sirenen des Krankenwagens und der Feuerwehr, aber da war es schon zu spät.« Sein Körper bebte, während er sprach.

»Was ist dann passiert, Jona?«

»Es hat Untersuchungen über den Fahrer des Gegenfahrzeugs gegeben. Der Mann ist über eine rote Ampel gefahren und hatte anscheinend Schmerztabletten genommen.« Seine Augen füllten sich mit Tränen. Verzweifelt legte er den Kopf in den Nacken und schloss die Lider. »Wen interessiert, ob der Mann Schmerztabletten genommen hatte, verdammt?« Er krümmte sich und seine Hände zitterten.

»Meine Mutter ist tot.«

»Du warst nicht schuld.«

»Ich hatte getrunken.« Er atmete tief ein. »Wein.«

»Wie viel Wein?«

»Ein Glas«, antwortete er, offenbar verstört von seinem eigenen Mut, tatsächlich mit jemandem darüber zu sprechen.

»Es war nur ein einziges Glas, Jona.«

»Ich hätte nicht ...« Seine Stimme vibrierte und er rang nach Luft. »... ich hätte nicht fahren dürfen.« Beschämt verbarg er das Gesicht in seinen Händen.

»Du hättest nicht verhindern können, dass so etwas passiert. Dinge geschehen.«

»Ich bin schuld«, sagte er noch einmal, fast tonlos.

Als müsse sie ihn beschützen, legte Annie ihre Arme um ihn. »Du kannst dir nicht für immer die Schuld daran geben. Es ist Schicksal. Es ist ... ich weiß nicht, was es ist. Es mag paradox klingen, aber vielleicht ist *das* sogar das Leben.«

Immer war sie davon ausgegangen, vom Pech verfolgt zu sein. Jetzt wurde ihr bewusst, dass es viel schlimmere Dinge gab, die einen Menschen verfolgen konnten. Jona begleitete ein Schatten, von dem er sich niemals befreien konnte – vielleicht wollte er das auch gar nicht.

»Du bist nicht schuld. Du musst dir vergeben, Jona.«

Er sah sie nicht an. Plötzlich ergaben so viele seiner Verhaltensweisen und Aussagen einen Sinn. Jonas abrupte Stimmungswechsel und Bens reservierte Persönlichkeit. Annie dachte an das Paisleybuch und daran, wie sehr Elisabetta Holden ihren Sohn geliebt hatte. Sicher liebte Ben seinen Sohn auch von Herzen, obwohl er eine merkwürdige Art hatte, dies zu zeigen. Ed hingegen fragte sich vermutlich, warum sein Bruder trotz dieses Unfalls alles bekam, selbst das Familienerbe.

»Du musst dir endlich vergeben«, wiederholte sie noch einmal, in der Hoffnung, zu ihm durchdringen zu können. Sie spürte, wie kalt seine Haut war.

So standen sie ineinander verschlungen im Raum, bis sie nur noch seinen sich gleichmäßig hebenden und senkenden Brustkorb wahrnahm.

Dann sagte er auf einmal: »Ich vertraue dir.«

So langsam ließ sich ihr Vertrag mit einem Countdown vergleichen, denn nach dem *Bergfest*, wie Jona es nannte, schien die Zeit sich immer schneller zu drehen, die Stunden flogen nur so dahin, besonders hinter der geschäftlichen Fassade des Holden-Imperiums. Jona hatte sie nach jener besonderen Nacht mit einem Blumenstrauß auf dem Schreibtisch überrascht. Auf einer kleinen Karte stand:

›Weil du es schon so lange mit mir aushältst.‹

Ja, man konnte behaupten, dass sie offiziell ein Paar waren. Das Gästezimmer war seither jedenfalls ungenutzt geblieben.

Noch sieben Tage.

Am liebsten hätte Annie die Uhr angehalten. Sie empfand keine Schuldgefühle mehr, weil sie Kira oder ihrer Mutter nichts von dem Vertrag erzählt hatte – es gab nur noch Jona und Annie, und es war perfekt. Von Ed ließ sie sich nicht weiter beirren und wies ihn tagtäglich in seine Schranken. Irgendwann würde er genug davon haben. Eine Scarlett hatte nicht mehr angerufen, und sie hatten nie über diese Frau gesprochen, vergessen war es dennoch nicht.

Viel wichtiger war es jedoch, Lilos Haus zu retten. Sie könnte es bei Ben versuchen. Wenn die Holden-Gruppe kein Interesse mehr an dem Grundstück hätte, würde die Bank vielleicht einer Abtragung durch Ratenzahlung zustimmen oder die Frist verlängern. Es wäre ohnehin hilfreich, wenn Ben seine Baupläne zurückziehen würde, damit niemandem mehr an dem Grundstück und dem Umland gelegen wäre.

Vorläufig mussten diese Überlegungen leider hintanstehen, denn heute stand der Termin der Spendenübergabe im Autismuszentrum auf dem Programm, und Jona hatte beschlossen, mit ihr zusammen dort hinzufahren. Zuerst hatte sie in Erwägung gezogen, Kopfschmerzen vorzutäuschen, aber dann freute sie sich ehrlich auf die Gelegenheit, ihren Bruder zu sehen.

»Weißt du, mein Bruder ... Marc ...« Das rot-schwarze Kleid gefiel Marc normalerweise sehr, weil es das Muster seiner Hawaiihemden wiedergab, weshalb sie es extra für ihn angezogen hatte. »Also, er ist fünfzehn, er ist etwas Besonderes, und er ist in diesem Autismuszentrum. Vielleicht sehen wir ihn gleich dort.« Auf der Rückbank von Jonas Wagen ließ sie sich ein bisschen tiefer in den Sitz sinken, gespannt auf seine Reaktion.

»Du bist auch etwas Besonderes«, antwortete Jona schmunzelnd neben ihr und es bildeten sich wieder diese verräterischen Fältchen an seinen Augen.

Tatsächlich flanierte Marc gerade über den Gang, als sie das Gebäude betraten. Das Zentrum glich von außen einem einfachen Betonklotz aus den 80er Jahren, der jedoch innen mit von Kindern gemalten Bildern liebevoll gestaltet war.

»Marc!« Auf Annies Ruf hin blieb ihr Bruder überrascht

stehen. »Wie schön, dich zu sehen.« Sie konnte sehen, wie seine Augen freudig glänzten, auch wenn er etwas zu viel zappelte.

Jona ging direkt in die Offensive und klopfte Marc kumpelhaft auf die Schulter. »Hey, cooles Hemd hast du an.«

»Sorry, kannst du das bitte nicht noch einmal machen.« Ungelenk zog Marc seine Schultern hoch und stellte sich Schutz suchend neben Annie. »Ich mag nicht angefasst werden.«

Jonathan kniff die Lippen zusammen, als hätte Marc ihn beleidigt. »Was soll ich jetzt dazu sagen?« Er nestelte in seiner Aktentasche.

Marc senkte den Kopf wie ein begossener Pudel. Die Wiedersehensfreude war schlagartig im Keller verschwunden. Jona tat geschäftig, so als suche er irgendetwas, aber Annie merkte ihm an, wie er versuchte, seine Hemmungen zu überspielen. Sie würden nicht für immer an dieser Stelle im Gebäude stehen bleiben können.

Schließlich brach sie das Schweigen. »Das ist mein Freund. Er heißt Jonathan.« Lächelnd deutete sie auf Jona, der immer noch in seiner Tasche wühlte. Diesmal grüßte er ihren Bruder stumm winkend.

Mit unbewegtem Gesichtsausdruck schenkte Marc ihm ein kurzes Kopfnicken. »Ich habe gerade eine kleine Pause.«

»Das ist ja großartig.« Annie drückte ihn erfreut, was er widerwillig mit sich geschehen ließ und was Jona irritiert beobachtete. »Wir haben auch noch etwas Zeit bis zu unserem Termin mit dem Direktorat. Komm, wir setzen uns draußen auf eine Bank.«

Ein leichter Sommerwind wehte durch Annies Haar, als sie in den Innenhof des Gebäudes traten.

Marc fragte nicht, was die beiden an seiner Schule machten. Stattdessen wandte er sich an Jona und sagte völlig unvermittelt: »Heuschreckenblut ist weiß, Marienkäfer können zwei, vier, fünf, sieben, zehn, elf, dreizehn, vierzehn, sechzehn, siebzehn, achtzehn, neunzehn, zweiundzwanzig oder vierundzwanzig Punkte haben, je nach Art. Wusstest du das?« Mit einem Mal war er ganz aufgeregt.

»Marc, ich glaube, Jona möchte das nicht …« Aus irgendeinem Grund, der wahrscheinlich mal wieder auf das blöde Gefühl zurückzuführen war, das ihr Vater bei ihr hinterlassen hatte, versuchte sie ihren Bruder in seinen Ausführungen zu stoppen.

»Doch, das ist sehr spannend«, fuhr Jona ihr dazwischen und beugte sich interessiert nach vorne. »Das wusste ich wirklich noch nicht. Erzähl weiter.«

Der grünen Holzparkbank fehlten zwei Sprossen in der Rückenlehne, doch Marc setzte sich trotzdem und ließ seinen Oberkörper gegen die Lehne sinken. »Spielst du Schach?«, fragte er Jona nach einer kleinen Weile.

»Mit mir hat ewig niemand mehr Schach gespielt. Ich habe das früher mit meiner Mutter oft getan«, antwortete Jona. Er wurde ruhig, schaute auf seine Schuhspitzen, und Annie sog leise die Luft ein. Plötzlich sagte er: »Weißt du was? Eigentlich liebe ich Schach. Ich bin sogar richtig gut darin.« Er zwinkerte Marc zu und wirkte plötzlich irgendwie erleichtert.

»Um die Ecke ist ein Schachfeld auf dem Boden aufgemalt. Es gibt große Spielfiguren. Das muss ich dir unbedingt zeigen. Komm mit.« Marc griff nach Jonas Arm, zog ihn mit sich, und Annie fragte sich, wann ihr Bruder das letzte Mal so enthusiastisch gewesen war.

Während er in Windeseile die Figuren auf dem schwarz-weißen Muster arrangierte, sah Marc schnell auf seine digitale Armbanduhr.

»Genau neun Minuten habe ich noch.«

Es dauerte keine fünf Minuten, und er hatte Jona mit einer Kombination aus Läufern, Dame und Bauern abgezogen.

»Du bist der König, Kumpel. Das war ja Wahnsinn!« Mister Holden klappte die Kinnlade herunter, während auch jetzt keine Regung in Marcs Gesicht verriet, was er fühlte.

»Du hast keinen König mehr«, bemerkte Marc sachlich und kräuselte die Lippen. »Ich muss jedenfalls wieder rüber. Ihr findet mich in 1 B.« Damit verschwand er winkend in Richtung des roten Gebäudekomplexes.

»Dein Bruder ist der Oberhammer.« Jona konnte offenbar kaum fassen, was da gerade passiert war.

»Er ist manchmal anstrengend, aber immer großartig.« So hatte sie sich das erste Aufeinandertreffen ihres neuen Freundes mit ihrer Familie nicht vorgestellt. Sie hatte sich ausgemalt, wie Jona ihre Mutter kennenlernte und wie sie ihn sofort nach seinem Sternzeichen oder sonst etwas Abstrusem fragte. So war es jedoch nicht gelaufen, stattdessen hatte Jona sich innerhalb kürzester Zeit von ihrem Bruder im Schach schlagen lassen. Ein wohliges Gefühl stieg in ihr auf.

»Insbesondere trainieren wir hier die sozialen Kompetenzen der Kinder. Das ist wichtig.« Während ihrer Ausführungen schaute die Leiterin des Zentrums, eine kurz gewachsene ältere Dame, über die Gläser ihrer randlosen Brille hinweg. »Es geht um das Einüben und Verbessern lebenspraktischer und kommunikativer Fähigkeiten und um das Erlernen von Kompensationsstrategien. Wir möchten mehr abgegrenzte Bereiche schaffen, Wände ziehen und andere einreißen. Die Kinder sollen die Möglichkeit bekommen, sich den Themenbereichen intensiver zu widmen.

Wir wollen einen Bauraum, einen Kreativraum, einen Experimentier- und Verkleidungsraum … es ist alles alt und sehr renovierungsbedürftig.« Sie seufzte. »Allerhöchste Zeit etwas zu tun. Wir sind Ihnen sehr dankbar für Ihr Engagement«, fügte sie leise hinzu.

Als Annie auf den Scheck blinzelte, erkannte sie deutlich exakt die Zahl, die ihr momentan fehlte, um das Haus ihrer Mutter zu retten:

50.000 Dollar.

9. Kapitel

143 Stunden oder sechs Tage davon entfernt, wieder in ihrem kleinen WG-Zimmer zu wohnen, warf Ed ihr am nächsten Morgen einen Auftrag auf den Schreibtisch.

»Kannst du hier mal kurz etwas durchkalkulieren und eine Übersicht der Angebote erstellen? Ich habe meinem Dad gesagt, wir übernehmen das für ihn.«

Bereits als Annie den blauen Heftordner aufschlug, erkannte sie die Baupläne für das Einkaufszentrum in Hillcrest. Sie atmete scharf ein. Zu schade, dass Ed schon gegangen war, sonst hätte sie ihm das Ding postwendend an den Kopf geworfen. Annie sah sich die Zeichnungen an, fuhr die Linien mit den Fingern nach und blätterte dann zu den Angeboten diverser Baufirmen. Sah aus, als wäre das Grundstück der Clarks schon fest in der Hand des Holden-Imperiums. Mit einem Arm fegte sie ein paar Notizzettel vom Schreibtisch und ärgerte sich über ihre Reaktion, während sie die dreiundzwanzig Zettel wieder aufhob. Der Bau des Einkaufskomplexes schien ausgemachte Sache. Wie konnte Jona nichts davon wissen?

Jona telefonierte, als Annie mit dem Ordner unter dem Arm die Zwischentür zu seinem Büro aufstieß.

»Du musst ihr das erzählen, finde ich«, hörte sie Eds Stimme durch den Lautsprecher am anderen Ende der Leitung sagen. Annie fühlte die alte Verunsicherung aufsteigen, je näher sie Jonas Schreibtisch kam.

»Belehre du mich bitte nicht damit, was ich zu sagen habe«, verteidigte sich Jona lautstark und fummelte wild am Telefon herum, offenbar, um den Lautsprecher auszustellen.

Doch Ed war schneller und schoss noch einen Satz hinterher. »Verdammt, Jona, erzähl es Annie doch einfach.« Dann war das Gespräch beendet, weil Jona den Hörer aufknallte.

»Was sollst du mir erzählen?« Annie drückte instinktiv den Ordner fester an ihre Brust. »Hat es etwas mit dem Haus meiner Mutter zu tun?«

»Haus deiner Mutter? Nein. Pass auf, ich bin ganz froh, dass du das, was ich dir gleich sagen werde, von mir hörst und nicht von jemand anderem.« Er erhob sich aus seinem Bürosessel, erst knapp vor ihr blieb er stehen.

»Jona, was ist denn jetzt wieder?«

»Hör mir zu«, sagte er in angespanntem Tonfall und mit erhobenen Händen, was sie noch mehr aus der Fassung brachte. Sie schluckte und spürte Tränen aufsteigen.

»Wenn du mich belogen oder betrogen hast … klar hast du das!« Annie blieb fast die Luft weg, so fest drückte sie den blauen Ordner gegen ihre Brust.

»Jetzt hör mir doch erst mal zu. Du kannst dann entscheiden, was du daraus machst.«

»Was soll das denn heißen?«, fragte sie aufgebracht, während die Tränenflüssigkeit in ihren Augen brannte. Warum war mit Mister Holden nur alles so kompliziert?

»Ich wollte es dir nicht sofort erzählen, weil ich nicht wusste, wie du darauf reagieren würdest. Es ist alles so anders mit uns … dann dieser verrückte Vertrag.«

Sofort weglaufen, sich unter dem Schreibtisch verkriechen und die Ohren zuhalten, Kira anrufen?

Sie hatte keine Ahnung, was sie tun sollte.

Er fuhr fort: »Ich hatte damals Probleme, über Scarlett hinwegzukommen, und ich wollte sie nicht unnötig erwähnen. Aber ich hätte es tun sollen. Es tut mir leid.«

Scarlett also! Annie ließ den Ordner sinken und setzte

sich in einen der royalblauen Lederstühle, die an dem Glastisch direkt vor dem Fenster standen.

Ihr Brustkorb hob und senkte sich viel zu schnell. »Rede«, forderte sie ihn auf.

Das Neonlicht der Deckenbeleuchtung reflektierte sich im Glas des Tisches, und der Raum fühlte sich mit einem Mal kühler an, als er vermutlich war.

»Danke.« Mit wenigen festen Schritten war er bei ihr und setzte sich in den Stuhl neben sie. »Scarlett und ich haben uns vor ungefähr fünfzehn Jahren verlobt. Die Hochzeit hat aber nie stattgefunden, weil ich meine Braut vor dem Standesamt habe stehen lassen. Uns ist klar geworden, dass unsere Beziehung ausschließlich auf einer tiefen Freundschaft beruhte. Und auf dem Wunsch unserer Eltern, die Geschäftspartner waren.«

Auf dem Wunsch seiner Mutter jedenfalls nicht.

»Warum hast du noch Kontakt zu ihr?«, antwortete Annie leise.

»Ich weiß nicht, wieso Ed mir jetzt Druck damit macht. Wahrscheinlich will er nur Unfrieden zwischen dir und mir stiften. Dabei hätte ich es dir früher oder später sowieso gesagt.« Mit beiden Ellenbogen stützte er sich auf seinen Knien ab.

»Früher oder später.« Annie hatte keine Lust, so zu tun, als wäre sie nicht sauer. Sie war sogar stinksauer. Wieder spürte sie diese hektischen Flecken am Hals, die sicher rot waren, aber vielleicht fielen sie in der korallfarbenen Bluse nicht so auf.

»Unsere Familien veranstalten einmal im Jahr ein Charity-Event in San Francisco. Scarlett lebt dort und organisiert die Veranstaltung größtenteils. Deshalb treffe ich mich mit ihr. Du lernst sie also kennen.«

»Ich?«

»Hast du das Doppelzimmer in dem Hotel in der Nähe von Chinatown immer noch nicht bestätigt? Ich muss dir in San Francisco auch unbedingt meinen Onkel Emilio vorstellen. Er besitzt die beste Eisdiele in ganz Kalifornien.«

»Emilio.« Sie verspürte einen Druck auf ihrer Kehle, als würde ihr jemand die Luft abschnüren.

Ich hatte geplant, diesen Sommer in Emilios Eisdiele mitzuhelfen, aber Ben meint, dass es unserem Image schadet, wenn ich Eis verkaufe.

»Bist du mir sehr böse, weil ich dir das mit Scarlett verschwiegen habe? Du hattest sie ja einmal am Telefon. Sie kann eine eingebildete Ziege sein, aber manchmal ist sie ganz okay.« Er versuchte es mit einem Lächeln, automatisch bildeten sich Grübchen auf seinen Wangen. »Weil wir schon ewig befreundet sind und lange ein Paar waren, ist sie mir wichtig. Verstehst du das?«

»Jonathan Elia Holden. Das Leben mit dir ist nicht leicht.« Annie atmete befreit aus.

»Scarlett ist übrigens vergeben.« Er lachte ebenso befreit auf. »Ich bin meinem Bruder fast dankbar, weil er mich dazu genötigt hat, es dir zu erzählen. Er dachte wahrscheinlich, du flippst aus.«

»Vielleicht.« Es gab andere Dinge, derentwegen sie am liebsten ausflippen würde.

Seltsame Beziehung, die die beiden Brüder miteinander hatten. Fast schon eine Art Hassliebe. Annie legte den Ordner auf den Tisch. Den hatte sie ja vollkommen vergessen! Sie rutschte auf ihrem Stuhl nach vorne, um die Baupläne aufzuschlagen, und öffnete den Mund zum Sprechen.

»Annie, merk dir bitte, was du sagen wolltest. Wir haben keine Zeit mehr. Die Leute von AGL Management, die an dem Tag da waren, als ich Howie gefeuert habe, haben um einen Gesprächstermin mit mir persönlich gebeten. Ed hat bereits die Verträge mit ihnen unterschrieben. Irgendwie habe ich kein gutes Gefühl bei der Sache. Da ist etwas faul. Ich hätte dich gerne dabei.« Er linste auf seine Armbanduhr. »In fünf Minuten in C23. Ich brauche dich da.«

Es klang fast wie ein Befehl. Ohne den Ordner zwischen Annies Fingern zu beachten, erhob er sich und ging zurück an seinen Pult, um Papiere zusammenzustellen. Sie hatte die Chance verpasst.

Den 23. Stock mochte Annie nicht besonders, erst recht nicht Meetingraum C. Es gab keine schöne Aussicht, und in dem 2x3 Meter großen Raum stand lediglich ein rechteckiger, grauer Plastikbürotisch mit vier Stühlen. Demzufolge würde sie sehr eng mit den beiden Männern von AGL zusammensitzen.

»Wie ich sehe, haben Sie sich Verstärkung mitgebracht, Mister Holden.« Es schien dem Glatzköpfigen der beiden AGL-Vorstände nicht zu gefallen, Jonathan in Begleitung zu sehen.

»Meine bessere Hälfte und Assistentin, Miss Clark.« Jonathan hielt Annie den Stuhl so hin, damit sie sich setzen konnte.

»Nun, ich nehme an, man kann der jungen Dame vertrauen. Sonst hätten Sie sie wohl nicht mitgebracht.« Der Glatzkopf musterte Annie von oben bis unten, wobei sein Blick länger als nötig auf ihren Beinen verharrte.

Annie lief es jetzt schon eiskalt über den Rücken. Der Typ sah definitiv nach der Kategorie *Lügner und Betrüger* aus, von der Jona einmal gesprochen hatte.

»Kommen wir direkt zum Thema. Die Verträge sind unterschrieben. Wir haben jedoch eine Kleinigkeit, die wir mit Ihnen persönlich besprechen möchten, Mister Holden.«

Immer noch hatte der zweite Herr, der aussah, als ginge er zu einer Beerdigung, kein Wort gesprochen.

»Ich bin ganz Ohr.« Jona lehnte sich in seinem Bürostuhl nach vorne. In seiner Bewegung erkannte Annie eine Mischung aus Angespanntheit und künstlicher Höflichkeit.

»Ich mache es kurz: Unser Unternehmen verzeichnet Einnahmen, von denen wir die Quelle nicht belegen können«, gab der andere der beiden AGL-Männer in geschäftsmäßigem Ton von sich. Er war also doch nicht stumm, sondern lediglich der Überbringer der schlechten Nachrichten, daher auch sein Outfit.

Jona reagierte überhaupt nicht auf diese Aussage. Im Gegenteil, entspannt lehnte er sich zurück, strich über das Revers seines Sakkos und sagte dann: »Sie kennen den Code of conduct, die Schwarzgeldbestimmungen. Wo kommt das Geld her, wenn ich fragen darf?«

Eine ziemlich direkte Frage. Jetzt war Annie gespannt, wie ihr Gegenüber reagieren würde. Bisher hatte sie sich noch keine Notizen zu dem Meeting gemacht. Jetzt, da klar war, dass niemand von ihr verlangte, mitzuschreiben, schob sie den karierten Block weiter von sich weg.

»Es ist doch so«, übernahm der Mann ohne Haare das Wort. »Wir möchten mit Ihnen zusammenarbeiten, Mister Holden, weil Ihr Unternehmen einen guten Ruf hat, den besten zur Zeit in der Branche, nachdem Lexman … nun ja, sagen wir einen erheblichen Schaden erlitten hat.«

»Kommen Sie zum Punkt, George«, sagte Jona ruhig.

»Sie wissen, es ist für Ihre Firmengruppe nur von Vorteil, wenn Sie uns entsprechend entgegenkommen«, holte George noch weiter aus.

»Ich brauche Belege aus legalen Kanälen, Banktransfers, für die Gelder, die wir verwalten. Egal, welchen Einfluss Sie in unserem Geschäft haben. Wir werden keine Bareinzahlungen annehmen, und wir sind auch keine Bank«, antwortete Jonathan sachlich.

»Wir sprechen hier von einem erheblichen Betrag, Mister Holden.«

Was sollte das ganze Geplänkel? Natürlich war da etwas nicht sauber, aber darauf würde sich kein Holden einlassen, weder Jonathan noch Ben.

»Es handelt sich also um Schwarzgeld.« Jona brachte es mit einem Wort auf den Punkt.

»Das haben Sie gesagt, mein Bester.« Der Glatzköpfige fuhr sich mit dem Zeigefinger über seine buschigen dunklen Augenbrauen.

»Von welchem Milieu sprechen wir hier?« Lässig lockerte Jona seine Krawatte und knöpfte sich den obersten Hemdknopf auf. Dabei hielt er den zwei AGL-Augenpaaren interessiert stand.

»Jonathan, meine Frau und ich möchten Sie gerne übermorgen Abend in meine Villa in Newport Beach zum Dinner einladen. Ihre reizende Assistentin können Sie selbstverständlich gerne mitbringen. Ich sehe, dass sie ihr vertrauen. Wir führen unsere Unterhaltung dort weiter.« Mit einem Fingerzeig wies George seinen trauertragenden Begleiter dazu an, sich aus dem Sitz zu erheben. Dann stand er selbst auf.

»Wir kommen Ihrem Angebot gerne nach, George. Vielen Dank für die Einladung.«

Das hocherfreute Gesicht ihres Freundes wunderte Annie, und sie trat Jona unter dem Tisch unauffällig gegen das Schienbein. Was sagte der denn da? Es ging um eine strafrechtliche Handlung, da würde er doch wohl nicht mitmachen. Wer weiß, woher die Gelder kamen. Sie war drauf und dran, etwas dazwischenzurufen.

»Miss Clark, ich begleite die Herren nach draußen. Wir sehen uns in meinem Büro«, ließ Jona verlauten, und Annie fuhr zusammen, weil er sie selten mit *Miss Clark* ansprach – nur wenn sie zu zweit waren und auch dann nur, um sie aufzuziehen.

Natürlich hatte sie die Männer freundlich verabschiedet, und natürlich hatte sie in seinem Büro auf ihn gewartet, auch wenn sie sich darüber ärgerte, weil er ihren Schienbeintritt anscheinend nicht verstanden hatte.

»Was sollte das eben?«, fragte Jona, als er sich auf seinen Schreibtischstuhl setzte und das Hosenbein nach oben zog, um nach einem blauen Fleck oder einem anderen Anzeichen körperlicher Gewalt zu suchen.

»Halloooo? Wir machen kein Geschäft mit Kriminellen. Oder bin ich falsch informiert?« Annie zog das Hallo absichtlich lang.

»Wer ist kriminell?« Sie hatte Ben gar nicht bemerkt, der sich durch die geöffnete Tür ins Büro geschlichen haben musste.

»Niemand, Dad. Annie hat da etwas in den falschen Hals bekommen.«

»Na, dann ist ja gut. Ich wollte kurz mit euch beiden sprechen. Annie, ich möchte dir das *Du* anbieten.« Ben hielt ihr seine ausgestreckte Hand hin, und als sie nicht einschlug, klopfte er ihr beherzt auf die Schulter. »Ich bin froh, dass ihr ein Paar seid. Jonathan war lange nicht mehr so glücklich und zuverlässig. Das hat auf uns alle eine geradezu beflügelnde Wirkung.«

Machte ihr Ben Holden gerade ein Kompliment?

Noch vor wenigen Tagen hätte sie es für unmöglich gehalten, aber dieser Mann war tatsächlich imstande, seine meist herabgezogenen Mundwinkel zu einem Lächeln zu formen. Und nicht nur das, er schien Annie auf einmal zu mögen oder zumindest zu schätzen.

»Tage ohne Annie kann ich mir gar nicht mehr vorstellen. Es wären wirklich langweilige und traurige Tage.« Die Worte kamen sehr ernst über Jonas Lippen. »Obwohl sie mich misshandelt. Immerhin sieht man keinen blauen Fleck.« Er ließ den Stoff seiner Anzughose wieder über seinen Unterschenkel gleiten, grinste und erhob sich aus dem Bürostuhl.

War das der richtige Zeitpunkt?

Annie fasste sich ein Herz. »Jetzt, da ich euch beide in einem Raum habe, muss ich unbedingt etwas ansprechen.« Den warnenden Blick, den Jona ihr zuwarf, ignorierte sie. »Ben, ich weiß, jede deiner Investitionen ist wichtig, und ich zweifle überhaupt nicht an deiner Planungssicherheit, aber es geht um den Komplex, der in Hillcrest vorgesehen ist.«

»Das Einkaufs- und Bürogebäude?« Jonathans Vater wusste sofort, worum es ging. »Faszinierend, nicht wahr? Wir haben einen unglaublich guten Architekten an der Hand. Beziehungen sind das A und O in unserem Business.« Besonnen klopfte er auf die Stelle seiner Brust, an der er sein Herz vermutete. »Ein Herzensprojekt von mir.«

Verdammt!

»Ja, also, der Komplex kann nicht dort gebaut werden, Ben. Es geht um das Haus und das Grundstück meiner Mutter in der Yellow Bird Road. Das Haus von Lilo, ich meine Charlotte Clark. Die 201.« Sie bekam kaum Luft beim Sprechen, sosehr sie sich auch bemühte. Dabei hatte Lilo ihr als Kind versprochen, man müsse sich um das Atmen nun wirklich keine Sorgen machen. Es war gottgegeben.

»Das Haus, bei dem wir auf den Fristablauf warten?«, fragte Ben gleichmütig, und sie beschloss, ihm nicht zu antworten. »Schätzchen, das ist ja süß, wie du uns davon abbringen möchtest, in Hillcrest eines der größten High-Tech-Zentren San Diegos zu bauen, aber ... Wie sage ich es dir nur?«, sinnierte Ben und schaute an die Zimmerdecke, als gäbe es da etwas Besonderes zu sehen.

Für einen kurzen Augenblick schöpfte Annie Hoffnung.

»Vergiss es!«, stieß der Pate hervor.

»Nein!«, rief sie aufgebracht und bemerkte, wie Jonathan beinahe hinzugesprungen wäre, um dazwischenzugehen. Sie zwang sich, ruhig weiterzusprechen. »Ben, die Sache ist kompliziert.« Fieberhaft überlegte sie, wie sie ihm am besten ihren Standpunkt erläutern konnte, als er sich bereits umdrehte.

»Ich lasse euch alleine. Jonathan, du verstehst mich sicher.« Ben schmunzelte und verließ den Raum.

»Sicher«, flüsterte Jonathan, an seinen Schreibtisch gelehnt.

»Du wolltest mir gar nicht helfen. Wahrscheinlich hast du gar nicht vor, deinen Teil unserer Abmachung einzuhalten«, warf Annie ihm erbost vor und schubste ihn.

Jona verteidigte sich nicht, stattdessen verharrte er in seiner Position. »Ich hatte dir doch gesagt, wir regeln das mit dem Haus. Aber nicht so und nicht heute. Wann wirst du mir endlich vertrauen? Ich stelle mich jetzt nicht gegen meinen Vater. Ende.«

»Es ist also nach wie vor geplant, diesen Komplex zu bauen? Du unterstützt mich nicht und du hast kein einziges Mal mit Ben darüber gesprochen. Oder hast du?«

»Annie, ich bin nicht zuständig dafür, wie mein Vater unsere Finanzen einsetzt. Und ich kann meinen Vater nicht kontrollieren!« Unschuldig erhob er die Hände und legte sie auf ihre Schultern. »Aber wir finden eine geeignete Lösung.«

»Wie soll diese Lösung denn aussehen?« Sie entwand sich seinem Griff. »Ich habe einen autistischen Bruder, der sein ganzes Leben in diesem Haus verbracht hat, und eine alleinerziehende Mutter, die sich für uns und dieses Haus eine Nachtschicht nach der anderen um die Ohren geschlagen hat. Ich werde nicht aufgeben, bis ich es gerettet habe.« Sie konnte die roten Flecken auf ihrem Dekolleté wie kleine Brandblasen spüren.

»Jetzt hältst du mal die Luft an, Miss Clark! Oder noch besser, du schnappst mal frische Luft. Komm mit.« Jona zog sie hinter sich zur Tür hinaus und fuhr mit ihr per Aufzug bis in die Eingangshalle. Unten angekommen ging er neben ihr den Flur entlang bis zu einer der Seitentüren mit dem grünen Notausgang-Leuchtschild darüber.

Draußen, hinter dem Bürokomplex drückte er sie sanft gegen die Hauswand. »Atme mal durch, Angel. Wir schaffen das. Ehrlich.«

»Würde ich an deiner Stelle auch behaupten«, blaffte sie ihn an.

»Gib mir mal deine Hand.«

»Was soll der Unsinn?« Augenrollend legte sie ihre Hand in seine. Wieder dieses vertraute Gefühl und das Gefühl, eins mit ihm zu sein. Gab es das? So etwas wie Seelenverwandtschaft, obwohl man grundverschieden war?

Seine andere Hand vergrub sich in ihren Haaren, und plötzlich wollte sie unbedingt seine Lippen auf ihren spüren, trotz des Streits. Das Blut rauschte durch ihre Adern und etwas vibrierte in ihren Ohren. War das auch das Blut? Ihre Hände glitten unter sein Hemd und streichelten seinen

Rücken, woraufhin er sie stürmisch küsste.

»Ich habe es dir doch versprochen«, sagte er mit gedämpfter Stimme. Dann zog er seinen Kopf zurück und sagte: »Nimm dir die restlichen Stunden frei. Du könntest mit meinem Wagen zu Kira fahren. Oder unternimm etwas anderes Schönes. Du hast ohnehin so viele Überstunden. Ich gebe Ed Bescheid.«

Endlich mal ein wirklich guter Vorschlag von ihm.

Annie warf Kiras vierjähriger Nichte Emily einen kurzen Blick zu. Ruhig saß das rotblonde Mädchen in einer Ecke und spielte mit bunten Holzbauklötzen, zwischendurch blätterte sie mit erhobener Nase in Kinderbüchern, als könne sie schon lesen.

Restlos alles vertraute Annie ihrer besten Freundin an. Ihre Backen glühten, während sie sprach, und sie erzählte ihr auch von dem Vertrag, obwohl Jona ihr das damals verboten hatte. Kira hörte aufmerksam zu und sah aus, als säße sie im Kino, wobei Annies Geschichte mittlerweile wirklich filmreif war. Fehlte nur das Popcorn. Bei dem Teil mit dem Bierdeckel-Vertrag lachte Kira laut auf und schüttelte amüsiert die Locken. »Du überraschst mich immer wieder. Ich hätte dir nicht zugetraut, dass du dich an einen Milliardärssohn verkaufst.«

»Ich habe mich nicht verkauft, Ki.«

»Wie man es nimmt. Jedenfalls hast du einen guten Preis herausgeschlagen.« Sie schmunzelte.

»Du hältst mich für total wahnsinnig, oder?«

»Ich muss doch sehr bitten.« Dabei hob Kira rechts und links jeweils eine lockige feuerrote Strähne in die Luft, weshalb sie aussah wie Pippi Langstrumpf. Sie zwinkerte verschwörerisch.

Annie redete weiter, bis sie bei den Geschehnissen des

heutigen Tages ankam, nur das Meeting mit den zwielichtigen Männern von AGL ließ sie außen vor.

»Was hat Jona gesagt, als du ihm vorgeworfen hast, er würde dich nicht unterstützen?«, drängelte Kira und säbelte an der bunten Pizza auf dem Backblech herum, das sie mit einem dicken Backofenhandschuh aus dem Ofen gezogen hatte. Frühes Abendessen à la Kira.

»Er sagte, er könne seinen Vater schließlich nicht kontrollieren …« Schlagartig drehte sich Annies Mageninhalt einmal um die eigene Achse. »Ki, mir ist ganz komisch. Ich glaube, ich muss brechen!«, nuschelte sie hinter hervorgehaltener Hand.

»Ihhhh, Tante Ki, die Annie muss kotzen!«, echauffierte Emily sich lautstark und zog angewidert die Nase kraus.

»Also, an meiner Pizza liegt es sicher nicht, ist übrigens Vollkornteig. Wir haben ja noch nicht mal angefangen«, verteidigte Kira sich automatisch und warf einen prüfenden Blick auf Annie. Die stieß den Teller von sich und sprang auf, um in das spärliche WG-Badezimmer zu laufen. Warum kam ihr nur in dieser Wohnung, die immer noch ihre eigene war, alles so winzig vor? Hatte sie sich schon so an den Luxus bei Jona gewöhnt? Hoffentlich nicht, denn in diesem Luxus würde sie nicht mehr lange schwelgen können, aber das wollte sie ohnehin nicht.

Mit einem Mal fühlte sie sich matt und ausgelaugt, weshalb sie sich im Badezimmer auf den rissigen Fliesenboden setzte. Was war nur los mit ihr? Sie wusste nicht, ob sie lachen oder weinen sollte. Gut, dass sie die Toilettentür zugesperrt hatte. Dumpf vernahm sie, wie die Vierjährige den Türgriff hoch und runter schnellen ließ.

»Tante Ki, Tante Ki, die Annie hat sich eingeschlossen.

Das darf man nicht.«

Na und, kleine Petze?

Annie richtete sich schwerfällig auf und schaute in den Spiegel über dem Retro-Waschbecken, nur um festzustellen, was sie ohnehin schon wusste. Sie war kreidebleich. Eine schreckliche Panik machte es ihr unmöglich, sich zu bewegen. Gleichzeitig verschwamm der Raum vor ihren Augen zu einer neblig grauen Masse. Vielleicht ein Magen-Darm-Virus? Schon seit Tagen war sie überfällig, aber sie hatte dem keine Bedeutung zugemessen. Panik! Annie versuchte, langsam zu atmen und sich selbst zu beruhigen. »Es ist alles in Ordnung. Alles ist gut. Think positive ... ach, Scheiße!«

Nach einer Weile klopfte es von außen gegen die Tür. »Ist alles okay? Geht es dir gut?«

Annie rappelte sich auf und drehte den Schlüssel, woraufhin ihre Mitbewohnerin sofort ins Bad stürmte. Ihren Schnuffelhasen an sich gedrückt, stand Emily mit großen Augen im Flur.

»Hast du dich übergeben?« Kira sah vom sauberen Waschbecken zu Annie und dann zur Toilette, deren Deckel immer noch zugeklappt war.

»Nein.«

»Geh zum Arzt, und lass prüfen, ob eine ernsthafte Erkrankung dahintersteckt. Norovirus oder so.« Kira hielt die Hand vor den Mund und wühlte in dem quadratischen Badezimmerregal, das sie damals für kleines Geld bei einem schwedischen Möbeldiscounter gekauft hatten. »Wo ist denn dieses blöde Desinfektionsspray? Emily, du bleibst im Flur. Die Kinder im Kindergarten haben ja ständig so was. Vielleicht ist es aber auch einfach der Stress. War ja wirklich viel los bei dir in letzter Zeit.«

»Kinder«, flüsterte Annie kaum hörbar. Hektisch hielt

sie ihre Handgelenke unter den kalten Wasserstrahl des Waschbeckenhahns.

»Jona und du, ihr habt doch verhütet, oder nicht?«, quietschte Kira.

»Du weißt doch, ich nehme die Pille.«

»Kondom?«

»Es ging alles so schnell.«

»Annie!«

»Ich weiß es selbst ... Das war falsch.« Aber in dieser Nacht und nach dem Pool war sie einfach nicht mehr Herrin ihrer Sinne gewesen. Mit Jona fühlte sie sich so schwerelos, und vernünftig denken konnte sie in seiner Nähe schon gar nicht. Außerdem nahm sie die Hormonpille doch regelmäßig, und sie hatte definitiv keine vergessen.

Kurz darauf hörte Annie, wie Kira im Wohnungsflur mit ihrem Bruder telefonierte. »Kannst du Emily abholen kommen?«

Parallel dazu kreischte die Kleine irgendwo neben ihr: »Tante Annie macht komische Sachen auf dem Klo, Dad.«

Na toll.

Mit einer kleinen Plastiktüte kam Kira aus der Drogerie zurück. Nicht gerade ein alltäglicher Einkauf, den sie da getätigt hatte.

»Hast du nur einen einzigen mitgebracht?«, fragte Annie erstaunt.

»Reicht doch. Entweder bist du schwanger oder nicht. Mehr Möglichkeiten gibt es nicht.«

»Ich glaube sowieso, an der Vermutung ist nichts dran. So viel Zufall gibt es doch gar nicht.« Im Kopf hatte sie natürlich schon längst überschlagen, wie lange ihre Periode überfällig war und wie viele Tage seit dieser ersten gemeinsamen Nacht vergangen waren. »So viele Paare versuchen schwanger zu werden und es klappt nicht. Warum sollte ausgerechnet ich … vor allem, da ich ja die Pille nehme.«

»Annie, quatsch nicht. Pinkel auf das Stäbchen.« Kira hatte schon die Packung aufgerissen und hielt ihr das weiße Teil hin. Dann ging sie in die Küche, um Annie Zeit für sich alleine zu geben. Vermutlich würde sie jetzt genau ausloten, wie viel von ihrer selbst gemachten Vollkornpizza sie essen durfte, um ihren Kalorienbedarf nicht zu übersteigen. Warum akzeptierte sie sich nicht einfach so, wie sie war?

Einsam saß Annie auf der Klobrille und drehte das Plastikstäbchen in der Hand. Sollte sie überhaupt einen Test machen? Sie wusste doch, es konnte nicht sein. Immerhin lief es mit Jona gerade gut, bis auf die Vorfälle heute Nachmittag. Komischerweise vertraute sie ihm irgendwie. Ja, sie vertraute ihm! Mit diesem Gedanken verschwand die Übelkeit schlagartig. Schwanger, so ein Unsinn.

Wieso behaupteten eigentlich immer alle, es sei so schwierig, zielgenau auf ein Stäbchen zu pinkeln? Jetzt, da sie sich innerlich davon überzeugt hatte, garantiert nicht schwanger zu sein, legte sie seelenruhig das feuchte Stäbchen auf dem Rand der Duschwanne ab. Der lästige Pizzageruch in ihrer Nase war verschwunden und ihr Magen signalisierte tierischen Hunger. Prima, es war also doch nur der Anflug einer leichten Magenverstimmung gewesen, und das Ausbleiben ihrer Periode lag glasklar an dem Hin und Her mit Jona, dem Haus und dem Deal.

Auf der Packung stand, das Ergebnis würde schon nach einer Minute angezeigt. Es waren sicher schon mindestens drei Minuten vergangen. Sie schielte auf den Test. Nur ein Streifen. Negativ. Hatte sie es doch gewusst.

Der Hunger trieb sie in die Küche, wo Kira ungeduldig

vor ihrem unangetasteten Pizzateller saß und auf sie wartete. »Und?«

»Nichts und. Kann ich mir ein Stück Pizza nehmen?«, fragte sie, als wäre null passiert. Überrascht stellte sie fest, dass Kira bisher nur ein einziges Stück vom Blech genommen hatte, und zwar jenes, das immer noch unangerührt auf ihrem Teller lag.

»Was ist denn nun bei dem Test herausgekommen?« Neugierig ließ Kira das Salami-Pizzastück, das sie gerade zum Mund führen wollte, wieder sinken.

»Negativ. Ich bin nicht schwanger«, antwortete Annie, und sie konnte nicht leugnen, wie groß der Stein war, der ihr dabei vom Herzen fiel. Lachend schob sie sich ein Stück Thunfisch-Pizza mit Oliven zwischen die Zähne.

»Nicht schwanger«, wiederholte Kira. »So ein Aufriss wegen gar nichts.« In ihrer Mimik mischte sich Erleichterung mit Enttäuschung: Sie war sicher erleichtert, dass Annie, die mit Kindern so gut klarkam wie mit Vogelspinnen oder Kakerlaken, kein Baby erwartete. Gleichzeitig war sie wohl enttäuscht, weil sie Drama und Sensation in ihrem Leben genauso sehr brauchte wie ihre roten Locken.

»Wo ist eigentlich mein Handy?« Suchend verließ sie kurz darauf den Raum.

Alles war in Ordnung, nur die Sache mit Jona und dem Einkaufszentrum nicht. Annie überlegte und machte sich über das zweite Stück Pizza her. Ihre Freundin hatte gar nichts gegessen, stellte sie mit einem Blick auf Kiras Teller fest.

Welche Möglichkeit gab es, Jona davon zu überzeugen, sich gegen seinen Vater zu stellen? Ben schien eine unsichtbare Macht über seine Söhne zu besitzen.

»Die kleine Kröte!«, platzte Kira nach ungefähr zehn Minuten wieder in die Küche. Annie erschrak so sehr, weshalb ihr das mittlerweile vierte Pizzastück aus der Hand fiel und natürlich mit der Thunfischseite nach unten auf den Teller klatschte.

»Welche Kröte?«

»Emily! Sie hat bestimmt mein Handy mitgehen lassen. Ich kann es nicht finden, und Ems liebt momentan alles, was Geräusche macht und leuchtet. Sie hat schon ein paarmal versucht, es mir abzuluchsen.«

»Brauchst du das Handy so dringend?« Annie lehnte sich in dem unbequemen Holzstuhl zurück, den sie früher, sagen wir, vor mehr als vierzehn Tagen, noch bequem gefunden hatte. Dann kratzte sie den Thunfisch zusammen und verteilte ihn wieder auf dem Pizzaboden.

»Ich kann mir noch nicht mal Luis´ Nummer merken, geschweige denn meine eigene. In dem Ding ist mein ganzes Leben. Ich fahre es schnell holen, wenn das für dich okay ist. Du bist ja jetzt in Hochstimmung.«

Annie sah sich um, als gäbe es noch mehr Anwesende, außer ihr und ihrer besten Freundin in diesem Raum. »Ich? In Hochstimmung?« Mit den Zinken der Gabel deutete sie albern auf ihre eigene Brust.

»Vielleicht nicht gerade Hochstimmung, aber immerhin gibt es keine weitere Katastrophe in deinem Leben.« Kira lächelte ihr aufmunternd zu, und Annie erhob sich, um Kira zu umarmen.

Nachdem die verschwunden war und Annie das Geschirr abgeräumt hatte, spazierte sie ins Badezimmer, um sich die Hände zu waschen. Da lag das Teststäbchen immer noch, unschuldig auf der Duschwanne. Lächelnd nahm sie es in die Hand und wollte es wegwerfen. Nur kurz streifte ihr Blick die ovale Aussparung, auf der sie zwei blaue Streifen erkannte. Sah aus wie ein Gleichheits-Zeichen in der

Mathematik. Mit zusammengekniffenen Augen drehte sie das ovale Kästchen so, bis es wie eine Rechenaufgabe samt Ergebnis aussah. Dabei war das Ergebnis eindeutig.

Volltreffer. Heilige Sch … !

Vor 37 Minuten hatte sie den Schwangerschaftstest aus der Verpackung gerissen. Fast genauso lange war sie sich sicher gewesen, nicht schwanger zu sein. Sie konnte kein Kind bekommen, das war völlig unmöglich. Nicht mit Jona.

Es war schließlich nicht so, als habe sie in Biologie nicht aufgepasst, im Gegenteil. Biologie war eines ihrer Lieblingsfächer in der Schule gewesen. Sie nahm verdammt noch mal die Pille, und sie wusste, die Pille war das sicherste Verhütungsmittel der Welt. Vollkommen unvorstellbar, dass sie von dieser ersten Nacht mit Jona … Sie versuchte, nicht weiterzudenken, aber die Gedanken drängten sich ihr auf: ein Kind. Wie sollte sie alleine ein Kind großziehen? Sie wusste gar nichts über Kinder, fand sie einfach nur laut und nervig. Außerdem: Wenn sie nicht gerade einen Deal mit einem reichen Typen einging, wohnte sie in einem schuhkartongroßen WG-Zimmer. Ihr Beziehungsstatus war kompliziert und alle um sie herum hatten genügend eigene Probleme.

Es brachte leider nichts, auszuflippen. Sie musste mit Jona reden, da führte kein Weg dran vorbei. Oder sollte sie noch einen Test machen? Aber was hatte Kira gesagt: schwanger oder nicht schwanger. Mehr Möglichkeiten gab es nicht.

Dabei sollte sie heute doch etwas Schönes unternehmen.

Das Ergebnis auf dem weißen Plastikstäbchen war alles andere als schön.

Der Bus hielt an der Haltestelle, ungefähr 500 Meter von der Villa entfernt. Annie stieg langsam aus, wartete, bis der Bus wegfuhr, und überquerte dann die Straße. Sie konnte sich nur noch in Zeitlupe bewegen. Zwischendurch hielt sie immer wieder eine Hand auf ihren Bauch. Vielleicht sollte sie das Kind lieber nicht bekommen. Aber konnte sie das überhaupt – ein Kind *nicht* bekommen?

Obwohl in San Diego das ganze Jahr über derart mildes Klima herrschte, dass man Weihnachten am Strand feiern konnte, brach ihr der kalte Schweiß aus. Sie fasste sich an die Kehle, um den Würgreflex zu unterdrücken. Aus ihrer Umhängetasche zog sie einen dünnen bunten Schal und legte ihn um den Hals. Die alte Straßenuhr hing stumm an der Fassade des viktorianischen Häuserblocks und zeigte genau sieben Uhr abends an. Auf der gegenüberliegenden Straßenseite schob eine Frau einen Kinderwagen und zog gleichzeitig an der anderen Hand ein Kleinkind hinter sich her. Der Kleine quengelte, wollte nicht selbst laufen, er war vielleicht drei oder vier Jahre alt. Annie sah peinlich berührt weg, nicht annähernd konnte sie sich vorstellen, die Mutter mit den Kindern zu sein. Ein schreiendes Baby zu beruhigen oder den quengelnden Kleinen schienen ihr unlösbare Aufgaben, deutlich schwieriger als die mathematischen Problemstellungen, die Ed ihr täglich übergab.

Obwohl sie ihre eigene Angst so stark spürte, als wäre diese lebendig, war ihr klar, sie würde das Kind bekommen. Ob sie eine gute Mutter wäre? Wahrscheinlich nicht. Aber wer wusste das schon vorher?

Als zappe sie sich durch alle existierenden Fernsehkanäle Amerikas, flogen die Gedanken durch ihren Kopf: Jona, die Pille und dieses verfluchte Teststäbchen mit den zwei Streifen, das sie wie betäubt in ihre Tasche gesteckt hatte. Sie hielt kurz inne, da sich die Häuser um sie herum drehten wie ein verdammtes Kettenkarussell. Dann hob sie entschlossen das Kinn und schritt weiter voran.

10. Kapitel

Jemand hatte die Villentür offen gelassen. Annie trat in den Flur und sah sich um. Es dudelte keine mexikanische Musik über den Korridor, kein Duft fettiger Tapas lag in der Luft und es klapperte kein Geschirr, nichts sprach dafür, dass Sophia sich im Haus aufhielt. Überhaupt wirkte das Gebäude still und verlassen, bestimmt arbeitete Jona noch. Nachdenklich trottete Annie ins Gästezimmer, um den Bleistiftrock gegen eine leichte Hose zu tauschen.

Erschrocken nahm sie den breiten Rücken eines Mannes auf dem Gästebett wahr. Die tief stehende Abendsonne blendete sie durch das Fenster, weshalb sie ihn nur schemenhaft erkannte. Langsam drehte er sich zu ihr um.

»Mein Gott, Jona, hast du mich erschreckt.« Erleichtert legte sie eine Hand auf ihr Herz und fühlte, wie es unnatürlich schnell in dem begrenzten Brustkorb hämmerte. Wie er wohl auf ihre Neuigkeiten reagieren würde? Mit einer Hand umklammerte sie den Schwangerschaftstest in ihrer Beuteltasche und fokussierte die Zeiger des Weckers, der auf dem Nachttisch stand. Irgendwie schaute Jona finster.

Wie eine Pistolenkugel platzte die ungefilterte Wut aus seinem Mund: »Hast du gedacht, ich finde nicht heraus, wer dahintersteckt? Und das alles nur, weil ich meinen Vater momentan nicht bedrängen möchte?«

Aus irgendeinem Grund ignorierte sie, was er von sich gab.

»Ich muss dir unbedingt etwas sagen, Jona.«

»Das sehe ich genauso.« Anklagend warf er ihr den California Globe vor die Füße. Die Headline auf der Titelseite sprang ihr förmlich ins Gesicht. In dicken Lettern las sie:

Skandal: Schwarzgeld bei Holden-Gruppe entdeckt.

Sie las den ersten Satz quer, der mit *Die mächtigste Firmengruppe Kaliforniens …* begann. Ihre Finger lösten sich von dem Plastikstäbchen in ihrer Tasche. Sie hob die Zeitung vom Fußboden auf und spürte, wie ihre Stirn sich zusammenzog.

»Ich habe dir doch gesagt, das sind Kriminelle«, sagte sie bestürzt. »Meinst du, der Glatzkopf ist selbst für den Artikel im Globe verantwortlich? Wobei, was hätte AGL davon, sich selbst zu belasten?«

»Hör auf, Annie. Du bist die Einzige, die bei diesem Schwarzgeld-Gespräch dabei war. Du bist die Einzige, die außer mir davon wusste.« Sein Finger zeigte wie eine Speerspitze auf ihre Brust. »Ausgerechnet du gehst mit so einer Information an die Presse. Dabei hatte ich schon alles in die Wege geleitet, um die Verträge mit AGL aufzulösen.«

»Wie bitte?« Sollte sie zuerst nach Sauerstoff schnappen oder sofort losheulen? Verteidigen konnte sie sich nicht, so kraftlos, wie sie sich fühlte. Beinahe kam es ihr vor, als bekäme sie Halsschmerzen.

Jonathan kam inzwischen richtig in Fahrt. Er erhob sich, und seine große Gestalt, die sie sonst als so anziehend empfunden hatte, strahlte etwas Bedrohliches auf sie aus. »Mein Vater hatte recht. Du bist nur hinter meinem Geld her. Das hätte ich nie von dir gedacht.« Er blieb auf Distanz, so als hätte sie einen tödlichen Virus.

»Ich soll …« Ihre Stimme war nur noch ein Krächzen, und sie musste sich räuspern, um überhaupt Töne produzieren zu können. »… für diesen Schmierartikel verantwortlich sein?« Erbost warf sie die Zeitung auf das Bett und schwang ihre Umhängetasche über die Seite. Keine Sekunde länger würde sie mit *Mister Holden* in diesem Zimmer bleiben.

»Annie, warte.« Er hielt sie am Handgelenk fest. Dabei rutschte die Tasche von ihrer Schulter und kippte nach vorne. Etwas fiel mit einem leisen, klatschenden Geräusch auf den Boden. Schon hielt Jona den Test zwischen Daumen und Zeigefinger hoch und drehte ihn langsam um, während Annie sich keinen Zentimeter mehr bewegte und sich wie ausgeschaltet fühlte.

Das blanke Entsetzen breitete sich auf seinem Gesicht aus, eine Ader begann an seiner Schläfe zu pochen. Er starrte auf das Gleichheitszeichen in der ovalen Aussparung. Immer noch sagte er nichts. Annie biss sich auf die Unterlippe.

»Von wem ist es?«, fauchte Jona sie an.

Sie schlug die Hände vor den Mund, unfähig, zu antworten.

»Von wem ist das Kind?«, fragte er noch einmal lauter und griff nach ihrem Arm. Er brüllte fast, weil sie nicht reagierte und er noch einmal fragen musste. »Von wem, Annie?« Dabei hielt er ihr das Stäbchen dicht vors Gesicht. Annie blickte auf den Fußboden.

Überall dieser weiße Marmor.

Jona fuhr sich nervös mit der freien Hand über den Dreitagebart. »Sagst du jetzt noch etwas?«, forderte er sie mit eisigem Unterton auf.

»Von wem wohl«, flüsterte sie.

Er ließ ihren Arm einfach los und stürmte an ihr vorbei aus dem Gästezimmer. »Das ist nicht meins!«, rief er aggressiv über die Schulter zurück.

Es traf sie wie ein Schlag ins Gesicht. Niemals hätte sie mit einer derartigen Reaktion gerechnet. Oder lag es an diesem Schmierartikel, war er überfordert mit der Situation? Nein, er hatte so oder so kein Recht, sich wie ein Gestörter aufzuführen. Trotzdem folgte sie ihm wie betäubt in den Flur und strich ihm sanft über die Schulter, ein reiner Reflex.

»Wie lange weißt du das schon?«, fragte er und sah ihr in die Augen. Ohne auf eine Antwort zu warten, schüttelte er sie ab und nahm einen Autoschlüssel aus dem Schränkchen im Korridor. Diesen Schlüssel kannte Annie gar nicht, er musste zu einem Wagen gehören, den Jona normalerweise nie fuhr.

»Du kannst mich nicht verlassen.« Eine Träne lief über ihre Wange.

»Natürlich kann ich. Schau, ich tue es gerade.« Geschickt umschiffte er sie und ließ den Schlüsselbund klappern.

Dann verließ er sie, vielleicht für immer.

Es tat ihrer Seele gut, Lilos Blumenmeer im warmen Abendlicht des Stadtviertels zu sehen. Ein vertrautes Gefühl, das sie jetzt mehr als alles andere brauchte, stieg in ihr auf: Geborgenheit. Natürlich hätte sie auch in die WG fahren können, aber Kira hätte sicher versucht, Annie zu überreden, durchzuhalten, schließlich ging es um das Haus. Allerdings war Annie diese Tatsache bewusst entfallen. Letztendlich waren 50.000 Dollar auch nur *schnöder Mammon*, wie Lilo es nannte. Geld.

Leider diesmal Geld, das sie dringend brauchten.

Egal, in Hillcrest jedenfalls war Annie sicher, hier wusste niemand etwas von einem Baby oder einem Vertrag.

»Kind, bist du ausgezogen? Habt ihr Mädels Streit oder ist eure Waschmaschine kaputt?« Lilo staunte, als Annie mit dem Trolley über die rissigen Eichenpaneele des Hausflurs ratterte.

Ausgezogen ja, bei Kira nein, Waschmaschine kaputt auch nein.

»Kann ich ein paar Tage hierbleiben, Mom?« Obwohl es Annie unendlich schwer gefallen war, hatte sie direkt, nachdem Jona gegangen war, ihr Handy abgeschaltet. So war es leichter für sie, der Versuchung zu widerstehen, ihn anzurufen. Das Wochenende verschaffte ihr zusätzlich zwei ganze Tage, ohne über die Arbeit oder Jonathan Holden nachdenken zu müssen.

»Ich koche uns einen Tee, und du berichtest mir, welche Laus dir über die Leber gelaufen ist.« Lilo machte sich armreifeklappernd in Richtung Küche davon, während Annie den Koffer abstellte. »Tee klingt gut.« Am besten Entspannungstee. Wie benebelt nahm sie den dünnen Schal ab und atmete tief ein und aus, als habe das Tuch sie bislang daran gehindert.

Dumpfe Schritte polterten die rustikale Holztreppe herunter, und Marc blieb inmitten der Stufen stehen. Er trug ein schwarz-rotes Hawaiihemd und versuchte ein schräges Lächeln. Es sah aus, als habe ihm jemand beigebracht, so zu schauen. »Hey, Annie. Schach?«, fragte er ohne Umschweife und legte den Kopf schief.

»Warum nicht?«, antwortete sie und beobachtete, wie ihr Bruder die Treppe hinauf in sein Zimmer hüpfte, um das Holzschachbrett ihres Großvaters und die Spielfiguren, die er in speziellen Kisten aufbewahrte, zu holen.

»Schach«, sprach sie zu sich selbst.

Matt.

Es wären nur noch fünf Tage gewesen! Fünf läppische Tage, und das Craftsman-Haus in der Yellow Bird Road 201 hätte ein für alle Mal ihrer Mutter gehört. In ihrem ehemaligen Kinderzimmer drückte Annie, die in dieser Nacht kaum geschlafen hatte, sich das blumengemusterte Kopfkissen ins Gesicht. Sie hätte es retten können.

Nachdem sie gestern ihrer Mutter gebeichtet hatte, dass

sie es nicht schaffen würde, die Schulden zu begleichen, hatten sie eine Liste mit potenziell infrage kommenden Unterstützern erstellt. Neben den Smiths und einigen anderen hatten sie sogar ihren Vater ans untere Ende der Auflistung geschrieben, obwohl sie ihn niemals um Geld bitten würden. So oder so kamen nicht genügend Personen zusammen, die ausreichend Bares entbehren konnten. Lilo reagierte gelassen. Ob sie überhaupt auch nur eine Minute an Annies Versprechen geglaubt hatte?

In dem spärlichen Bad, in dem es immer ein bisschen zu stark nach Reinigungsmittel und Räucherstäbchen roch, suchte Annie nach der Zahnpasta und grübelte: 49.904,12 Dollar bekamen sie nicht zusammen. Sie brauchten einen anderen Plan, und zwar einen dafür, wenn das Haus unter dem Hammer gelandet war. Die Bank würde ihnen sicher keine lange Schonfrist einräumen. Die Zeit lief ihnen davon.

Nachdem sie Marc zur Schule begleitet hatte, setzte Annie sich an den Küchentisch. Logisch und mit Bedacht, was Pete zu schätzen gewusst hätte, schmiedete sie Pläne und erstellte To-do-Listen. Sie meldete einen Account auf einer Immobiliengesuch-Seite im Internet an und schaltete eine kostenlose Anzeige für die Wohnungssuche in Hillcrest. So wie die Quadratmeterpreise im Moment lagen, würde Lilo sich allerdings höchstens einen Hamsterkäfig leisten können. Müssten ihre Mutter und ihr Bruder den Stadtteil wechseln, zöge das erhebliche Probleme nach sich: Marcs Schwierigkeiten mit Veränderungen, Lilos fußläufiger Job in Hillcrest, das Autismuszentrum, die Freunde, die ihnen oft aushalfen.

Was Jona wohl gerade machte?

Abwesend glotzte sie auf den mädchenhaften lila-rosa

Blumenstrauß, den ihre Mutter in der Vase auf dem Esstisch arrangierte. Sofort schob sie den Gedanken an Jonathan Holden beiseite und trank einen Schluck Cola light aus dem Glas, auf das Lilo irgendwann einmal in bunten Buchstaben *Annie-Kind* geschrieben hatte.

»Annie, du sitzt schon viel zu lange vor diesem quadratischen Gerät. Wenn Walther sich keinen neuen gekauft hätte, besäße ich das Ding überhaupt nicht.« In einem weiten Kleid ruderte Lilo um Annie herum und beugte sich vor, um den Laptop zuzuklappen.

»Rechteckig, Mom. Er ist rechteckig. Ich überlege, wie es weitergeht.« Annie ahnte, dass Lilo mal wieder versuchte, sich einer schwierigen Situation zu entziehen, indem sie diese ignorierte, genauso wie sie es mit den Mahnungen zu den Ratenzahlungen getan hatte.

»Es geht immer irgendwie weiter«, kam prompt einer ihrer Kalendersprüche.

Hörbar seufzte Annie auf. »Deine Hippie-Einstellung bringt uns nicht vorwärts.« Wer war hier eigentlich die Erwachsene? Ihre Mutter anscheinend nicht. Annie wischte über die Tastatur, als wären die Tasten kaputt.

»Ich habe keine Lust, mich verrückt zu machen, Annie-Kind«, sagte Lilo.

»Mom, tut mir leid, aber für *keine Lust* bist du zu alt!« Annie merkte, wie fest ihr Tonfall klang. Sie würde sich nicht mehr einfach so von negativen Ereignissen überrollen lassen. Die Zeiten waren vorbei.

Charlotte Clarks Körper, der normalerweise immer in Bewegung war, kam mit einem Mal zur Ruhe. Lilo schob einen der Küchenstühle ran und setzte sich neben sie. »Okay. Wo fangen wir an?«

Das Fazit nach zwei weiteren Stunden war ernüchternd: Marc würde die Schule wechseln müssen. Auch das Autismuszentrum wäre nicht mehr fußläufig erreichbar, an manchen Tagen würde Marc es dann gar nicht mehr besuchen können. Ein Auto hatte Lilo seit der Trennung von ihrem Mann nicht mehr besessen und mehr als ein Fahrrad konnte sie sich nicht leisten.

»Jemand da?« Der gutmütige Walther klopfte von außen an die Verandatür. Das Erste, was man von Mister Smith im Türrahmen der Küche sah, war sein rundes Bäuchlein. Er kochte halt leidenschaftlich gerne, was ihm über die Jahre die Form einer Murmel verliehen hatte. »Kirsten und ich fahren einkaufen, und da dachte ich, ich frage kurz, ob ihr auch was braucht? Oder habt ihr im Lotto gewonnen und ich weiß nichts davon?«

»Ein schlechter Scherz, Walth«, wisperte Lilo.

»Na ja, nicht jeder hat so einen teuren Schlitten vor der Haustür stehen wie ihr. Feines Auto. Kann man gar nicht reinschauen, alle Scheiben getönt.« Mit dem Kinn deutete er in Richtung Tür. Lilo lief zur Verandatür und riss sie beherzt auf, um auf die Straße zu spähen.

»Huch!«, rief sie prompt aus. »Wer sind Sie denn?«

Annies Augenlid begann zu zucken, doch sie blieb an ihrem Platz vor dem Computerbildschirm sitzen. Walther hingegen hing im Küchentürrahmen und observierte den unbekannten Besucher seiner Nachbarin mit Argusaugen.

»Guten Tag. Ich möchte mit Annie sprechen.«

Die Härchen auf Annies Unterarmen stellten sich auf, als seine Stimme an ihr Ohr drang, sanft und fordernd zugleich, so wie sie ihn kannte. Walther warf ihr unterdessen hinter vorgehaltener Hand einen anerkennenden Blick zu und machte irgendetwas Komisches mit seinem rechten Auge. *Teures Auto, Kerl mit Geld.*

»Mein Name ist Jonathan Holden. Ich muss mich unbedingt bei Ihrer Tochter entschuldigen.«

Es gab eine längere Pause, aber Annie rührte sich noch immer nicht. Sie ahnte, was als Nächstes passieren würde.

»Holden wie Immobiliengesellschaft Holden? Wie Holden-Gruppe?«, schrillte Lilos Sopranstimme hinaus auf die Veranda. Das Türgewinde quietschte, und es klang, als habe sie die Tür beim Sprechen ein Stück geschlossen.

»Das ist wohl so«, erklärte die tiefe Stimme.

»Mister Holden, wie ich meine Tochter kenne, möchte sie nicht mit Ihnen reden. Sonst wäre sie wohl kaum gestern Abend völlig aufgelöst hier bei mir aufgetaucht«, wetterte Annies Mutter. Warum hatte sie *völlig aufgelöst* gesagt? »Sie wird ihre Gründe haben, nicht mit Ihnen zu kommunizieren. Da helfen Ihnen auch Ihr schicker Anzug und Ihr dickes Auto nicht.«

»Ich habe Annie in der WG gesucht, aber da war niemand.«

»Und da dachten Sie, es wäre schlau, hier aufzukreuzen?« Man konnte hören, wie verblüfft Lilo war. »Hier bei mir in Hillcrest? Sie, Mister Holden? Nicht Ihr Ernst.«

Jonathan ging nicht darauf ein. »Hat Annie ihr Handy ausgestellt? Ich habe versucht, sie anzurufen, und ihr Nachrichten geschickt. Bitte, ich muss wirklich dringend mit ihr sprechen.« Mittlerweile klang er so, als wolle er am liebsten an Lilo vorbei ins Haus stürmen, was er dank seiner guten Manieren hoffentlich nicht tat.

Annie steckte trotzig die Hände in die flauschigen Taschen ihres Morgenmantels, den sie wieder übergezogen hatte, als sie von Marcs Schule zurückgekommen war.

»Schreiben Sie ihr doch einen Brief! So, und nun verlassen Sie mein Grundstück, Mister«, sagte Lilo aufgebracht. »Noch ist dieses Land in meinem Besitz!« Eine erboste Lilo, das kam so gut wie nie vor, schlug ihm die Tür vor der Nase zu, noch bevor er seinen Satz beenden konnte.

Walther zog instinktiv den Kopf ein, als die Tür ins Schloss knallte. »Ich komme dann ein anderes Mal wegen der Pfandflaschen und der Getränke«, nuschelte er peinlich berührt. »Ist ja wirklich ungünstig jetzt.«

»Ha! Ungünstig ist gar kein Ausdruck, Walther. Wir brauchen einen Schnaps, und zwar einen doppelten.« Lilo ließ sich zurück auf den Küchenstuhl sinken.

»Ich nicht, Mom«, flüsterte Annie kleinlaut, weshalb ihre Mutter es nicht hören konnte. Draußen rollte der schwarze Mercedes am Küchenfenster vorbei, und Annie atmete schwer aus.

»Angelina Clark, was wollte dieser Mann hier bei uns?«

Mist. Die Wahrheit oder nicht die Wahrheit?

Ihr Handy, das sie gerade wieder eingeschaltet hatte, rettete sie mit einem Klingelton, der wie der Sound einer E-Gitarre klang. Sie musste beim Ausschalten den Ton verstellt haben. Kiras Name stand auf dem Display, das sie ihrer Mutter vor das Gesicht hielt, bevor sie den Anruf beantwortete. Zumindest für ein paar Minuten wäre sie in Sicherheit vor Lilos Fragen.

»Kira, es ist so viel passiert.« Annie erhob sich und fuchtelte Lilo mit ihren Händen zu, sie würde ihr auf jeden Fall nach dem Telefonat Rede und Antwort stehen. Dann verließ sie den Raum.

»Warum hast du *überhaupt* ein Handy, wenn du nie zu erreichen bist? Entweder gehst du nicht ran oder das Ding ist aus«, blaffte Kira beleidigt.

»Tut mir leid, Ki.« Anscheinend wollte gerade jeder etwas von ihr, dabei würde sie sich am liebsten in ihrem früheren Kinderbett verkriechen.

»Wäre nett gewesen, wenn du mir wenigstens Bescheid gesagt hättest.«

»Nett?« Der orientalische Perserteppich im Hausflur war nett. Und er lag mal wieder schief. Annie schob ihn mit dem Fuß parallel zu den Holzpaneelen. »Wegen was denn Bescheid gesagt?«

»Hast du meinen Test weggeworfen oder was hast du damit gemacht? Ich wollte Luis damit überraschen.« Es klang nach einer Mischung aus Vorwurf und Verärgerung.

Annie schwante etwas Verhängnisvolles. »Wovon redest du, Kira?« Der Name ihrer Freundin geriet ein bisschen zu schrill.

»Na, von *meinem* Schwangerschaftstest. Luis und ich …«

»*Deinem* Schwangerschaftstest?«

»Ja, wessen denn sonst?«

»Und meiner?«, empörte Annie sich, während sie mit dem Handy am Ohr die Treppenstufen hoch in ihr altes Kinderzimmer wanderte. Es knarrte unter ihren Füßen.

»Der negative? Den habe ich weggeworfen.«

Annie atmete mit einem lauten Stöhnen aus. »Ich werde verrückt.« Sie fasste sich an den Bauch und lachte hysterisch auf. Gott sei Dank.

»Ist alles in Ordnung bei dir?«

»Warum hast du mir nichts erzählt?«, warf sie ihrer besten Freundin vor, wobei sie sich in diesem Moment unsicher war, ob die Bezeichnung *beste Freundin* noch auf Kira zutraf.

»Weil du in letzter Zeit nur noch mit dir selbst beschäftigt warst. Du hast doch gar nicht hören wollen, wie es *mir* geht. Jona hier, Jona da. Und dann das Drama wegen des Hauses. Ich verstehe deine Probleme ja, aber trotzdem.«

»Kira, es tut mir so leid. Freust du dich, schwanger zu sein?«

»Luis hat mir einen Heiratsantrag gemacht. Schon bevor ich dachte, ich sei schwanger.«

»Wow!« Der Mund stand Annie offen. Sie war keine gute Freundin gewesen. Nichts hatte sie mitbekommen. Noch nicht einmal damals am Strand war sie auf Kiras zaghaften Gesprächsversuch eingegangen.

»Wir heiraten, und wir werden zusammenziehen. Ich bin ohnehin mehr in seiner als in unserer Wohnung. Und jetzt, wo wir ein Baby bekommen …«

Kira klang so, wie jemand klang, der sich auf die Zukunft freute. Aufgeregt und voller Zuversicht. Annie schluckte. Sie war kurz in Versuchung, sich zum zweiten Mal das geblümte Kopfkissen ins Gesicht zu drücken.

»Herzlichen Glückwunsch, Ki. Ich freue mich wahnsinnig für dich.« Das war nicht gelogen, es kam aus vollem Herzen. Noch mehr hätte sie sich allerdings gefreut, wenn ihre eigene Welt sich nicht gerade in ihre Einzelteile auflösen würde.

»Das weiß ich doch.« Vergebung schwang in Kiras Stimme mit. Wahrscheinlich hatte sie Annie schon längst verziehen.

»Sind wir noch Freundinnen?«

»Du spinnst. Natürlich. Beste. Ich fasse es nicht, dass du ernsthaft dachtest, du seist schwanger.«

»Ich habe es sogar Jona gesagt.« Annie setzte sich erschöpft auf das Bett, und die gealterten Sprungfedern protestierten leise.

»Ach du liebes bisschen. Und?«

»Er hat mir vorgeworfen, für einen negativen Presseartikel im Globe verantwortlich zu sein.«

»Das Schwarzgeld? Ich habe die Schlagzeile am Kiosk gesehen. Seitdem du dich in diesen Kreisen bewegst, werfe ich manchmal einen Blick auf diese Zeitung.«

»Im Moment möchte ich mich nur um meine Familie kümmern. Wir müssen überlegen, wie es hier weitergeht.«

»Wie kommt er denn darauf, ausgerechnet du würdest so etwas tun?«

»Er hat mich sehr damit verletzt.« Es tat Annie tief im Herzen weh, wenn sie daran dachte. Gleichzeitig spürte sie einen Stich in der rechten Schläfe und schloss die Augen. Sie wollte es sich nicht eingestehen, aber sie vermisste ihn trotzdem.

»Also ist euer Deal gescheitert? Wird das Clark-Haus zwangsversteigert?«, quietschte Kira.

Wenn Annie je eine minimale Hoffnung gehabt hatte, dass sie das Haus doch noch retten könnte, dann war sie in dem Moment verpufft, als sie es aussprach: »Es wird versteigert.«

»Wenn ich euch irgendwie helfen kann, du weißt schon …«

»Kira, ich muss Schluss machen und nachdenken. Meine Mutter läuft in der Küche vermutlich schon Amok, weil sie wissen will, was ausgerechnet Jonathan Holden auf unserer Veranda in Hillcrest verloren hat.« Mit den Fingern fuhr Annie sich durch die Haare.

Nicht schwanger. Das war die beste Nachricht, die sie seit Langem bekommen hatte. Sie ließ sich zurück in die bunte Blumenbettwäsche sinken und registrierte fast schon mechanisch die verpassten Anrufe und ungelesenen Nachrichten auf ihrem Display. Nach der zwölften Textnachricht hatte Jona anscheinend aufgegeben und war bei ihrer Mutter aufgetaucht. Diese Holden-Familie war vielleicht sogar ein bisschen bizarrer als ihre eigene.

Wer war also dieser Jonathan Holden? Annie erzählte ihrer Mutter nicht alles, nur so viel, wie sie wissen musste, um beruhigt zu sein. Und eine Tochter, die sich an einen Milliardär verkaufte, wie Kira es unverblümt ausgedrückt hatte, war sicher nicht das, was sich eine Mutter wünschte. Stattdessen redete Annie etwas von verliebt und dem Mann mit den lichtblauen Augen, von dem Job und dem Artikel im California Globe.

»Globe? Das Blatt lese ich nie«, hatte Lilo zwischendurch gemurmelt.

Jonas Nachrichten ignorierte Annie fast alle. Doch eine las sie immer und immer wieder:

> *›Mein Vater hat mir vorgeworfen, du seist für den Artikel verantwortlich – aus Rache wegen der Sache mit dem Haus. Und weißt du was? Es ist mir egal, was er sagt.*
> *Mittlerweile hat er anscheinend Ed zum Nachfolger ernannt. Auch das ist mir egal.*
> *Komm zurück zu mir, Annie. Das ist alles, was ich will.*
> *Bitte, komm zurück zu mir.‹*

Es war Montagmorgen, acht Uhr, als sie in ihrem ehemaligen Kinderzimmer aufwachte. Und richtig, es wären nur noch 72 Stunden mit Jonathan Holden in der Villa im traumhaften La Jolla gewesen.

Weniger als einhundert Stunden, sie zählte immer noch mit, obwohl es keinen Vertrag mehr gab.

»*Mail.*«

Als habe er ihre Gedanken gelesen, schrieb Jona:

> *›Annie Clark, ich werde nicht aufgeben. PS: Zählst du immer noch mit?‹*

Wie die meisten seiner vorherigen Nachrichten löschte sie auch diese und schlurfte nach unten, um mit ihrem Bruder zu frühstücken.

Irgendwann würde Jonathan Holden auf jeden Fall aufgeben und alles wäre wieder wie früher.

»Kirsten hat Marc schon abgeholt«, rief Lilo ihr entgegen. »Sie hat ihm versprochen, heute mit ihm einen Blaubeermuffin zu essen. Kirsten hat gestern Abend extra gebacken, nach meinem Rezept.«

»Echt?« Konnte überhaupt jemand anderes als ihre Mutter oder Browns Coffeeshop einen Blaubeermuffin herstellen? Zu viele Jahre und zu viele Emotionen waren mit diesem Ritual verbunden.

»Besondere Umstände erfordern besondere Maßnahmen«, sagte Lilo.

Es hörte sich nicht nur so an, es war ziemlich sicher ein Glückskeksspruch.

»Ich möchte heute ein paar Sachen räumen, Schatz. Vielleicht können wir auch einen Garagenabverkauf machen mit allem, was wir nicht mitnehmen werden. Und das wird eine Menge sein«, schlug Lilo vor.

Eine neue Wohnung hatten sie noch nicht gefunden, aber die Bank gewährte ihnen nach der Versteigerung einen Monat Zeit, um auszuziehen. Kirsten und Walther boten daraufhin ihr Haus zur Mitbenutzung an. Keine Dauerlösung, aber immerhin. Lilo versuchte jetzt schon einiges zu organisieren, um später nicht im Chaos unterzugehen. Auch Marc reagierte auf die entstehende Hektik und die Undurchschaubarkeit, die seine Mutter und Annie ihm gegenüber an den Tag legten. So lange wie möglich wollten sie ihn vor der Veränderung schützen.

Aber gestern hatte er viele Fragen gestellt und geweint, als Annie in der Garage den alten Leuchter untersuchte. Sie hatte die Deckenleuchte mit den Kerzenlampen hochgehalten und gerufen: »Kann weg, oder, Mom?«

»Was bedeutet *weg* genau?«, wollte ihr Bruder wissen, und am Schluss der Diskussion brüllte er, ob denn jetzt alles *wegkomme* und wohin überhaupt. Gute Frage.

Heute stand das Räumen in der Küche und im Wohnzimmer auf dem Plan, und Annie graute es schon davor, den alten Eichenschrank ihrer Mutter zu entrümpeln. Sie wollte gar nicht wissen, wie viele verschiedene Packungen Räucherstäbchen der vergangenen dreißig Jahre Lilo dort hortete. Nicht nur sah ihre Mutter aus wie eine Künstlerin der 70er, nein, sie verhielt sich auch so.

»Hast du schon die Anzeigen gecheckt?«, fragte Lilo, während sie ihre selbst bemalten Müslischüsseln aus Ton aus den Oberschränken räumte.

»Eventuell können wir uns eine Wohnung in Old Town anschauen, aber das ist nicht das, was wir brauchen. Eigentlich ist es vergeudete Zeit«, sagte Annie resigniert.

»Mein Gott, Kind: Du musst doch zur Arbeit.« Annies Mutter drehte sich so ruckartig um, dass ihr die nächste Ladung Tontöpfe fast aus der Hand gefallen wäre.

»Mein Chef hat mir freigegeben.«

Die Wahrheit war schon länger nicht mehr Annies Freund.

Genauer gesagt hatte Ed sie gefeuert. Die Mail war heute Morgen um 6 Uhr in ihrem E-Mail-Postfach eingetroffen.

Unüberbrückbare Differenzen und Mangel an Loyalität hatte er ihr vorgeworfen. In einer zweiten persönlicheren E-Mail gegen 7 Uhr hatte er ihr sogar den Verrat an der Firma unterstellt. Alles wegen eines Artikels, mit dem sie nichts zu tun hatte.

»Das ist ja großzügig von ihm«, sagte Lilo und räumte weiter.

Und wie!

In Wirklichkeit war das Leben nicht fair.

»Hast du die Altkleider schon weggebracht?«, fragte ihre Mutter geschäftig. Sie wirkte glücklich, etwas tun zu können, um sich abzulenken.

Aus ihren Gedanken gerissen, lief Annie, statt zu antworten, in den Flur und öffnete den Plastiksack mit den ausrangierten Klamotten, den Lilo dort postiert hatte.

»Da sind wirklich uralte Sachen dabei. Ich verstehe gar nicht, warum ich mich davon nicht schon viel früher getrennt habe«, hörte sie ihre Mutter aus der Küche rufen. »Beispielsweise die Umstandshosen aus der Zeit, in der ich mit Marc schwanger war. Die sind fünfzehn Jahre alt. Als ob ich die noch mal bräuchte.« Sie räusperte sich. »Ich war halt sentimental.«

Annie zog eine weit geschnittene Jeanshose mit breitem Gummibund aus dem Altkleidersack und merkte gar nicht, wie ihre Mutter hinter sie trat.

»Ich dachte immer, das wird vielleicht wieder modern. Ist ja oft so.« Lilo lächelte. »Weg mit dem Kram.«

Annie musste Marc beipflichten. Das Wort *weg* hörte sich hart an. Sie musste Jona unbedingt sagen, dass sie kein Kind erwartete. Es war nicht okay, ihn in dem Glauben zu lassen. Sie stopfte die Umstandshose zurück zu den anderen Altkleidern.

Das Klingeln des Telefons hinderte sie an ihrem Drang, Ordnung in die Dinge zu bringen. Lilo fand den Hörer unter einem Stapel Kleidung auf der Wohnzimmercouch.

Es war der Anruf, der alles für immer veränderte.

11. Kapitel

»Wer ist da?«, fragte Lilo nach. »Was wollen Sie denn schon wieder von mir? Wir sind schon dabei …« Sie schwieg unvermittelt.

Annie verhielt sich mucksmäuschenstill. Sie ließ den Altkleidersack sinken und lugte vom Flur aus durch die offene Wohnzimmertür. Dabei sah sie, wie das Blut aus dem Gesicht ihrer Mutter wich und die Haut sich hellrosa färbte. Dann plötzlich knallrot, was ziemlich ungesund wirkte. Weil sie sich sorgte, ließ sie die Tüte auf den Boden plumpsen und näherte sich der Wohnzimmercouch. Hoffentlich bekam Lilo keinen Schlaganfall. Aber die beachtete sie gar nicht.

»Ist das Ihr Ernst?« Es knisterte, als ihre Mutter sich mitten in die Klamotten und den Stapel Altpapier auf das Sofa fallen ließ.

»Das ist ja wirklich unfassbar!«, quietschte Lilo in den Telefonhörer. Wenn es so unfassbar war und Lilo sich schon wieder aufregte, dann war es nicht gut. »Wer sollte denn so etwas tun?«, rief sie.

War irgendetwas mit Marc passiert? Mehr als einmal war er von seinen Mitschülern gehänselt worden. Doch dann fiel Annie ein, dass Marc ja bei Kirsten war, und die befand sich sicher nicht am anderen Ende der Leitung. Lilo machte sie ganz wahnsinnig. Sie könnte ihr doch wenigstens einen Tipp geben oder sie überhaupt mal anschauen, damit Annie vielleicht etwas aus ihrem Blick herauslesen könnte. Aber ihre Mutter starrte nur in die Wohnzimmerecke und fixierte die Umzugskartons, die sie von einer Kollegin ausgeliehen hatte.

»Ich bekomme das noch schriftlich? Jaja, das habe ich verstanden. Ich habe alles verstanden, also nicht alles, aber das Wesentliche. Ach, per Mail haben Sie mir schon das gescannte Dokument geschickt? Das ist ja wirklich … Ich weiß gar nicht, was ich sagen soll.« Lilo legte eine Hand auf den Mund.

Annie hielt es nicht mehr aus, sie stand dicht neben ihrer Mutter und zupfte an deren Arm. Durch den Hörer hörte sie eine ernste, dunkle Männerstimme, die klang wie die eines Lehrers.

»Mister Jackson, das ist das Beste, was mir in meinem ganzen Leben … ach, was sage ich, in all meinen Leben und in diesem Universum je passiert ist«, frohlockte Lilo, und Annie sah, wie die Hände ihrer Mutter zitterten.

Okay, jetzt hielt Mister Jackson – wer immer das war – ihre Mutter mit ihrem esoterischen Gebaren wahrscheinlich für nicht zurechnungsfähig.

»Nein, wirklich? Ich hätte ja niemals gedacht, dass Sie auch an Reinkarnation interessiert sind, Sir.« Lilo malte Herzchen vor Annies verständnislosen Augen in die Luft. »Natürlich freue ich mich, Mister Jackson. Ich bin nur gerade paralysiert, wenn Sie verstehen, was ich meine. Nach so einer Nachricht fühle ich mich handlungsunfähig.«

Dann lachte sie unvermittelt aus vollem Halse, so laut, wie Annie ihre Mutter seit langer, langer Zeit nicht mehr hatte lachen hören.

»Es scheint so, als würden wir doch noch Freunde, Mister Jackson. Natürlich komme ich morgen bei Ihnen vorbei. Selbstverständlich.« Sie nickte heftig, was ihr Gegenüber gar nicht sehen konnte. »Ihnen auch. Danke schön. Auf Wiedersehen!«

Kaum hatte Charlotte Clark aufgelegt, sprang sie auf,

umfasste Annie mit den Armen und wirbelte sie herum. »O mein Gott, o mein Gott!«

»Mooooom!« Annie schüttelte ihre Mutter ab. Sie fand es nervig, wie die sich aufführte, ohne zu sagen, was überhaupt los war.

»Was. Ist. Los?«, versuchte Annie es noch mal, etwas lauter.

»Ich muss Kirsten anrufen, ich muss … Ich weiß gar nicht, was ich alles muss.«

»Mom, du nervst!«, schimpfte Annie und setzte sich auf die Couch. Lilo war ihr suspekt, sie führte sich auf, als habe sie eine Biene im Pullover, und strahlte wie Weihnachten und Geburtstag zusammen.

»Das war Jackson von der Bank, Annie. Stell dir vor, jemand hat unsere Schulden beglichen.«

Stille. Annie schluckte schwer.

»Dieser Jemand möchte aber nicht genannt werden.« Das *Die beste Nachricht meines Lebens*-Dauerlächeln blieb eingemeißelt in Lilos Gesicht. »Wir können das Haus behalten. Keine Zwangsversteigerung! Keine Shoppingmall. Kein Bürokomplex. Nichts. Nur meine Blumen in meinem Vorgarten. Ist das zu glauben?« Beim letzten Satz kicherte sie wie ein Teenager.

»Wiederhole das bitte noch mal«, verlangte Annie.

»Wir. Dürfen. Das. Haus. Behalten.« Lilo zog Annie hoch und wirbelte sie wieder durch den Raum, was diese verständnislos mit sich geschehen ließ.

»Du freust dich gar nicht, Tochter. Dabei ist das doch unfassbar! Ein Geschenk des Universums!« Lilo klatschte in die Hände wie eine Vierjährige.

Jonathan Holden. Wer sonst?

»Falls das wirklich stimmt, Mom, dann überleg doch mir zuliebe mal zwei Sekunden. Wer könnte wohl der edle Ritter auf dem weißen Ross sein?« Annie war nicht nach Feiern zumute.

Ihre Mutter legte den Zeigefinger an die Lippen, als dächte sie angestrengt nach. Musste die echt überlegen? So schwer war es nicht.

»Du meinst deinen piekfeinen Holden-Spross? Warum sollte der Interesse daran haben, uns zu helfen? Das glaube ich nicht. Wobei der Junge eigentlich ganz sympathisch wirkte, aber ich will mich nicht in eure Angelegenheiten einmischen …«

Annie unterbrach sie ungeduldig. »Haben wir sonst noch irgendwo irgendwelche schwerreichen Gönner, von denen ich nichts weiß?«, giftete sie. Sie wusste gar nicht, weshalb sie auf einmal so wütend war. »Das macht der doch nur, um seine Weste rein zu waschen. Wegen des Tests, der ja eigentlich von Kira ist … ach, nichts.«

Lilo konnte ihrer Tochter offensichtlich nicht folgen. »Wegen was? Du meinst wegen des Zeitungsartikels?«

»Wahrscheinlich hat er doch gemerkt, dass ich mit der ganzen Sache nichts zu tun habe. Er hätte ja nur mal diese Belini-Frau, die Interviewerin unseres PR-Artikels, anrufen müssen. Die hätte ihm schon gesagt, wer der Informant ist. Jedenfalls nicht ich.« Annie verschränkte die Arme vor der Brust und zog ein grimmiges Gesicht. »Ich fahre jetzt zu ihm. Das geht so nicht.«

»Nicht doch!« Charlotte Clark fächerte sich aufgeregt mit einer Hand Luft zu und täuschte einen Schwächeanfall vor.

»Mom, lass das. Ich muss wissen, ob er es war.«

»Aber unser Haus …« Man sah förmlich, wie die Hoffnung aus Lilos Miene verschwand. Annie hasste sich selbst dafür, ihrer Mutter das antun zu müssen, aber eigentlich war das alles nur Jonas Schuld.

»Falls er es nicht war, werde ich es dabei belassen. Ich werde nicht nach dem Menschen, der freiwillig 50.000 Dollar Schulden übernimmt, suchen«, versuchte sie Lilo zu beruhigen. Mit schwitzigen Fingern streifte Annie sich die Jeansjacke über. Es kam ihr vor, als sei ihr selbst die Jacke zu groß geworden. Durch die ganze Misere mit Jona und dem Vertrag hatte sie schon drei Kilo abgenommen. Im Vorbeigehen griff sie nach einer Banane, die auf dem Couchtisch im Obstkorb lag und schon ziemlich dunkelbraun aussah.

Verdammt, sie vermisste Jona. Jeden einzelnen Tag, den sie bei ihrer Mutter verbrachte, hatte sie diesen Mann vermisst. Seine Sprüche, seine Art zu grinsen, seine Augen, seine anziehende Selbstsicherheit und seinen Körper. Am liebsten würde sie sich an ihn lehnen oder sich von ihm umsorgen lassen, wie er es an dem Morgen nach der Kneipenaktion getan hatte. »Meinst du, dass ich mir Walthers Wagen leihen kann? Ach was, ich rufe mir ein Taxi. Soll Jona doch zahlen.«

Die Wut kam pronto zurück, als sie die Nummer der Taxizentrale in den Touchscreen ihres Smartphones einhämmerte.

Die mächtige Villa lag scheinheilig vor ihr in der Sonne, als das Taxi in die Auffahrt einbog. Aus der Ferne sah sie Jonas mattschwarzen Mercedes in der offenen Garage parken, der Ferrari stand daneben. Er war also nicht im Büro in Downtown. Zum Glück, denn die Frage, wie sie das Taxi nach La Jolla ohne ihn hätte bezahlen sollen, war ihr erst auf dem Weg gekommen.

Tatsächlich freute Annie sich auf die liebenswerte Sophia mit ihrer Fröhlichkeit und Unkompliziertheit. Eine Haarsträhne fiel aus ihrem Pferdeschwanz, während sie den Schlüssel, den sie immer noch an ihrem Schlüsselbund trug, im Schloss drehte.

»Che fortuna!« Die sonst so professionell distanzierte Hausdame kam ihr bereits auf dem Flur entgegen und drückte Annie überschwänglich. »Ein Glück, Sie sind wieder da, Miss Clark. Hier ist es ohne Sie ... na ja. Jonathan geht es gar nicht gut. Ich weiß ja nicht, was genau vorgefallen ist, aber ... möchten Sie einen Kaffee?«, fragte sie und wollte sich offenbar auf ein Schwätzchen einrichten, ganz so, als wäre Annie nie fort gewesen.

»Ich denke nicht, dass Miss Clark einen Kaffee möchte, Sophia«, hallte Jonas Stimme aus dem oberen Stockwerk die Marmortreppe herunter. Seine festen Schritte auf Stein folgten unmittelbar danach.

Sophia nickte Annie zu und verschwand in Richtung der hinteren Zimmer. Annies Auge zuckte leicht, was sie leider nicht verhindern konnte. Schon stand er vor ihr, und sie redete einfach drauflos, aus Angst, plötzlich nicht mehr zu wissen, was sie sagen wollte: »Der Taxifahrer wartet draußen. Würdest du ihn bitte bezahlen? Du kannst es mir von meinem Restgehalt abziehen, das mir noch zusteht. Dank deines Bruders habe ich ja keinen Job mehr, wie du sicher weißt.«

Selbstbewusst, Miss Clark!

Annie war stolz, sie war tatsächlich stolz auf sich.

Jona runzelte die Stirn und zog an ihr vorbei in Richtung Taxifahrer. Als er zurückkam, schob er sie wortlos neben sich her durch den großen Wohn-/Essbereich auf die Veranda. »Setz dich doch bitte«, wies er sie an, wobei er auf eine der beiden Riviera-Sonnenliegen deutete, die Annie als Sitzgelegenheit reichlich unpassend fand. Also blieb sie stehen.

»Ich möchte hier keine Wurzeln schlagen.« Wenn sie eins

gerade gar nicht gebrauchen konnte, dann waren das hektische Flecken am Hals. Instinktiv fuhr sie sich mit den Fingern über das Dekolleté.

»Jetzt setz dich doch erst mal. Möchtest du etwas trinken? Und vor allem, reg dich nicht so auf«, sagte er, woraufhin sie die Hand wie ein Stoppschild in die Luft hielt.

Er hielt kurz inne, dann sagte er: »Es ist okay, Annie. Ich weiß es schon. Und ich finde es gut, dass du gekommen bist, um mit mir zu sprechen.«

Verwirrung.

»Du weißt was?«, fragte Annie nach und zählte gedanklich die Querbalken der Terrassenumrandung, dreizehn. Gleichzeitig suchte sie den Aus-Knopf für ihren Zahlentick.

»Du hast das Tagebuch meiner Mutter im Tresor des Gästezimmerschranks gefunden und darin gelesen.«

Oh, oh! Jetzt bloß nichts Falsches sagen.

Annies Unterkiefer zitterte, und sie musste sich setzen, auch wenn diese blöden Sonnenliegen viel zu tief für sie waren. »Das Tagebuch deiner … Achso, ja das. Gelesen ist übertrieben. Ich würde es darin geblättert nennen.«

»Soso.« Er glaubte ihr offenbar nicht. »Jedenfalls wusste ich nichts von diesem Tagebuch. Es muss schon ewig dort liegen. Das Gästezimmer haben wir ehrlich gesagt, bis du kamst, nie genutzt. Für wen auch? Selbst als meine Mutter noch lebte, hatten wir selten Besuch über Nacht. Das Zimmer war uninteressant. Sophia reinigt es einmal wöchentlich, aber sonst passiert dort nicht viel. Sie hat eine schwarze Chiffonbluse von dir im Schrank gefunden, und als ich sie herausgenommen habe, ist mir dieser Safe ins Auge gesprungen.«

»Du hast nichts von dem Safe gewusst? In deinem eigenen Haus?«

»Es war ja früher das Haus meiner Eltern, und meine Mutter hat diesen Schrank damals gekauft. Kleiderschränke von Frauen interessieren mich nicht unbedingt.« Die Fältchen an den Augen traten zum Vorschein.

»Das Buch ist mir mehr oder weniger in die Hand gefallen, Jona.« *Was für ein Blödsinn!* »Es tut mir leid. Aber ich schwöre, ich habe nur ein- oder zweimal, also zweimal darin gelesen. Und nicht viel. Nur das mit der Hochzeit und Scarlett.«

Weswegen war sie noch mal hier?

Auf einmal saß sie selbst auf der Anklagebank, dabei wollte sie doch mit Jona über den mysteriösen Spender sprechen und das mit der Schwangerschaft aufklären.

»Die Hochzeit hat ja zum Glück nie stattgefunden«, sagte Jona grüblerisch.

»Zum Glück«, wiederholte Annie erleichtert.

»Ach, tatsächlich?«, fragte er scheinheilig, lehnte sich auf seiner Sonnenliege zurück und streckte die Beine aus. »Ich bin sehr froh, dieses Buch gefunden zu haben, da es mir offenbart, welche Gedanken meine Mutter hatte. Gedanken, die oft richtig waren.«

Verunsichert schaute Annie sich um. Sie brauchte eine Überleitung. Ihr Blick fiel auf die Steinmauer im Garten. Nichts erinnerte mehr daran, wie viele Jahre sie unvollkommen gewesen war.

Jona beobachtete sie. »Ich habe es für Mom getan«, sagte er leise. »Nach ihrem Tod hat sich niemand mehr darum gekümmert. Es war an der Zeit.«

Annie nickte. »Das hätte ihr sicher gefallen.«

Es entstand eine längere Pause, bis sie doch noch wagte, zu sprechen. »Warum hast du unsere Schulden so mir nichts, dir nichts beglichen?«

Plötzlich besaß sie seine volle Aufmerksamkeit. Flinker als sie gucken konnte, schnellte er zurück in die Sitzposition. »Eure Schulden sind beglichen?« Er klang tatsächlich ehrlich verwundert.

»Das sagte ich gerade, Mister Holden.«

»Wer hat sie denn bezahlt?«

Er sah verstört aus. Wollte er sie veralbern? »Netter Versuch, Jona. Tut mir leid, aber Almosen nehmen wir nicht. Du kannst dein Geld behalten, denn wir werden kein gemeinsames Kind bekommen.« Sie spürte eine dicke Zornesfalte auf ihrer Stirn.

»Verdammt! Was heißt das, Annie?« Er fasste sich an den Kopf.

»Es heißt, es war nicht *mein* Schwangerschaftstest, der aus der Tasche gefallen ist. Es war Kiras. Ich dachte auch, es sei meiner. Aber ich bin nicht schwanger. Du kannst dein Geld also getrost behalten.«

Scharf stieß er Luft aus und kaute mit den Schneidezähnen auf seiner Unterlippe. Er sah sie kurz an, als würde er gerne den Terrassentisch zertrümmern. Dann wurde sein Blick wieder weicher. »Also, nicht schwanger. Alles klar, Annie. Und du hast keine Notwendigkeit gesehen, mich sofort zu informieren?«

»Du hast mich verletzt, Jona. Kannst du dir überhaupt vorstellen, wie ich mich gefühlt habe, als du einfach abgehauen bist?«

»Ich wollte mich bei dir entschuldigen. Ich war bei deiner Mutter, aber sie hat mich nicht reingelassen.«

»Und jetzt hast du unsere Schulden bezahlt!«

»Ich war das nicht«, sagte er und sprang auf, als ob er sich im Stehen besser verteidigen könnte.

Annie erhob sich ebenfalls. »Wer soll es denn sonst gewesen sein? Kennst du noch jemanden, der in der Lage ist, so viel Geld auf einen Schlag zu zahlen?«

»Ich schon, aber du ja anscheinend nicht«, erwiderte er patzig.

»Du wolltest doch nur dein Gewissen rein kaufen, indem du unser Haus abbezahlst – weil du ganz genau weißt, dass ich den Schwarzgeld-Artikel nicht veranlasst habe. Aber so läuft das nicht!« Wütend fuchtelte sie mit dem Finger vor seiner Nase herum. »So nicht!«

»Was für ein Schwachsinn!« Er schüttelte den Kopf. »Ehrlich gesagt, weiß ich gar nicht, ob du den Artikel nicht doch initiiert hast.«

Sie mochte die Art nicht, wie er grinste. Aus zusammengekniffenen Augen sah sie ihn an, woraufhin er die Hände hob, so als stünde ein Polizist vor ihm. »Aber ich gehe natürlich davon aus, dass du es nicht warst. Trotzdem habe ich keine 50.000 Dollar Schulden beglichen.«

»49.904,12 Dollar«, korrigierte sie ihn und pustete sich eine verirrte Ponysträhne aus der Stirn.

»Du bist so zahlenfixiert«, rief er aus. »Es ist doch vollkommen egal, welcher Betrag. Ich war es jedenfalls nicht!«

»Jetzt sei doch wenigstens ein einziges Mal ehrlich, Jonathan Holden!«, herrschte sie ihn an und lief in den Innenraum, drauf und dran, ganz aus der Villa zu stürmen.

Obwohl sie schon bis in den Flur gekommen war, wusste sie, er würde sie nicht gehen lassen. »Annie, bleib!«, rief er und folgte ihr. »Ich gebe dir recht. Wir müssen ehrlich miteinander sein.«

»Also gut, ich habe keinen Zeitungsartikel lanciert. Punkt.«

»Und ich habe keine Schulden von 49.900 irgendwas Dollar beglichen«, gab Jona von sich.

Er sagte die Wahrheit. Sie fühlte es. Und jetzt? Sie sahen einander verdutzt an. Gleichzeitig sprachen sie das aus, was sie dachten: »Wer dann?«

Sophia rauschte mit einem Putzeimer und einem Wischmopp durch den Flur und schnaubte bei dem Anblick, der sich ihr bot. »Jonathan, mir ist auf der Außentreppe, als ich das Wasser ausgeschüttet habe, dein Vater dazwischengelaufen. Jetzt hat er die Hose nass. In diesem Haus ist was los! Mio dio!«

Jona winkte ab. »Mein Vater? Dimmi, Sophia.« Aufgrund seines harten Tonfalls stampfte Sophia zuerst mit dem Fuß und dann mit dem unteren Ende ihres Wischmopps auf dem Fliesenboden auf. So würde sich Madame Pottine nicht behandeln lassen, so viel stand fest. Jonathan wirkte von ihrem beleidigten Getue leicht genervt. »Sophia, ti prego!«, versuchte er es noch einmal, aber er klang immer noch zu unfreundlich für die eingeschnappte Südländerin, die nun die Nase hob und mit dem Putzeimer über den Flur verschwand. Gerade als er noch einmal nach ihr rufen wollte, tippte ihm jemand auf die Schulter. Annie wirbelte erschrocken herum, und beide schauten in Ben Holdens Gesicht, das irgendwie anders aussah als sonst. Und das lag nicht an den nassen Hosenbeinen.

Natürlich trug Ben die gleiche dustere Kleidung wie immer, aber seine Miene wirkte fast schüchtern, und sein pechschwarzes Haar mit den silbergrauen Strähnen sah aus, als sei es über Nacht viel grauer geworden.

»Ich habe euch eben gehört«, flüsterte er, was völlig untypisch für ihn war. »Ich glaube, ich kann etwas dazu beitragen, eure Unklarheiten zu beseitigen.«

Instinktiv trat Annie einen Schritt zurück.

»Mir war nicht bewusst, dich hier anzutreffen, Annie. Und als ich dann eben auch noch das Wort Kind gehört habe, dachte ich, das sei der falsche Zeitpunkt, um mit dir zu diskutieren, Jonathan. Bekommt ihr zwei ein Kind?«, unterbrach er sich selbst, und es kam ihr vor, als schwelle seine Brust vor Stolz ein bisschen an.

»Nein. Komm zum Punkt!«, griff Jona ihn verbal an, woraufhin Annie ihn beschwichtigend ansah. Sie wollte hören, was Ben zu sagen hatte.

»Dann habe ich wohl etwas falsch verstanden.«

»Was willst du hier, Dad?«

»Ich habe über eine Quelle beim Globe herausgefunden, wer die Informationen für den Schmierartikel geliefert hat«, ließ Jonathans Vater verlauten.

»Banks«, mutmaßte Jona wie aus der Pistole geschossen. »Weil wir ihn gefeuert haben.«

»Jemand von Lexman«, überlegte Annie laut. »Konkurrenz.«

»Ed.« Ben sagte es leise und traurig, als könne er es selbst kaum glauben. »Ed hat die Infos geliefert, weil er seine Felle davonschwimmen sieht. Weil ich ihm gesagt habe, wie zufrieden ich mit dir bin.«

Jonas Fausthieb krachte gegen die weiße Betonwand des Korridors. »So ein verfluchter Idiot! Alles wegen ihm«, schrie er.

»Das habe ich ihm auch gesagt. Er hat der Firma geschadet, euch, uns allen.« Ben senkte resigniert den Kopf. »Ich glaube, das war ihm gar nicht bewusst«, fügte er hinzu, und Annie war sich nicht sicher, ob er das ernst meinte oder nur so sagte.

»Natürlich war ihm das bewusst. Der tickt ja wohl nicht

mehr ganz sauber!« Jona sah so aus, als würde er am liebsten irgendetwas zerschlagen. »Er macht mich so verdammt wütend. Den greife ich mir …«

»Das bringt doch nichts, Jonathan.« Ben stellte sich seinem Sohn in den Weg. »Ed muss noch viel lernen.«

»Du hast ihn doch schon als Nachfolger einsetzen lassen«, fuhr Jona seinen Vater an.

»Ich habe ihn vor allem suspendiert. Und als Nachfolger habe ich niemanden einsetzen lassen. Es gibt und gab nie eine Klausel bezüglich der Nachfolge. Ich wusste immer, dass du der Richtige dafür bist. Und deine Mutter hat das auch gewusst. Ed hat andere Talente.«

Jonathans Augen vergrößerten sich zu Untertassen. »Das ist ein Witz.«

Niemand lachte. Sein Vater schüttelte den Kopf. »Ed wird seinen Anteil bekommen, aber nicht die Aktienmehrheit.«

Stumm sah Annie zu, wie Ben seinem Sohn auf die Schulter klopfte.

»Und die 50.000 Dollar? Die Schuldentilgung von dem Haus in der Yellow Bird Road? Was ist mit dem Einkaufs- und Bürokomplex?«, fragte Jona tonlos.

»Es gibt da diese verrückte Rothaarige. Kira oder wie ihr Name ist.« Jonas Vater schmunzelte und fuhr verlegen mit den Händen am Revers seines Sakkos auf und ab.

»Kira? Was hat Kira damit zu tun?« Annies Auge zuckte wieder. Bisher hatte es nie eine Verbindung zwischen Kira und Ben Holden gegeben.

»Dieses Mädchen hat mich gestern zu Hause aufgesucht. Stand einfach auf der Matte mit ihren wilden Ringellocken und ihren bunten Turnschuhen.« Ben Holdens Schmunzeln zog sich noch breiter auseinander. »Sie sagte, da liefe etwas völlig schief zwischen euch beiden und es müsse sich dringend jemand Kompetentes darum kümmern.« Er kratzte sich am Kopf. »Sie meinte wohl mich.«

»Klar. Du bist ja die Kompetenz in Person.« Sein Sohn verdrehte die Augen.

Ben Holden lachte, und zwar ziemlich laut.

»Mit der Liebe kenne ich mich aus. Sie ist eine große Kraft.« Er machte eine längere Pause. »Ich war nicht immer der beste Ehemann. Es gab Phasen, in denen ich beruflich sehr unter Druck stand. Phasen, in denen ich nicht mehr wusste, wer ich war. Aber deine Mutter hat immer an mich geglaubt, und ich habe sie sehr geliebt dafür. Das, obwohl Elisabetta mir damals einen kochend heißen Kaffee in den Schoß gekippt hat.« Wieder lachte er, während sein Sohn die Augen schloss. Annie sah Schmerz in seinen Zügen, die jetzt verletzlich und schuldbewusst wirkten.

»Sie war wunderschön und herzlich. Die tollste Frau, die man sich vorstellen kann.« Die von Altersflecken übersäte Hand des Familienoberhauptes glitt seinen Hals entlang. »Als Annie fort war, habe ich dich kaum wiedererkannt. Du kamst mir vor, als ob du sie für immer verloren hättest. Unglücklich, traurig. So wie ich damals, als ich deine Mutter verlor. Das ist Liebe, Jonathan.«

»Dad.« Es war Jona sichtlich peinlich, dass sein Vater, der ihn normalerweise mit der Kälte der Antarktis behandelte, seine Emotionen analysierte und von Liebe sprach.

»Die Lockige hat mir von deinen Problemen erzählt, Annie. Die Frist auf das Haus in der Yellow Bird war mir bewusst, und im Grunde war mir auch die Misere deiner Familie bewusst, aber …« Er brach ab und sah sie um Verzeihung bittend an.

Annie nickte stumm, verschränkte ihre Finger ineinander und knetete die Hände.

»Es ist euer Haus in der Yellow Bird Road, nicht meins. Es tut mir leid, wie ich dich behandelt habe.« Der Gründer eines der größten Unternehmen Kaliforniens wirkte auf einmal alt, klein und verletzlich auf sie. »Es gibt Wichtigeres, als noch einen Büro- oder Shoppingkomplex zu bauen«, fügte er hinzu und strich Annie über den Arm. »Ich hoffe, du nimmst meine Entschuldigung und natürlich das Geld an. Ich hoffe es für mich, aber auch für deine Mutter und deinen Bruder.«

Angelina Clark konnte nicht reagieren. Der Mann, der sie überwiegend wie Luft oder, wie er selbst einmal gesagt hatte, wie eine Vogelscheuche behandelt hatte, entschuldigte sich bei ihr. Er sah nun gar nicht mehr so mächtig und furchteinflößend aus wie damals im Coffeeshop, als sie ihn zum ersten Mal erlebt hatte.

»Ich habe etwas für dich, Dad«, unterbrach Jonathan ihre Überlegungen. Aus dem Schränkchen im Korridor nahm er das Büchlein mit dem grünen Paisleyeinband und drückte es seinem Vater in die Hand, der es sofort aufschlug. Die dunklen Augen füllten sich mit Tränen, und er wandte sich ab. Seine Stimme war tränenerstickt, als er »Grazie, Jonathan, grazie mille.« murmelte. Er drückte seinen Sohn an seine Brust und nickte Annie zu. Dann ging der alte Mann mit dem grünen Tagebuch in der Hand hinaus.

Annie und Jona hörten den Kies durch die offene Tür der Villa unter Bens Schritten knirschen. Sie standen sich an der Haustür gegenüber, und ehe Annie sichs versah, hatte Jona sie an sich gezogen.

»Eine Frage habe ich noch«, sagte sie, während sie ihre Arme um seinen Nacken legte und mit dem Finger über die Zacken seines Tattoos fühlte, die wie Flammen aus seinem Hemdkragen hervorblitzten.

»Ja?«

»Hat dein Tattoo eine Bedeutung?«

Jona hielt Annie an der Hüfte umfasst ein bisschen von sich weg und betrachtete sie liebevoll. »Die Linien stellen das Leben dar. Die Zacken und Spitzen sind die Erfahrungen, die wir machen, wenn wir von unserem Lebensweg abkommen. Gute und schlechte.«

»Was bedeutet der Engel?«

»Ich glaube, wenn uns jemand verlässt, steht uns dafür ein Engel zur Seite.«

Erstaunlich. Ausgerechnet Jonathan Holden glaubte an etwas, das sich nicht in Fakten messen ließ. Annie spürte ein warmes Gefühl in der Brust.

Jona zuckte mit den Schultern. »Das hat Mama mir früher immer erzählt. Ich glaube daran.«

»Und die beiden Sterne auf deiner Hüfte?«, forschte Annie weiter.

»Das ist die Anzahl der Kinder, die ich in meinem Leben bekommen möchte.« Er zwinkerte sie spitzbübisch an, und sie musste grinsen.

Noch einmal zog er sie an sich, diesmal fester und enger als davor. Sie fuhr durch seine Haare, während sie in seine lichtblauen Augen schaute, in denen sie sich selbst erkannte.

Das vierblättrige Kleeblatt baumelte an dem filigranen Kordelband ihres Handgelenks.

Epilog

Fünf Jahre später

›Ab dem Moment, in dem ich Angelina Clark zum ersten Mal sah, wusste ich, wie besonders diese Frau ist: Ich liebe ihre widerspenstigen Haare, die sich immer wieder in ihr Gesicht kämpfen. Unsere kleine Elisabetta hat dieselben Haare wie ihre Mutter.

Die Liebe und der Schmerz sind Gefühle, deren Kraft man nie unterschätzen darf.

Als ich die Liebe meines Lebens kennenlernte, habe ich verstanden, wie wichtig es ist, um sie zu kämpfen. An der Liebe muss man immer festhalten.

Den Schmerz aber muss man loslassen, weil er alles zerstören kann.

Natürlich vergesse ich nicht, aber ich lerne, mir zu vergeben.

Und vielleicht gelingt es mir irgendwann.

Jona‹

***

Rezept: Lilos todsichere Lasagne

Zubereitungszeit: ca. 25 Minuten,
Backzeit: 45 Minuten bei 175 Grad Umluft

Zutaten für vier Personen:

1 Packung Lasagneplatten
Pflanzenöl

500 g Hackfleisch
1 Knoblauchzehe
1 Zwiebel
1–2 Dosen Schältomaten (à 800 g)
Salz, Pfeffer, Paprikagewürz, Oregano

1-2 Päckchen geraspelter Mozzarellakäse
2 Becher Crème fraîche
100 ml Wasser

Die zerkleinerte Zwiebel und den fein gehackten Knoblauch in Pflanzenöl leicht anbraten. Das Hackfleisch hinzugeben und mit etwas Salz, Pfeffer, Paprikagewürz anbraten.

Die Schältomaten im Tomatensaft zerstampfen und mit Salz, Pfeffer und Oregano würzen. Anschließend das Hackfleisch mit der Tomatensoße ablöschen und einige Minuten köcheln lassen.

Etwas von der fertigen Soße auf den Boden einer Auflaufform geben, und eine Schicht Teigplatten darauf verteilen. Dann wieder Soße und darüber geriebenen Käse streuen.
Den Vorgang beliebig oft wiederholen: Teigplatten, Soße, Käse.

Zum Schluss Crème fraîche auf den letzten Teigplatten verstreichen und mit dem restlichen Raspelkäse bestreuen.

Mit Wasser übergießen (Wassermenge variiert je nach Auflaufform).

Im Ofen 45 Minuten bei 175 Grad Umluft backen.

Buon appetito!

***

Danksagung

Mein erster Dank gilt meinen Lesern und Leserinnen, die mit Neugier und Spannung dieses Buch erwartet und gekauft haben. Ohne euch wäre das alles nicht möglich. DANKE!

Ein ebenso großer Dank geht an all die lieben Menschen, die mich auf meinem Weg begleitet haben:

Die wundervolle Claudia Winter, meine großartige Autorenkollegin und Lektorin, ohne deren Zuspruch, Feinfühligkeit und doch gnadenlosen Rotstift dieser Roman nicht zustande gekommen wäre. Danke für jeden einzelnen Aha-Effekt und dafür, dass du da bist.

Claudia Toman, der ich für dieses Cover danke, das exakt so in meiner Seele geschlummert hat. Es war Liebe auf den ersten Blick.

Sybille Weingrill, die meine absolute Heldin der Zeichensetzung ist und ohne die ich im Duden-Dschungel verloren gegangen wäre.

Stefan Stern, der mich davor bewahrt hat, den Computer gegen die Wand zu schmeißen.

Die liebe Silvia Konnerth, meine geschätzte Autorenkollegin, die immer ein offenes Ohr hat und mir mit guten Ratschlägen zur Seite steht.

Christina, die mich in allem unterstützt, was mir in diesem Leben gerade so einfällt, für ihre Anmerkungen. Silvia und Beate, für ihre ungeschminkte Meinung und ihre Ratschläge. Tiziana dafür, dass sie mit mir auf Italienisch geflucht hat.

Ganz besonders möchte ich an dieser Stelle meinen Eltern danken, die immer an mich glauben und mich unterstützen. Ich danke und liebe euch!

Und natürlich meiner wundervollen Familie, ohne die ich nicht existieren könnte. Danke an meinen Mann, der mir durch zahlreiche Überarbeitungen geholfen hat und mich bedingungslos unterstützt, in allem, was ich tue. Danke an meine Kinder, die toleriert haben, wenn Mama sich mal wieder etwas notieren musste und manchmal nicht ganz bei der Sache war. Ich liebe euch unendlich!

9201143R00167

Printed in Germany
by Amazon Distribution
GmbH, Leipzig